1994

ADLÈNE MEDDI

1994

Collection fondée par François Guérif

Rivages/noir

Retrouvez l'ensemble des parutions
des Éditions Payot & Rivages sur

payot-rivages.fr

L'auteur a reçu l'aide du Centre national du livre.

Pour Nedjma
À T'chalba,
Papass,
'Sso,
l'Oranais
et Monsieur H.

« Cours Amin, cours,
ne t'arrête surtout pas ! »

« Après cette guerre, aucun homme
ne pourra dire qu'il est un homme,
confia un vieux Kabyle à Bourdieu. »

L'Homme au couffin
Wassyla TAMZALI

2004

« À QUI JE PARLE ?
– À LA GUERRE. »

1

Que reste-t-il quand Dieu le Père meurt ? Presque rien. Et presque tout. Le big bang et l'apocalypse en un seul mouvement, celui de l'enfouissement du cadavre. Accroupi devant l'amas de terre qui recouvre la tombe après quelques pelletées collectives, Amin s'interrogeait. Maintenant que Dieu le Père est mort, que reste-t-il ? Rien. Et tout. D'abord lui, le fils, assailli de condoléances et d'étreintes funéraires sous une lumière trop forte pour un enterrement. Un soleil qui servirait des corps allongés sur une plage plutôt que des cadavres.

Le grand cimetière d'El-Alia à l'est d'Alger, où s'entassent près d'un quart de million de défunts, notamment des Coréens et des Japonais aux sépultures indéchiffrables, des aïeux pieds-noirs et des soldats australiens de la Seconde Guerre mondiale, resplendissait de verdure, même les épineux chardons distribuaient leurs fleurs violettes. Le violet et le vert exécutaient une magnifique symphonie chromatique. Même les textures des plantes, entre l'épine et la douce tige, contre la peau des pieds et des jambes, participaient tactilement à cette symphonie, comme la pesanteur des cuivres qui accompagnent l'harmonie des cordes de l'orchestre. Les tombes remerciaient le soleil en reflétant sur le marbre du *chahed*[1] sa lumière aveuglante : c'est un cadeau qu'on exhibe fièrement. Même la terre s'offrait à la pelle rituelle avec légèreté, s'effritant comme le plus rare des terreaux fertiles, s'envolant dans sa trajectoire en arc pour retomber sur l'amas qui recouvrait le cadavre du père. Accroupi devant la tombe, les bras croisés sur les genoux en une posture dont il oubliait l'inconfort, il regardait la fosse disparaître sous les pelletées et les imprécations de l'imam. Le grand barbu d'une quarantaine d'années, en djellaba immaculée, que des proches de la famille avaient sollicité ou qui s'était présenté lui-même, Amin ne savait plus exactement, récitait sourates du Coran et hadith aux côtés de gradés dans leur magnifique uniforme aux galons frappés du signe de l'armée, deux fusils posés sur des lauriers pointant une montagne à travers un croissant accompagné d'étoiles. Ces gens voulaient être vus et non le voir une dernière fois. Ils étaient tous là, à l'exception des grands chefs. Malades. Crevant à petit feu dans leur bunker sur les hauteurs inexpugnables d'Alger. Ils étaient venus ici, avec leur horde de porte-flingues à bord de véhicules blindés, dans cette périphérie où certains n'avaient pas mis les pieds depuis des dizaines d'années. Et lui, le jeune homme, au milieu des embrassades et des consolations d'usage, gérait autant qu'il pouvait l'affect des invités de marque et des proches. Le cercueil était arrivé dans une ambulance des pompiers, recouvert du drapeau national, lui le portant, les proches le soutenant, en un requiem dont la partition titubait entre les pierres tombales si serrées.

« Qu'Allah recueille notre frère dans son paradis, qu'Il pardonne ses fautes », et de citer Mohamed, « les actes ne valent que par les intentions et à tout un chacun ce dont il

1. Les mots et expressions arabes sont traduits dans le glossaire en fin d'ouvrage (N.D.E.).

a nourri l'intention ». Des quelques gradés grisonnants, on ne pouvait détecter la compassion ou la foi car leur visage était enfoui sous des casquettes et d'imposantes lunettes de soleil. L'imam leur parlait de la mort, de l'au-delà ou du jugement de Dieu, ils acquiesçaient, eux, dont le métier est la mort pour Dieu et la patrie, selon leurs critères. Ils étaient donc là, ces gradés, d'autres officiers, surtout ceux de la « maison », des services, en civil, ils écoutaient le sermon avec l'abnégation du soldat qui revient de la pire guerre et qui s'offre une vue sur une plaine natale apaisante, ou sur la banalité consensuelle d'un rite ouvrant la saison des moissons. Mains derrière le dos, ils écoutaient ce jeune imam, le regard fixant la tombe, comme si les seigneurs de la guerre avaient pour un moment abdiqué devant Dieu et sa fatalité, un très court moment. Bien que ne voyant pas leurs yeux, on les devinait brillants de mille feux, incendiant au napalm et aux balles explosives chaque concession à la fatalité et à Dieu lui-même, Dieu qui avait justement détourné le regard quand il leur avait fallu tuer, torturer, dynamiter les maisons des proches de terroristes, faire pleurer les gamins de disparus, questionner dans les sous-sols des casernes de tout le pays et tirer à bout portant sur les preneurs d'otages. Ce Dieu qu'ils croyaient connaître, jeunes, dans leur *medersa* ou auprès de leur famille, et qu'ils avaient si longtemps disputé à ceux d'en face. Les hauts gradés ne savaient définir l'ennemi que par cette allégorie difficile à expliquer à leurs hommes en partance pour déloger un dangereux émir qui pouvait tenir une crête de colline avec comme otages les femmes et les enfants de ses propres lieutenants. On criait « *Allahou Akbar* » à l'assaut. Ce n'était pas une instruction, racontait Lotfi l'Annabi, un para géant surnommé « l'Égorgeur ». Mais en face ils criaient la même chose. Donc, parfois, le doute pouvait habiter la main qui déchargeait la kalachnikov sur ceux-là, quelques fois, pas longtemps heureusement, racontait le lieutenant Lotfi. Dieu étant, d'apparence, des deux côtés, ou ayant tourné le dos à tout le monde, ce n'est que par respect pour leur frère d'armes sur le point d'être enterré que les gradés ne baissaient pas la tête devant le prêche rapide de l'imam. Cette marque de respect était la continuité de leur guerre : ce Dieu-là, Il nous appartient aussi, semblaient-ils dire. Comme criait son père mourant en un ultime délire : « Pour Dieu et le pays ! »

Le jeune imam termina son prêche en levant les deux mains en guise de livre ou de réceptacle de chair accueillant ses prières et les propulsant aux cieux et au Dieu, objet du lourd contentieux, afin d'implorer sa miséricorde envers la pauvre âme qui s'élèvera du trou minable. « Pardonner quoi ? Qu'a-t-on fait à Dieu ? », s'étranglaient les officiers supérieurs derrière leur impassible gueule au menton carré, avec leurs massives lunettes de soleil et leurs lèvres serrées et fermées comme un coffre-fort, ainsi que les officiers des renseignements, camarades de son père, qui jouaient les anonymes consentants engoncés dans leur costume de ville, comme cet énigmatique Aybak qui tout le temps jetait des regards affûtés bleu azur. Aybak, grand blond inexpressif qui, avec un regard de rapace, considérait Amin de loin, ce jeune homme, ni grand ni petit, ni mince ni gros, avec une peau qui hésitait entre le brun et le blond comme un témoin du mélange généalogique de ses parents. Amin, le visage carré, bien rasé selon la tradition militaire de son rang, gardait ses grands yeux marron secs malgré les obligations du deuil. Compressé entre son avant-bras et sa cuisse, le drapeau qui couvrait le cercueil qu'il avait porté sur ses épaules avec d'autres proches et compagnons de son père. Intrigué par les regards appuyés d'Aybak, comme s'il scrutait son âme, il se demandait ce qu'il lui voulait ici, dans ce cimetière et sous cette lumière. Nous ne sommes pas dans une obscure salle d'interrogatoire à Ben Aknoun ou ailleurs, se disait le jeune homme. Il ressentait vivement sur sa peau le désagréable contact du tissu synthétique du drapeau. Cependant, il n'avait nullement été ému par la solennelle remise dudit drapeau par un sous-officier en tenue d'apparat, raide comme la sentence d'un tribunal militaire. On rendait les honneurs à un mort. Quelque chose que le jeune homme ne comprenait pas. Quel honneur à être enfoui de manière si expéditive ? Amin avait vécu cette partie de la cérémonie en apesanteur, comme s'il était détaché de la symbolique imposée par le protocole de l'armée qu'il subissait quotidiennement depuis presque dix ans. Protocole qui obligeait un enterrement au « carré des martyrs » à El-Alia, si loin du village, là-haut, dans les hauteurs de Beni Slimane, dans les contreforts des monts de Médéa, si loin des marabouts de la tribu des formidables ébénistes dont la course à travers les montagnes et les plaines, pour venir en aide aux fortifications d'Alger éreintées par les boulets de canon de Charles X, résonnait encore dans l'éternité. Ainsi, le corps de Zoubir Sellami se décomposera loin de son sang. Si loin de la peau des ancêtres perchés tels des aigles sur les sommets de l'Atlas du Tell. Si loin que les spectres des aïeux, intrépides montagnards, devaient à présent protéger de leurs mains leurs yeux qui tentaient de traverser la plaine pour voir El-Alia et cet amas de terre où l'un des leurs était enseveli.

Mehdi reposait là lui aussi, enfin, reposait n'est peut-être pas le bon terme. Ceux qu'on assassine ne se reposent pas. Il était là, Mehdi, à quelques allées, tombe engloutie par d'épineuses plantes, comme les épineux remords qui transperçaient le corps d'Amin, en attendant qu'il les assume. Ces remords qui montaient à l'assaut à partir de leurs positions paradoxales, à partir des deux tombes, celle de Mehdi et celle de son père.

Le jeune homme vécut donc cette remise du drapeau comme d'ailleurs l'ensemble des étapes de la cérémonie, où de parfaits anonymes géraient à leur guise la dépouille du général, avec un détachement qui creusait le fossé entre lui et son père. Un fossé beaucoup plus vaste que ce ridicule trou rectangulaire. Accroupi, là, devant le général Zoubir Sellami, qu'aucun ange de la mort, aussi professionnel soit-il, ne viendrait interroger brutalement, car le général Sellami était l'interrogatoire et la brutalité incarnés, le jeune homme ne se souciait pas de la foule qui subsistait encore. Constellation de gradés, voisins ou proches de la famille obséquieux et paternalistes envers lui. Ces gens debout entre les stèles blanches rayonnantes comme un champ de panneaux solaires, les pieds écrasant racines de chardons et fourmis téméraires, ces gens que le jeune homme ne connaissait pas pour la plupart, certains en tenue militaire sans le moindre pli, éparpillés sous ce soleil effronté et dont l'écho des discussions lui parvenait comme d'un autre monde. De quoi discourt-on face, à côté et au-dessus de la mort, des morts ? Pourquoi se permet-on d'être si volubile dans l'enceinte de cette nécropole algéroise où les tombes précipitamment creusées des massacrés de la mutinerie de Serkadji de 1995 cohabitent avec les mausolées en marbre de présidents ou d'hommes illustres ? Et d'ailleurs, qui accepterait la cohabitation souterraine avec son défunt père, archange convaincu et appliqué de la nécessité de la guerre ?

Accroupi, là, la douleur qui devait remonter des genoux à cause de cette inconfortable posture ne trouvait pas son chemin vers le centre nerveux de ce jeune corps presque trentenaire, compressé dans cette position comme pour concentrer son être et, au-delà, toute son histoire, sur un point précis, lui-même face à la disparition de son père. Prostré ainsi, face au monticule de terre, pour ne pas prendre de haut la définitive disparition du paternel qui certainement bouleverserait sa vie. Non pas par le deuil, mais par tout ce que Zoubir encore en vie avait réussi à contenir comme un gigantesque barrage hydraulique qui venait de céder. Son histoire déferlerait probablement tel un torrent furieux, emportant tout. Quand et comment ? Le jeune homme n'en savait rien et cela le terrifiait. Il n'était pas seulement accroupi devant une tombe, il était assis sur une bombe dont le mécanisme d'explosion venait d'être enclenché.

Le jeune homme sursauta. Un poids venait de se poser sur son épaule et le drapeau s'étala sur une partie de la tombe. Il le ramassa machinalement en se relevant, faisant craquer ses genoux. L'homme grand et blond, en costume bleu nuit et aux yeux inquisiteurs, lui offrit un rictus : un effort de sourire. Aybak posa la main sur l'épaule du jeune homme et souffla :

– Amin, ton père est parti, mais nous, ta famille, nous sommes toujours là pour toi et tes proches.

Amin regarda le général Aybak en tentant de maîtriser sa terreur. Cet homme-là avait quelque chose en tête, quelque chose que le bleu de ses yeux dissimulait. Était-il au courant ? Forcément, s'inquiéta le jeune homme tout en lâchant un « merci » à voix basse, un « merci » qui voulait plutôt dire : je me méfie de toi et j'ai toutes les raisons de le faire.

Aybak le laissa là, debout devant la tombe. Il lui restait un drapeau sous le bras et probablement la guerre qui recommencerait maintenant. Mille neuf cent quatre-vingt-quatorze jaillit des entrailles de la mémoire et du cimetière comme un dragon qui venait de briser ses chaînes, mettant fin à la trêve avec le royaume de ses morts à lui, Amin. Jamais le jeune homme ne s'était senti aussi seul.

2

Le café était amer. La fumée du narguilé couplée à celle des pots d'échappement l'étranglait et le soleil était trop insistant dans sa vocation incendiaire. Le salon de thé se voulait luxueux, avec ses serveuses très maquillées, en jupe courte, ses toilettes propres, ses tables en teck, sa terrasse inutilement protégée par des panneaux de Plexiglas, ses cappuccinos et ses cocktails aux fruits à plus de trois cents dinars. Et tout autour de la table, des compagnons de Cherchell, de l'académie, tiraient sur le narguilé et plaisantaient.

Réda, le matheux, était à la Direction centrale de l'informatique de l'armée ; Rafik se promenait d'unité en unité comme conseiller en communication et se retrouvait à organiser d'ennuyeuses opérations portes ouvertes un peu partout dans le pays ; Yacine, celui qui avait le plus gros 4 × 4 et qui riait beaucoup, venait d'être admis aux « services ». Amin les aimait tous, camarades de promo avec lesquels il avait passé les pires et les meilleurs moments à l'académie. Ils étaient là pour lui changer les idées après la disparition de son père. « *Y'nnehi alih ch'wiya.* » Tenter de « lui enlever un peu de sa peine », lui prélever cette tumeur mélancolique qui le poussait au bord de la dépression dont ses amis commençaient à percevoir les signes avant-coureurs, ses silences, son isolement, ses crises d'angoisse dans son sommeil, son incapacité à manger ou à sourire. Prélever la tumeur, donc, mais lui savait qu'en tentant de l'arracher, c'était tout son métabolisme – chair, peau, organes et vie – qui viendrait avec, comme si on tentait d'arracher une plante et qu'on se rendait compte que ses racines, une fois déterrées, avaient dévasté tout le jardin, l'excavant et le mutilant affreusement.

– Tu ne préfères pas qu'on aille boire une bière au Koukh ? lança Yacine.

Amin déclina d'un hochement de tête. Il ne voulait pas aller dans ce petit bar caché dans une impasse à Ben Aknoun, face à une des casernes de la Sécurité militaire, peuplé d'agents et d'officiers du renseignement, imbus de leur paranoïa et de leur armement à gros calibre, enivrés à la bière et aux « diabètes », comme ils appelaient leur verre de pastis. Endroit que son père, lui avait-on appris, évitait de fréquenter. Le défunt général préférait les cafés de sa jeunesse à El-Harrach, dans la banlieue est d'Alger, plutôt que cette taverne sombre et suintant les complots où s'amoncelaient des collègues aigris ou dépressifs, manipulateurs ou sublimes techniciens du renseignement, refaisant le monde, l'univers et le pays au rythme de rasades aussi généreuses que coléreuses.

Ce père si compétent dans les services qui leur avaient fait la guerre, à lui et à ses amis, ce père, acteur principal de cette abominable guerre qui l'avait poussé, lui, Amin, à tuer le frère de celle qu'il avait le plus aimée. À tuer. À oser prendre une arme et tirer. Même aux séances de tir à l'académie, il réussissait à oublier que la cible ne pouvait qu'être humaine, ne pensant qu'à la précision et aux notes qui garniraient son carnet de formation militaire. Mais l'illusion s'estompait en cette période de deuil, elle se fragilisait devant les drames qui rejaillissaient à la surface du présent avec une hargne revancharde. Le présent se fissurait, laissant le passé s'imposer. Et avec lui Kahina, qui l'avait trahi. Tourbillon de catastrophes intimes qui resurgissait malgré des années d'amnésie entretenue. La blessure était trop profonde. Enracinée. Mais surtout béante. Suppurante. On ne pouvait l'enlever ni la guérir sans se tuer soi-même. Piège éternel, impasse de sa vie : Kahina, son père et Mehdi. Les fantômes et les blessures avec lesquels il fallait vivre. Vivre avec ? Plutôt crever que de mourir chaque jour en pensant à Kahina, l'amour trahi de sa vie. Kahina remontait dans sa mémoire comme une lame qui travaillait les entrailles, excitant à la folie douloureuse toutes ses terminaisons nerveuses. Et son deuil forcé menaçait de libérer sa colère, réveiller les dragons de haine crachant leur feu dans son cœur, brûlant les illusions de la vie qu'on reprend petit à petit, brûlant ses entrailles et provoquant une douleur issue des profondeurs de ses silences, de ses tentatives d'oubli. Le fil d'amnésie qu'Amin avait trop tendu durant ces dix dernières années, entre ses drames, la guerre et l'illusion du temps qui guérit de tout, était en train de céder.

– Hier, j'ai branché une secrétaire au ministère, laisse tomber la cochonne !

Réda, l'ingénieur en informatique, tentait de créer une diversion pour amuser Amin. Il raconta alors comment il avait approché la fille, leur discussion dans les couloirs austères et hypersurveillés du ministère de la Défense où il venait juste de débuter.

– Elle est aux services sociaux de l'armée, je lui ai dit que j'étais un cas social, ma bite est orpheline !

Éclats de rire, on s'étouffait avec la fumée du narguilé, Réda distribuait des grimaces licencieuses et se tapait les cuisses.

Mais Amin ne bronchait pas. Son visage restait figé dans un rictus de dégoût. Réda revint alors à la charge pour le dérider.

– Elle en a marre de sucer son patron, un vieux colonel à la petite bite et au gros ventre qui sent le bouc. Elle va se rattraper avec moi, d'autant que je viens d'avoir un bureau à moi tout seul, que je peux fermer à…

– Toutes des putes !

Amin lâcha ces mots avec une telle haine que Réda s'interrompit, la bouche entrouverte. Un malaise glaça les trois copains et le narguilé tomba des mains de Yacine, celui des services. Amin resta immobile, son rictus s'agrandit sur son visage, comme une lèpre de dégoût. Réda tenta de rattraper le coup en feignant un large sourire d'entendement.

– Ouais, toutes, ben heureusement pour nous, hein, je te dis pas ses seins et la courbure des…

– *Q'heb !*

Les dragons déchaînés redoublaient de férocité et brûlaient tout maintenant. Le fil avait cédé. Les drames, la guerre et le temps s'entrechoquaient violemment à l'intérieur d'Amin.

La serveuse en minijupe se retourna, ainsi que les clients. Les trois compagnons étaient gênés par l'attention portée sur eux, honteux que ce mot ait jailli si fort de leur tablée. Regards désapprobateurs braqués sur eux, le patron debout à la caisse, entre la salle et la terrasse, fit un mouvement colérique de la tête. Le copain des services sourit à tous avec une mine confite d'excuse.

– C'est bon, on s'en fout de tes histoires, espèce d'obsédé, tenta Yacine, le *srabssi*, en s'adressant à Réda qui lançait des regards d'incompréhension à ses amis.

Amin avait maintenant fermé les yeux et son visage se crispait, muscles faciaux tendus comme le fil d'un arc sur le point de projeter une flèche.

Il rouvrit les yeux, comme s'il émergeait d'un autre monde, et son regard ignora la mine perplexe de ses amis pour se poser sur une jeune fille qui traversait la rue en face. Mince, un tee-shirt noir tombant sur le pantalon qui serrait ses fesses, cheveux noir ébène tirés en arrière. Amin n'avait pas fait que poser son regard sur cette inconnue, il lui avait jeté un boomerang qui lui revenait en pleine face. La lame Kahina étripait de bout en bout son corps. Kahina disparue depuis longtemps, comme avalée par ce passé qui ne passait pas et qui tentait de recouvrer ses droits, comme un roi guerrier vengeur. La main droite d'Amin glissa derrière son dos pour attraper son Makarov de service et sa main gauche se posa sur le dossier de la chaise qui tomba et le propulsa en avant. Yacine bondit vers lui en renversant la table et le narguilé, les tasses de café et un cendrier en verre qui se fracassa tandis qu'Amin déjà échappait aux bras de ses amis qui tentaient de le maîtriser. Il tira plusieurs coups de feu en l'air tout en courant vers l'autre côté de la rue, enjambant les autres tables renversées par les clients en fuite. La serveuse s'abrita avec le patron derrière la caisse. La circulation des voitures s'interrompit pour reprendre en une frénétique course, les voitures se rentraient dedans dans une panique folle. Le chaos. Yacine s'élança derrière Amin qui, au milieu de la rue, vidait son chargeur en l'air en hurlant. Il le plaqua à terre tout en faisant voler son pistolet qui alla fracasser le pare-brise d'une voiture. Amin s'affala sous le poids de son ami, manquant d'air, étouffé par ses propres cris. Un coup sec et professionnel sur l'arrière de sa tête l'envoya dans les limbes de l'inconscience.

3

Secousses. Le corps les ressentait. La tête aussi. À l'intérieur. Amin croyait qu'il dormait. Une douleur au bras. La nausée. La douleur irradiait aussi son dos, sa nuque, son crâne. Il n'osait pas ouvrir les yeux, préférant rester là, en lui, en sécurité, et il aurait aimé ne plus pouvoir entendre pour parfaire son isolement. Il tremblait. Pas de froid. Ces tremblements étaient l'appel au secours de ses muscles. Il reprenait peu à peu conscience. Il était assis sur une chaise inconfortable, froide, métallique donc. Dans sa tête, des images passaient, vite, floues, imprécises, des sons aussi, des cris, ses cris. Des détonations. Quelqu'un criait à côté de lui, son ami Yacine, qui l'insultait, l'implorait d'arrêter. Arrêter quoi ? Qui a tiré ? Des tirs ? Amin paniqua : les tirs d'il y a dix ans, sur ce gars-là, avec Sidali à ses côtés ? Non. C'était frais, le son des décharges était là, récent, plus net que les images fuyantes qui traversaient comme des balles traçantes la nuit pleine de fracas dans sa tête. D'autres bruits encore. Ici, à quelques mètres de lui. Il ne voulait pas ouvrir les yeux, il voulait s'arracher les oreilles et rester seul, se retrouver en lui-même. Comme un plongeur qui s'agripperait aux fonds marins pour ne jamais remonter à la surface, protégé par la masse gigantesque de l'océan. À quelques mètres de lui, des sons, des mots, des bruits : des hommes qui respiraient fort et qui plaçaient des mots entre deux souffles. L'écho laissait deviner une salle fermée, pas très grande. Amin ne voulait pas ouvrir les yeux, s'obstinant à rester là, dedans, où ces hommes ne pouvaient venir, croyait-il. Il était la sentinelle de lui-même. Il voulait plonger plus profondément, atteindre l'abysse et y rester ; les images floues et les sons de partout, les détonations, les cris et les murmures tout proches. Mais ces derniers commençaient déjà à déborder ses défenses et déferlaient de l'autre côté de sa muraille auditive. Une porte claqua. Des pas lourds, décidés, autoritaires. Il connaissait ce genre de démarche qui signait instantanément l'identité de son auteur : une autorité, une autorité armée, une autorité qui projetait toute sa puissance dans ses talons qui tapaient violemment le sol. Silence. Un double claquement de talons retentit dans l'espace confiné. Militaires. Il était chez lui, Amin, et chez eux en même temps. Il venait d'avoir un repère clair, précis, inéluctable. Une voix monta comme une décisive et fatale charge contre ses dernières défenses ; ses lignes de protection cédèrent d'un coup car, à présent, il entendait distinctement. Il ne pouvait rester un instant de plus dans son océan protecteur. À la surface, le soleil brûlant des procédures, du code militaire, de l'armée et de ses forces implacables, des talons qu'on claque et des rapports circonstanciés l'attendait. Sans ménagement. Pourtant il décida de garder les yeux fermés. Feignant l'inconscience afin de glaner des informations supplémentaires.

– *Hadarat* mon colonel, la police nous a contactés pour un incident vers Hydra… Vers Sidi Yahia… On l'a récupéré chez eux… Tirs en l'air… Crise… Fou… Panique… Rapport prêt *hadarat*… Oui, bien sûr… La police a effacé l'incident de la main courante… Piqûre (Amin pensa à sa douleur au bras, ses membres atrophiés, la nausée)… Pour calmer, oui… On a appelé son unité… Médecin… Père… Décédé… Général

Sellami… Oui, c'est lui… Hospitalisation… On va appeler la famille… Les témoins… Militaires aussi… Dépositions…

Il les entendait fouiller dans un tas de papiers, puis il perçut le souffle d'un homme qui venait d'arriver. Leur supérieur. Amin comprit alors où il se trouvait : à la DCSA, la Direction centrale de la sécurité de l'armée, en d'autres termes la police militaire secrète. Qu'avait-il fait ?

Des pas s'approchaient. Le souffle juste là, tout proche. La voix enfin, sortie comme une bourrasque du cœur d'un ciel noir orageux.

– Ça va mieux, mon fils ?

Mon fils. Amin était obligé d'ouvrir les yeux maintenant. Il ne pouvait plus feindre la perte de connaissance et rester dedans, il lui fallait aller au-dehors, affronter cette voix paternelle et autoritaire, rauque, qui s'efforçait de paraître douce. Face à lui, l'officier, la cinquantaine, à la carrure gigantesque et en tenue kaki, se tenait tout proche, incliné sur son visage, les yeux durs aux reflets marron et jaunes, suivi de deux autres militaires en retrait, plus jeunes, de l'âge d'Amin. Ils avaient dû faire l'académie ensemble, pensa-t-il inutilement, juste pour occuper sa tête désarmée face au regard de l'officier. Il ne parvenait pas à convoquer sa mémoire, son énergie étant entièrement mobilisée pour l'aider à affronter l'extérieur, cette petite salle nue, aux murs de béton gris, où la lumière qui jaillissait d'une fenêtre éclairait les agents de la DCSA. À la surface, le soleil lui brûlait les yeux.

– Tu veux de l'eau ?

Les amabilités de l'officier au regard dur terrorisaient Amin. Où était la brutalité légendaire de la DCSA ? Quand le lion te sourit, ce sont ses dents qu'il te montre, avait-il entendu quelque part. Il tenta de riposter face à la terreur qui l'envahissait.

– Je suis où ?

Il ne reconnut pas sa voix. La langue pâteuse et les lèvres lourdes, le larynx sec et les poumons comprimés par la douleur. Voix éteinte, hésitante, faible, qui, dans son élan désespéré, n'atteignit que faiblement les oreilles toutes proches de l'officier toujours penché sur son visage.

– Qu'est-ce qui s'est passé, mon fils ?

Encore « mon fils ». « Mon fils. » Il avait un père et il n'était plus là, enseveli sous la terre et sa mémoire. Une mémoire qu'il voulait oublier.

Amin sentit une vague qui se formait quelque part au plus profond de lui. Mots et images, cris et pleurs, souvenirs, arbres, amis disparus, tombes et flingues, des escaliers et une course, des détonations et un éclat de rire. Tout en dessous, au creux de la vague qui roulait en dévastant les limbes de sa conscience, des cheveux tirés en arrière et une nuque. Une femme. Une jeune femme. Il ne voyait plus l'officier qui tentait un sourire rassurant éminemment raté. Rictus de circonstance. Une jeune femme.

Kahina.

L'officier fronça les sourcils, interrogatif. Il remarqua l'aspect soudain vitreux des yeux d'Amin.

– Appelez un médecin.

L'officier lança l'ordre sans quitter des yeux Amin qui venait de comprendre. Il se rappelait les tables renversées, les cris, Kahina qui traversait, Sidi Yahia, son doigt frénétique sur la détente. Avait-elle été là ? Pourquoi ne l'était-elle plus ? Où es-tu ? L'officier remarqua l'agitation d'Amin. L'un des deux autres militaires disparut derrière la porte pour reparaître avec un homme chauve, la soixantaine, yeux globuleux, portant une longue blouse blanche ouverte sur un treillis. « Vite ! » L'officier se déplaça d'un pas de côté, sa voix était devenue métallique. Fini le ton apaisant, l'ordre claqua dans les oreilles d'Amin comme un coup de fouet. Les dents du lion, menaçantes. Pas le temps de s'agiter. Déjà l'homme chauve avait plongé l'aiguille dans son avant-bras qu'il tenait fermement. Douleur. Le sang pollué par le calmant injecté en intraveineuse, le sang qui, se faisant complice de l'agression chimique, charriait dans tout son corps le sédatif, propageant l'atrophie des membres et de la conscience. La vague qui déferlait s'écrasa violemment contre un mur et les souvenirs, les arbres, les mots, les rires, les tombes, les flingues et Kahina, sa nuque, sa bouche, ses seins, tout vola en éclats comme un shrapnel mortel. Ça faisait mal. Amin sombra, criblé par ses propres débris tranchants.

4

« J'assume devant Dieu et les hommes ! Tout ! Tout ! *Erreb* ou l'*îbad* ! Tout ! », hurlait son père dans son agonie, mots noyés dans la bave de la panique devant la mort qui venait et s'installait en lui, lui infligeant convulsions et déformations de la bouche. Il avait éructé ces cris quand il avait vu son fils Amin approcher de son lit d'hôpital. Amin ne savait plus quelle attitude adopter. Le médecin militaire venait de lui apprendre que son père était condamné, qu'il était en fait déjà décédé, c'est ce qu'il pensait en poussant la porte de sa chambre avant d'intercepter ses cris et de battre en retraite face à ce cadavre dont la lâcheté venait de décrédibiliser plus de soixante ans de bravade face à la Faucheuse. Et ce n'est qu'une fois son père enterré sous des coups de pelle solennels qu'Amin avait pu y aller. Aller chercher, le jour même de l'enterrement de son père, son dû caché quelque part dans la chambre de ses parents.

Alors il monta en courant vers l'étage supérieur de la villa cernée par les hauts murs de la cité militaire de Saïd-Hamdine, envahie par la famille endeuillée, entourée par les lourdes berlines des collègues en noir de son défunt père, bousculant au passage les lecteurs du Coran qui avaient veillé le vieux cadavre, les insultant à cause de leur superbe assurance de vautours enturbannés dans leurs virginales djellabas… Il prit les escaliers en courant, passant en coup de vent devant sa mère et ses proches occupés à préparer le café pour les invités venus nombreux présenter leurs gueules d'enterrement. Il s'élança vers le bout du couloir, referma derrière lui la porte de la chambre parentale pour s'effondrer sur le sol en pleurs. Il cherchait ce qui le condamnait à mort, ce qui l'assassinait sans même qu'il ne tire à nouveau un seul coup de feu… Cette pièce à conviction que son père gardait pour le tenir, lui et les siens, ses frères de lutte, avec ses empreintes et celles de Sidali, comme ultime chantage paternel, ultime frontière de son continent de menaces, son arme finale.

Il avait fallu qu'il disparaisse, qu'il se taise à jamais, son père, il avait fallu que ce ciel hargneux disparaisse au-dessus de lui, il avait fallu que son silence colérique cesse à jamais pour qu'Amin se mette à chercher dans cet espace interdit, cette chambre fermée à clé avec la complicité de Hassniya, la mère aimante mais complice, il avait fallu qu'il crève, le général Zoubir Sellami, pour qu'Amin retrouve son sang, son corps, son cadavre, ses disparus, sa dernière excuse auprès de ceux qui sont partis, exilés ou ensevelis sous les débris de la mémoire. Il avait fallu qu'il crève pour que le fils aille chercher dans le cimetière sa tombe et qu'il lise l'épitaphe qu'il poursuivait maintenant dans les plis anodins du deuil, le deuil de ce magnifique seigneur de guerre. Amin se mit à chercher le flingue discret, un petit .7.65 docile et efficace comme un dragon apprivoisé. Une perle. Perle noir métallisé, crosse marron et canon raccourci, ancien modèle de Beretta destiné aux hauts fonctionnaires de l'État italien menacés par la Mafia dans les années 1980. Discret, pour ne pas faire peur aux épouses, petites armes, petites menaces, « c'est juste une formalité, le boulot nous impose de le porter en mission, ma chérie ». Ce n'est pas un totem de la guerre. Il faut juste bien viser la tête, le cœur, ou, si l'on est sadique, le foie pour une mort plus lente – vingt minutes d'agonie environ. L'arme tue,

tue bien. Le recul est maîtrisable. Le calibre se cache partout. Précis et rarement enrayé. Un bel outil de travail, diraient ses instructeurs coréens de l'académie, peu bavards. L'arme des petits flics qui lorgnent sur les Beretta vingt-deux coups des superpoliciers ou des services.

Son père l'avait bien caché. Facile, vu sa taille ridicule. Amin devait fouiller partout avant que les collègues de son père ne débarquent pour sceller une partie de sa mémoire jalousement enterrée ici dans cette armoire. Il fouinait, alors que tempêtait dans sa tête affairée l'incrédulité de la mort du père. Il ne tomba dans un premier temps que sur son arme de service, cachée sous une pile de chemises impeccablement repassées, le Tokarev, ce pistolet russe double détente, cette arme de guerre frappée de l'étoile à la crosse. Ce n'était pas ce qu'il cherchait, mais il resta un moment avec le gros calibre dans la main, affalé par terre devant l'armoire. Il soupesait l'arme, lourde et imposante. Amin se rappela la tentative d'attentat contre son père dix ans auparavant. Les coups de feu aussi puissants que le tonnerre de la lourde artillerie en guerre. Il se rappela comment Zoubir avait dégommé les quatre assassins en bas de chez lui, à Lavigerie, à l'époque. Il soupesait ce lourd pistolet et regardait la porte fermée qui le séparait du présent et du deuil. Le poids du Tokarev dans sa main le consolait autant que le permettait sa puissance silencieuse et métallique.

Son père, Dieu de la mort, était rentré ce soir-là plus tôt que prévu à bord de son antique Renault 25 grise aux vitres teintées. Qui connaissait ses horaires improvisés ? Zoubir avait remarqué, à l'approche de leur rue, deux hommes qui reculaient vers deux angles morts opposés, de part et d'autre du chemin qu'il devait prendre. Il ne lui en avait pas fallu plus pour allumer les phares aveuglants, lancer la voiture, ouvrir la portière et sauter pour rouler derrière une bouche d'égout, armer Sa Majesté le Tokarev, le temps que les tueurs vident à découvert leurs chargeurs de kalachnikov sur la voiture dans sa course insensée, se relever à moitié et tirer une première salve au jugé, puis ajuster. Amin venait de rentrer du lycée et parlait à sa mère du sale temps couvert qui les faisait suffoquer.

Et soudain.

Takatakatakatakatakatakatakatakatakatakatakatakataka !

Sa mère l'avait plaqué au sol et recouvert de tout son corps en tremblant. « *Babak !* », avait-elle lancé. « Ton père ! » Dans le tumulte des rafales professionnelles des kalachnikovs, Amin avait entendu Zoubir répondre en canonnades. Il ne pouvait mourir car il ne pouvait croire à la possibilité de sa mort. Il ne pouvait mourir, car il était protégé par le pistolet automatique soviétique. Le Tokarev qu'il tenait dans sa main, maintenant que son père était mort pour de bon. Les images revenaient, il se voyait en train de se dégager de l'étreinte protectrice pour se rendre au balcon de la cuisine, marchant accroupi et osant un regard vers le bas. Pas un chat dans le quartier. Seul l'écho assourdissant du Tokarev meublait l'univers. Les quatre tireurs s'acharnant sur le béton de la bouche d'égout avaient commis l'erreur de se découvrir en ne comprenant pas le subterfuge de la voiture sans conducteur qui s'était écrasée avec fracas sur le muret du jardin en contrebas. Et son père avait riposté en jaillissant, distribuant généreusement la mort, et déjà un tueur était tombé, le visage arraché par une balle explosive. Les rangs des assaillants étaient déstabilisés, confusion chez les tangos[1] qui ne rencontraient que les volées coléreuses du gros calibre russe. Une pluie d'acier. Le quartier, mais aussi le monde entier s'étaient vidés, disparaissant devant le déferlement automatique qui emplissait l'air et la matière. Les murs criblés par les impacts définitifs resteraient comme la mémoire, visible des années

1. Terroristes, dans le jargon militaire.

après, de la violence de ce moment. Un deuxième homme, blessé au bras et à la joue, avait laissé tomber sa kalachnikov, permettant ainsi à son père de sauter derrière un autre muret pour mieux viser le dernier homme qui cherchait, canon de fusil automatique déployé, ses acolytes à terre. Et puis, cette surprenante posture de son général de père bravant la mort, debout et à découvert. Même en récoltant, après cette soirée, les témoignages des quelques voisins qui avaient osé suivre la bataille derrière leurs ridicules forteresses de persiennes, Amin n'avait pas compris : pourquoi Zoubir s'était-il mis debout, le Tokarev en avant ? Pourquoi avait-il pris tout son temps pour mettre en joue le dernier assaillant, face à lui, qui brandissait sa kalachnikov comme une prothèse prolongeant son bras fébrile ? Pourquoi s'était-il découvert, avançant vers sa proie le bras tendu et l'index pressant sans relâche la détente ? Les impacts sur le corps du tango avaient été d'une telle puissance qu'ils l'avaient maintenu debout, le parcourant de violents spasmes, la kalachnikov arrosant encore au hasard et Zoubir avançant toujours. Il avait marché vers le gars criblé de balles et, une fois l'homme à terre, l'avait achevé d'une dernière balle dans la tête qui avait éclaboussé de sang ses chaussures et son pantalon que sa femme brûla la nuit même pour tout effacer. Non pas effacer la violence ou la crainte de cette tentative d'assassinat, là, juste en bas de chez eux, mais effacer ce qui allait advenir, ce destin contaminé par le sang encore chaud dans lequel tous avaient plongé, tueurs et tués, futurs tueurs et tués. Il n'y avait de certitude que la noyade. Noyer et se noyer à bout de forces dans cet océan déchaîné de sang, de larmes et de merde. Un océan noir et rouge dont les fonds abyssaux étaient tapissés de cercueils et de montagnes de douilles vides. Il fallait apprendre à nager là, tout de suite. Même si c'était déjà, et depuis longtemps et pour l'éternité, tellement trop tard.

On l'avait vu ensuite avancer calmement vers le blessé à terre, dans son vieux costard gris dans lequel il flottait, derrière ses vieilles lunettes de soleil masquant une bonne partie de son visage. D'un coup de pied, il avait éloigné la kalachnikov, puis il avait posé son pied sur le torse du blessé agonisant, le bras désarticulé par une balle explosive, la joue trouée, l'oreille arrachée, le poumon droit perforé. Zoubir avait pris son talkie-walkie pour avertir ses hommes tout en regardant autour de lui : tous des ennemis, à commencer par les voisins, le vendeur de cigarettes du quartier, les murs, les chats, les arbres, la baie, les nuages, l'air même. Et quand avaient débarqué les policiers du commissariat d'à côté, il n'avait eu que mépris pour eux. Ne leur avait pas même parlé. Ils avaient osé le braquer avec leurs Beretta, mais il n'avait pas bronché. Il était resté là, le pied sur le torse du supplicié, le talkie-walkie à la main, le Tokarev dans l'autre pointant la tête du gars sous ses pieds. Les flics avaient paniqué : ils se trouvaient face à un gaillard calme dont les vêtements étaient maculés de sang et de poussière, des cadavres éparpillés tout autour de lui. Les hommes de Zoubir étaient enfin arrivés dans des 4 × 4 noirs rugissants, braquant à leur tour les policiers qui ne comprenaient plus rien. Parce que là, ce n'était plus la république pépère du commissariat de voisinage et des petits délits : les flics qui draguent à la sortie du lycée, ou le café intéressé offert par le riverain obséquieux au policier de faction somnolant à l'entrée du commissariat gris et bleu. C'était le nouvel ordre des seigneurs lâchés comme des fauves des casernes dans une guerre. La guerre.

Et puis rien. Plus rien. Zoubir ne dirait rien à sa femme ni à Amin. Quelques témoignages de voisins confiés à Amin. Puis plus rien. Il avait juste changé de voiture et se baladait avec une kalachnikov dans le coffre, quatre chargeurs de réserve et trois grenades dans la boîte à gants, en plus de ce Tokarev qu'il ne quittait jamais, même en se couchant, le gardant sur la table de chevet couvert d'un vieux journal pour ne pas effrayer sa femme. Et cette réputation de baroudeur absolu, immortel, qu'aucune balle ne pouvait atteindre, s'était renforcée, la légende de son père avait pris racine.

Amin se souvenait de tout ça, alors qu'il plongeait dans les limbes grâce aux calmants dans la caserne après l'incident de Sidi Yahia. Il se souvenait de ce tête-à-tête dans l'hélicoptère qui l'avait ramené d'un terrain d'entraînement vers l'académie, ce tête-à-tête avec un colonel d'infanterie audessus du maquis, qui lui avait dit : « Ha ! Tu es le rejeton du cow-boy Zoubir ! Le trompe-la-mort ! » Images en flashes, car Amin se débattait dans ses souvenirs récents et plus lointains. L'académie. Ça lui revenait peu à peu. Là où son père, colonel à l'époque, l'avait exilé, comme il avait exilé Sidali en France. L'académie. Sidali. Zoubir. Kahina. Ça cognait fort dans sa tête abrutie par les calmants. L'académie : il n'avait gardé en mémoire que les cris le matin très tôt, courir tout le temps, manger vite, le stand de tir et un myope à côté de lui qui avait failli le blesser au camp Abane-Ramdane. Abane-Ramdane, c'était aussi le nom de leur lycée avec Sidali, Nawfel et Farouk à Lavigerie. Puis des visages flous, des têtes rasées, un officier qui leur expliquait qu'ils n'étaient que des numéros, des frères aussi, un seul corps, des chants patriotiques toute la nuit comme exercice respiratoire et des brimades, des cours de topographie et de sécurité militaire, l'interdiction de bâiller, des permissions qu'il passait chez lui sans savoir marcher correctement, habitué qu'il était à courir, sans savoir vraiment parler, tellement habitué à crier et à répéter comme un automate les injonctions des officiers instructeurs. Des choses parfois remontaient à la surface de cet exil qu'avait décrété son père pour le mettre à l'abri, disait-il, de ses autres collaborateurs. Qui ? Ce Aybak, par exemple, qui s'était présenté au cimetière, l'assurant qu'il était de sa famille ? Mais le mensonge n'avait pas pris, car dans sa tête tout était resté. Il était et serait toujours là-bas, avec Sidali et les autres dans leur maquis urbain, dans le pays qui brûlait et qui les consumait. Là-bas, le temps s'était arrêté avec cette odeur de poudre et de cadavres tout autour de lui dans la nuit d'Alger-Est.

Il était resté là-bas et il ne pouvait plus reconnaître sa trentaine dans le miroir matinal. Les poils, les bras et les jambes semblaient plus grands, les yeux étaient perdus au fond d'un visage qui n'arrivait à sourire que difficilement, deux puits noirs soutenus par des cernes permanents et la bouche grimaçante devant cet étranger dont le reflet était renvoyé par le miroir de son père et par la mémoire, et qui grimaçait à son tour, nerveusement. Dans ce reflet, un corps étranger l'épiait, boursouflures d'un corps d'avant, celui qui avait aimé, qui déambulait dans les larges couloirs du lycée et dans les quartiers de l'enfance et de l'adolescence avec un mélange d'insouciance et de gravité. Il lui suffisait de le dépecer pour que le vrai corps d'adolescent nerveux (« tu es trop mince, mon fils », répétait Hassniya), travaillé par le soleil et les crimes, émergeât sous la couche de l'adulte et du présent, du présent fantôme. Il suffisait d'effectuer un carottage et d'exposer les couches sédimentées depuis ces temps engloutis dans la nuit du passé qui ne croit en aucun matin, aucun réveil, sauf celui de la remémoration douloureuse. Ce passé tout autour d'Amin, qui n'arrêtait pas de le couver, de le cerner comme une épaisse brume. Et le présent qui peinait à percer les vapeurs denses d'un passé entêté. Le présent d'un cadavre qui survivait parmi les autres et en lui-même. Un cadavre qu'il rencontrait souvent quand il dormait pour retrouver les horreurs et les fantômes, surgissant dans ses cauchemars. Il dormait paradoxalement mieux avec eux, avec ses fantômes. Enfin, avec lui-même. Il était son propre fantôme.

Il reposa doucement le lourd Tokarev sur le sol de la chambre pour poursuivre sa fouille dans l'armoire comme un chirurgien plongeant ses mains dans les entrailles vivantes d'une mémoire, entrailles chaudes comme un corps refusant le néant et la mort. Et là, au fond du dressing où s'alignaient costards et sahariennes marron et kaki d'apparatchiks, une boîte métallique. En l'agrippant, en la soupesant, il sut qu'elle était là, leur condamnation, à lui et ses amis, le chantage du père et les pleurs pathétiques de sa mère. Ils étaient tous là, dans cette boîte métallique fermée par un cadenas ridicule. Sidali, lui, Farouk, Nawfel, ils étaient tous là. Délicatement, il reposa la boîte métallique, pas plus grande qu'une boîte à chaussures, et avec la crosse du Tokarev, l'arme du père, explosa le cadenas au second coup. Le Beretta 81 gisait à côté du chargeur de secours. Sa vue l'émut comme un crépuscule inédit. L'arme n'était même pas protégée par un sac de plastique pour préserver les empreintes. En avait-il besoin, son salopard de père, lui qui fabriquait des cadavres, des cimetières, des preuves, des guerres et des coupables ?

Assis sur le lit parental, face au miroir de l'armoire qui renvoyait avec indécence son reflet abattu et soulagé à la fois, il revoyait leurs guerres, leurs fuites et sa manière de lâcher l'affaire après… Après quoi ? Tout cela, toute cette catastrophe parce qu'il était le fils de son père. Le fils, les fils, en pensant à Sidali, Nawfel et Farouk, les fils de bien des guerres que la mémoire du corps convoquait sans relâche depuis des siècles.

Elles étaient là, dans la maison funéraire de Saïd-Hamdine, ces guerres, mille-feuilles de mille récits, cadavres, commémorations ou silences, martyrs sanctifiés ou oubliés, lambeaux de chair carbonisés, charcutés ou lacérés, sacs d'ossements découverts sur le tard et éparpillés aux quatre coins du pays et de la mémoire. Éparpillés, ici même. Dans la maison. Dans la bouche de la vieille H'nifa, restée en bas dans le grand salon depuis la veille, veillant le corps de Zoubir Sellami, dont elle était la grand-tante, et ressassant le passé depuis un siècle, comme on remuait dans une grande marmite la soupe primordiale de l'univers. Toutes les guerres se déversaient de cette fine bouche découvrant des dents en or, bouche entourée de rides profondes qu'on aurait dites labourées par plusieurs vies. Et ces yeux ! Ces yeux d'un bleu acier lançant un regard appuyé et appliqué dans le vide. Aveugle, cette centenaire et sa mémoire avaient survécu à la sénilité mais pas à la guerre, aux guerres, là emmitouflée dans son *hayek* blanc, qu'elle était l'une des dernières à porter à El-Harrach, dans son quartier de Dessoliers. Figure mythique imposant à tous ses voisins les grands nettoyages du printemps pour conjurer la lente dérive du voisinage précaire vers sa destinée de bidonville et de maquis terroriste. Repeignant elle-même, à la chaux qui lui brûlait les mains, malgré sa chétive corpulence d'amas de nerfs et d'os ramassé dans un *hayek* immaculé, les murs de sa *douira* centenaire où son arrière-grand-mère était née. Une teigne tout en os et en nerfs saillants qui accusait celles portant le voile de faire dans le « faux et usage de faux », avec son français très Troisième République, sans roulement de « r » mais tout en roulant ses petites mécaniques osseuses. Chez les Sellami, elle était l'archive familiale vivante. Ce qui renvoyait Amin à cette légende entendue à l'académie autour de ce fameux général qui devait être un des mystérieux supérieurs de son père : Sanctuaire le Moribond, le cadavre vivant tout-puissant, le caveau métabolique des secrets d'État. Car la légende racontait qu'il aurait implanté sous sa propre peau des milliers de microfilms de tous les documents top secret de la république et de l'armée. Le corps agonisant de Sanctuaire était devenu alors le plus précieux des coffres-forts du pays, quelque part : sous terre dans le bloc C, le plus secret bâtiment du ministère de la Défense, alors que certains le disaient au large de la baie d'Alger dans un sous-marin désaffecté et réaménagé en bunker submersible pour ses besoins paranoïaques.

Et la vieille H'nifa parlait lors de la veillée mortuaire, racontant l'histoire du jeune Zoubir qui venait tout petit garçon chez eux à Belfort, où ils étaient bien installés, dans le côté arabe du quartier. Zoubir venait prendre des provisions pour les « frères », passer des lettres qu'elle cachait sous son *hayek* et traversait les barrages des Français jusqu'à Alger ou Blida. Puis les passages de Zoubir à la maison étaient devenus de plus en plus rares. C'était un moudjahid, il était moins jeune qu'Abdelkrim, le fils de H'nifa, le seul bachelier arabe d'El-Harrach, kidnappé par les paras, disparu depuis, une rue portait son nom à Belfort, la tante ne l'empruntait jamais. C'est après l'arrestation d'Abdelkrim que Zoubir avait pris le maquis.

Dans la faible lumière de l'unique bougie du salon posée près de la tête du mort, les autres femmes, tantes, cousines, parents par alliance, voisines et filles de voisines et petites-filles de voisines d'El-Harrach et de l'histoire familiale acquiesçaient et donnaient crédit à cette bouche originelle d'où jaillissait la mémoire collective, mémoire enfouie sous des strates de traumas et de sourires édentés. Une larme redessinait la joue ridée de l'antique H'nifa. L'œil ne voyait pas mais pleurait. Source dans la roche dure qui rappelait les douleurs. Et la guerre.

5

La guerre se réveillait partout. Quand elle était là, elle purifiait salement le monde, le détruisant pour en créer un autre. Mais quand elle revenait à travers les récits et la mémoire, ou des visages faussement affables, comme celui de ce général Aybak croisé dans le cimetière, la guerre devenait un poison individuel et non plus un massacre collectif qui se banalisait en même temps qu'il faisait bondir le nombre de victimes et l'étendue de son terrain. Comme au cimetière face à Aybak, comme avec H'nifa qui convoquait les morts, comme avec la récupération de ce pistolet dans la chambre parentale alors que se poursuivait le deuil, comme cette crise à Sidi Yahia quelques jours après où il croirait apercevoir Kahina.

Kahina, la plus meurtrière de ses guerres. Comme lorsque, quelques jours avant le décès de Zoubir, Amin avait retrouvé Sidali, son ami et complice d'il y avait dix ans, d'il y avait un siècle. À la banale lecture d'un journal lors d'une permission, dans cette brève, coincée entre le récit des deux attentats hebdomadaires en Kabylie, il avait retrouvé Sidali. Même si son identité n'y était heureusement pas précisée, il l'avait devinée à travers le nom révélé de la « victime ». « Putain, ils écrivent "victime" ! », avait bondi Amin avant de relire lentement la brève :

« *Hier, à Montpellier (sud de la France), un repenti islamiste, Salim Mokrani, réfugié en France depuis 2002 suite à son amnistie une année auparavant, a été abattu de trois balles dans la tête, dans un café du quartier maghrébin de Figuerolles, d'après le procureur de la République. Le suspect, qui portait un casque de moto, a d'abord interpellé la victime par son nom, avec un accent maghrébin, selon les témoins présents dans le café. L'enquête a été confiée à la brigade criminelle de la police judiciaire…* »

Instinctivement, Amin avait compris que derrière cette histoire se trouvait Sidali Khodja, ex-étudiant en médecine à Montpellier depuis son départ d'Alger ordonné par Zoubir, dix ans auparavant. Amin avait compris que Sidali ne pouvait supporter la présence, l'existence même de ce Salim, listé par leur organisation clandestine comme numéro trois du Front islamique du djihad armé, FIDA, avec lequel ils voulaient en découdre quand ils étaient lycéens. Lutte qui avait fini par déraper, impliquant l'intervention de son père, Zoubir, colonel des services de l'antiterrorisme à l'époque. Trois balles. Les trois balles dans la tête héritées de l'OAS, trois balles en 1961-1962 pour le sigle de l'organisation revendiquant le crime aussi explicitement qu'un tract. Eux aussi, à l'époque, en 1994, voulaient signer leurs liquidations : « Jamais dans la nuque pour marquer la différence avec les services secrets de Zoubir. » Jamais dans la nuque pour dire qu'ils frappaient de face. Jamais dans le dos.

Amin n'avait plus revu ni contacté Sidali depuis dix ans. Il ne savait pas où il s'était installé. Mais son instinct le lui disait : c'était lui. Qui en voudrait à Salim Mokrani sinon ? Qui le connaissait seulement dans sa nouvelle vie en France ? Comment interpréter cet assassinat ? « Liquidation », préférait penser Amin, dix ans après, alors que Zoubir disparaissait. Les événements se mélangeaient dans la tête d'Amin. Pourquoi, dix ans après, les fantômes du passé venaient-ils fracasser la porte du présent, déferlant comme une armée sauvage aux visages pleins de sang et de colère ? Amin aurait tant aimé parler à son ami exilé. Lui expliquer que son père était mort d'un cancer, que cette disparition le soulageait et qu'il n'éprouvait aucune culpabilité. Lui dire qu'il avait vu sa mère à lui, que son père, Farès, allait bien, que l'arme était bien cachée, que tous les documents étaient détruits, qu'il avait tout effacé. Non, en fait, il allait lui dire la vérité, toute honteuse, la honte de lui-même, il n'avait pas revu les parents de Sidali. Comment leur faire face après ce qui s'était passé ? Comment aller les voir dans sa tenue de militaire, habillé du même treillis que son père quand il avait tout défoncé sur son passage dans leur HLM à El-Harrach, quelques heures après l'assassinat de Mehdi ? Mais il aurait aimé le rassurer maintenant qu'il avait trouvé l'arme : la vérité était enterrée et bien enterrée. Amin aurait aimé dire à Sidali que son père l'avait menacé de lâcher ses collègues contre lui et ses amis, contre son propre fils qu'il avait fini par exiler à l'académie militaire, pour le mettre à l'ombre, disait-il, loin des procédures et loin de ces barbouzes de la Direction de la sécurité d'État qui pourtant n'existait pas officiellement… Il aurait aimé lui raconter comment il avait passé dix ans dans un tunnel dont une partie s'était effondrée sur leur passé commun, à eux deux. Ne plus regarder en arrière et continuer à ramper dans ce tunnel. Mais certaines choses ne s'oubliaient pas. Elles osaient même revenir dans ce passé fantomatique, comme le nom de Salim Mokrani qui lui avait sauté aux yeux comme un animal sauvage attaquant sa proie. Salim Mokrani avait leur âge. Salim Mokrani, le « rouquin », était sur leur liste des cibles à abattre. Il avait fait le lycée avec eux, le premier à monter au créneau pour défendre ses camarades pendant les grèves, à exiger les primes de bibliothèque, le droit au transport, le seul à avoir osé casser la gueule dans les toilettes à ce pion qui jouait les cow-boys avec les lycéens d'Abane-Ramdane. C'était le Che Guevara du lycée à Lavigerie, Alger-Est ! Un sacré numéro, qu'ils devaient, malgré leur camaraderie, abattre. LE TUER. Ou, au minimum, le donner aux services qui le tueraient peut-être. Un vrai mec, pensait de lui Amin, correct, franc, bagarreur, qui avait eu le courage de frapper le flic qui, paniqué face à la foule de lycéens déferlants, avait failli tirer sur Sidali lors de la première grève du lycée. Ce flic qui avait jailli de la Peugeot 505 break freinant nerveusement devant le grand portail. Salim Mokrani avait fait tomber le fusil à pompe des mains du flic, ce fusil qui visait Sidali, avant de détaler vers la forêt des Pères blancs en contrebas du lycée, échappant aux policiers furieux à ses trousses. C'était en 1992, ils faisaient grève contre les arrestations de leurs camarades de lycée. Ils y étaient tous, au lycée Abane-Ramdane, islamistes, voyous, gauchistes, privilégiés d'El-Biar... Ils étaient descendus de la grande cour pour forcer le portail, puis la foule de lycéens avait envahi la route vers Alger, la Moutonnière, pour couper la circulation. Les policiers avaient débarqué en civil en pleine récréation pour embarquer ces deux mecs de Diar Djemaa, ils avaient trouvé des tracts du FIS[1] sur eux, ils les avaient menottés devant leurs camarades qui ne comprenaient pas ce qui se passait, leur avaient foutu les tee-shirts sur la tête et les avaient enfermés dans le coffre comme des moutons. Les pions avaient regardé les flics faire, les enseignants aussi. Sauf leur prof de français, Mme Ghazi, qui avait pris à partie l'un des pions, ne comprenant pas sa passivité, et avec une voix cassée et son accent parisien lui avait crié : « Vous ne bougez pas ?! Ils arrêtent nos élèves à l'intérieur du lycée ! » Les adolescents, voyant les pions immobiles, avaient compris que c'était à eux d'agir, de refuser. En tête de la foule de lycéens, il y avait deux leaders, Sidali et Salim Mokrani. Amin revoyait cette image, les deux jeunes menant la foule coléreuse, vague

1. Front islamique du salut, militant pour la création d'un État islamique et dissous en 1992.

déferlant sur la route vers Alger. Les lycéens avaient ôté leurs tabliers bleus ou blancs qu'ils faisaient tournoyer au-dessus d'eux. Les deux camarades se tenaient en première ligne de la manifestation face à la police qui avait débarqué violemment, menaçant de faire feu. Deux camarades dont l'un avait fini par tuer l'autre, douze ans après. Amin avait envie de vomir, ils étaient devenus des cannibales. Le goût du sang et de la chair dans la bouche. Cannibales. Ils ont fait de nous des cannibales, avait-il pensé là, face à cette image de Sidali et Salim ensemble, menant la fronde sur la route vers Alger, au milieu des automobilistes terrifiés ou excédés et face aux canons de la police. Des cannibales.

Amin sursauta. Le pistolet lui glissa de la main et le bruit du métal sur le carrelage le surprit dans ses pensées. Il ne savait plus où il était. Dans sa mémoire ? Face au miroir ? Il ramassa le pistolet Beretta, il se voyait le ramasser, il se souvenait qu'il avait ramassé le petit calibre. Le pistolet serait caché dans un endroit que seul Sidali, si un jour il mettait fin à son exil, pourrait trouver.

6

De l'autre côté de la mer, loin de cette pièce capitonnée où avait fini par être interné son ami Amin, Sidali errait dans sa mémoire alors que l'exil, qui était devenu plus supportable depuis quelques années, grâce à la douceur de vivre de la cité phocéenne, redevenait féroce et douloureux. Il avait suffi d'une annonce de décès trouvée dans un journal algérois qu'il consultait de temps à autre sur le Web, afin d'avoir des nouvelles du pays. Encadré noir sur la page des petites annonces avec la vieille photo d'identité d'un cinquantenaire au regard sombre, lèvres pincées et calvitie naissante. Tenue militaire de parade, cravate, chemise et veste, grades. C'était lui. Quelques pages plus loin, Sidali retrouva un article nécrologique plus détaillé sur le général Zoubir Sellami. Au début, la nouvelle lui avait glissé dessus, comme l'eau sur une surface sans aspérités. Il s'était blindé depuis si longtemps contre ce passé. Mais au bout de quelques secondes, les mots s'imprimèrent en lui : « lutte antiterroriste », « le défunt a laissé une veuve et un fils », « les années 1990 »… « Un fils »… Sidali eut les larmes aux yeux et l'image d'Amin lui souriant dix ans auparavant le frappa violemment. Amin en deuil, père terrifiant disparu, l'enterrement, et des choses remontaient, souvenirs et traumatismes, chez lui comme certainement chez Amin. Et comme par hasard – hasard ? il n'y croyait pas –, son triple tir contre

Salim Mokrani. Sa colère, ses frustrations et son exil dans ces balles perforant la tête d'un ancien du lycée, Mehdi, il y avait dix ans. Trop de choses remontaient à la surface. Peut-être boire un coup, pour oublier, s'oublier... Mais il savait que l'alcool du monde entier ne réglerait rien, permettrait à peine un vain sursis. Peut-être aller voir ailleurs, loin, s'entendre avec André et le reste de la bande corse pour... Mais aller où ? Comment se fuir soi-même, fuir son esprit et sa mémoire foisonnant de mille mots et sons, images et cris, visages et soleil du pays dont il s'était éloigné depuis une décennie ?

Sidali trouva une place sur une terrasse au Vieux-Port et commanda un demi, il alluma une cigarette et tenta de se calmer : comment rationaliser la disparition de Zoubir Sellami ? Que signifiait concrètement pour lui le décès du général, gardien de leur secret, à Amin et à lui ? Un retour ? Sidali eut un rictus qui défigura son visage. Il était horrifié à cette idée : rentrer où ? Il n'avait plus de chez-lui, juste des parents qu'il tenait laconiquement au courant de sa nouvelle vie ici. Et ce pays qu'il ne connaissait plus, et qui ne le reconnaîtrait plus. Dix ans. C'est une vie et ce n'est rien, c'est beaucoup et quelques secondes pour la mémoire. L'exil a un sens de non-sens, qui fait perdre le sens de la terre et de l'espace. Il rigolait quand il écoutait parler d'exil de compatriotes venus chercher en France travail et qualité de vie. Quel exil ? Vous l'avez choisi, quelque part. Lui n'a pas eu le choix. C'était ou le bateau pour Marseille ou les geôles de la Sécurité de l'État. Choix binaire. Simple. Fatidique. Tu restes, tu crèves ; alors sauve-toi. Revenir ? Renverser l'équilibre des forces instauré depuis dix ans ? Il n'y avait, en fait, qu'une adresse, celle d'Amin.

Et il avait tellement de choses à lui dire. Pour tenter de conjurer la catastrophe, les assassinats, l'Assassinat, la mort et l'oubli, l'exil et les traumas qui s'égrenaient en chapelet de plus en plus serré autour de leur cou.

Alors, ce retour, il le débuta par une lettre qu'il écrivit mentalement en sirotant sa bière, dont la fraîcheur contrastait avec la chaleur des portes de l'enfer qu'il s'apprêtait à ouvrir :

Tellement de choses à te dire, Amin.

Je te présente, malgré tout (mon exil, l'humiliation subie par mon père, notre groupe éclaté, la hargne de ton père) mes condoléances. Tu as dû trouver dans les journaux l'annonce du meurtre de Salim Mokrani. Tu as peut-être deviné que c'était moi. L'arme ? L'arme, c'est les Corses. Ne t'inquiète pas, frère. À Marseille, je suis protégé. Un .7.65 discret, léger et précis. Comme celui que ton père a saisi et caché à ses propres collègues des *s'rabess*, nos implacables services paranoïaques. Et avec un silencieux en prime. Je ne voulais pas du « 11 virgule », le .11.43, l'arme fétiche des malfrats ici. Facilement pisté par le dernier des armuriers de la police. Et je veux dire aussi que ce n'est pas un crime de malfrat mais un règlement de comptes, une justice qui a été rendue. Je n'ai pas peur de ce dernier mot. Bien que la justice exige encore d'autres cadavres. On l'avait bien dit au début, en nous lançant dans cette histoire : « Ça va pas être beau ! » Non, ce n'est pas beau. Farouk disait, dans ce bois où on s'était réunis, tu t'en souviens : « Quand on est dans la merde, on nage. » Et on est en plein dedans, malgré toutes ces années, les exils et les trahisons. On y est encore. Jusqu'au cou. Jusqu'au dernier coup de feu. Enfin…

Je n'en veux pas à ton père, pour tout te dire. Tu sais bien ce qu'ils ont fait à mon propre père durant la guerre… Mon père ne m'a pas informé de la mort de Zoubir. Il n'en parle jamais, mais je sais qu'il ne peut pardonner à ton père de nous avoir si violentés ce jour-là, juste après l'assassinat de Mehdi, en forçant mon père à m'exiler loin des services. Il ne pardonne pas ses larmes inédites… Mon père est devenu une blessure. Désolé, mon frère. Et puis il ne comprend pas l'académie militaire, tes grades, ta carrière chez « eux ». Pour lui, maintenant, toi ou ton père, c'est du pareil au même.

Les Corses me protègent à Marseille. J'aurais aimé que tu rencontres André, soixante-dix ans, ancien commissaire dans les quartiers nord de Marseille, issu d'une vibrante lignée de nationalistes dont la moitié a fini assassinée et l'autre a crevé dans les prisons du continent. Je faisais des gardes dans une clinique des quartiers nord où j'avais difficilement trouvé une place, quand, il y a quelques années, une mère de famille m'a attrapé le bras en pleine consultation, elle avait quarante ans et savait, je ne sais comment, qu'elle ne survivrait pas à une anodine ablation de l'ovaire. Elle m'a attrapé le bras devant mes collègues et m'a donc demandé de remettre un sac à son mari, à Ajaccio. Je croyais, comme mes collègues, qu'elle délirait, mais deux jours plus tard elle est morte. Je suis allé la nuit, avant que la clinique ne classe son dossier, chercher ce sac rouge fermé avec un cadenas, à côté de ses affaires dans la chambre désormais vide. J'ai pris le sac et le lendemain j'embarquais pour Ajaccio, un bout de papier en poche avec une adresse et des questions plein la tête. Arrivé sur place, j'ai pris un taxi pour me rendre au village indiqué. Mon teint blond et mes yeux clairs n'ont pas suffi à inspirer confiance à l'unique épicier de ce hameau qui ressemblait tant à nos villages de Haute Kabylie, alors je lui ai tout raconté. Il m'a assuré qu'il était le voisin du veuf, Jean-Marie, qu'il se chargerait lui-même de lui remettre le sac. J'ai refusé. L'homme, d'une cinquantaine d'années, musclé comme un taureau de combat, a menacé d'appeler du renfort, de me faire la peau et de jeter mon corps dans la décharge. J'ai dit que je me foutais royalement de ses salades, que j'avais donné ma parole à la défunte, Isabelle, et que rien au monde ne me ferait changer d'avis. Il a pris son téléphone portable et a parlé en corse en me fixant des yeux. En raccrochant, il m'a ordonné d'attendre un certain André, un vieux, derrière l'église, à l'entrée du cimetière.

Adossé au muret du cimetière, dans son bleu de Chine et sa calvitie brillante sous l'astre estival, sa peau rose et ses yeux cachés derrière d'immenses lunettes noires, André m'a expliqué qu'il ne protégeait pas Jean-Marie, ni ses « amis ». C'est un ancien commissaire, il était pour la loi, l'ordre, la République. Mais il était corse, natif de ce village, ses parents, ses ancêtres étaient enterrés dans le cimetière où nous étions. André préfère la justice à la loi. Pour lui, Jean-Marie était innocent, il n'avait fait qu'obéir à son code de l'honneur en hébergeant des nationalistes. Les villageois ne laissent jamais un étranger de passage sous la pluie et dans le froid en pleine nuit. Il était en cavale et sa femme était morte à Marseille, devant mes yeux. André n'était que flic, pas juge. Il ne voulait condamner personne.

André me faisait penser à nos pères. Celui qui n'a pas jugé, le mien ; et l'autre, ton père, promu général, qui est devenu juge et Faucheuse.

On a quitté le cimetière et le village dans la voiture d'André. Je ne sais pas pourquoi je ne me suis pas contenté de lui donner le sac et de revenir le soir même à Marseille, reprendre mes gardes le lendemain, replonger dans la précaire quiétude de mes jours en exil, rejoindre ma vie de petite débrouillardise, calme et réglée comme une horloge.

Sa Peugeot 205 a emprunté une piste qui montait vers des crêtes superbes parcourant le maquis, je n'étais pas dépaysé. J'ai vite remarqué la croix miniature suspendue au rétroviseur avec la photo d'identité d'une jeune fille. Quelque temps après, j'ai su que c'était sa petite-fille, fauchée par une balle perdue à la sortie d'une soirée. Une fusillade entre factions ennemies de nationalistes. J'ai pensé à nous : toutes ces balles perdues qui nous ont ratés. Combien ? Combien, mon frère ? Toute cette mort autour de nous, qui pourtant s'est insinuée en nous, comme un virus, un virus silencieux, pernicieux, comme peut l'être une douce drogue qui nous pousse à trouver au fond de nous-mêmes la force d'appuyer sur la détente. La balle, l'assassinat qui libère et nous enfonce. Toute cette mort vivant en nous. Ardente de vie.

Nous sommes arrivés à une bergerie abandonnée, en apparence. Un rapace dessinait dans le ciel blanc ses orbites autour d'un centre invisible. La porte s'est ouverte sur un homme, la cinquantaine, chauve et maigre, en treillis, qui a pris André dans ses bras. André m'a désigné d'un geste de la tête ; de la main, il m'a invité à me rapprocher puis a expliqué à l'homme armé que j'étais là pour remettre un paquet à Jean-Marie de la part d'Isabelle. L'homme, s'inquiétant d'un hélicoptère qui ne cessait de patrouiller, nous a pressés à l'intérieur.

Autour d'une grande table où reposaient deux fusils se tenaient deux autres hommes en tenue de chasse, l'un d'eux me toisait méchamment. C'était Jean-Marie. André a rapidement expliqué la situation. J'ai posé le sac sur la table sous le regard assassin du premier colosse qui s'en est emparé prudemment, le soupesant, suspicieux.

Jean-Marie ne bougeait pas. Le géant lui a tendu le sac. Le veuf l'a pris délicatement comme on étreint une mourante. C'était certainement ça. Tout ce qui lui restait de sa femme. L'homme en cavale, sans un regard pour nous, s'est retiré. Un moment de flottement. Jean-Marie a jailli par la porte en criant : « Ils arrivent ! »

Le colosse et le maigre se sont jetés sur les fusils et André s'est levé d'un bond, dégainant son revolver. Jean-Marie a sorti un autre fusil de sous la table et l'a chargé en vitesse. Les trois me regardaient. André m'a fourré dans la main un pistolet. J'ai regardé l'arme. Une vieille connaissance, mon frère. Le .7.65 de notre Nuit, mon frère. Sans réfléchir, j'ai fait glisser la culasse pour vérifier le chargeur et mettre une balle dans la chambre. André m'a lancé un regard noir.

Jean-Marie a aperçu le 4 × 4 des gendarmes. André a claqué la porte d'un coup de pied arrière et a baissé le chien du revolver. Instinctivement, sans un mot, on s'est mis en ligne face à la porte. On a soudain entendu le vacarme des pales de l'hélicoptère qui s'approchait. Je n'ai même pas pensé à ce que je faisais là, l'arme à la main, prêt à l'affrontement mais, pour moi, c'était la continuité naturelle de ma rencontre avec la femme de Jean-Marie, de ma promesse, de mon voyage ici au fin fond du maquis corse. Comme si tout allait de soi. L'hélicoptère se rapprochait. La tension montait dans la masure comme de lourds nuages orageux. L'hélicoptère continuait ses rondes en cercles concentriques. L'arme à la main, les doigts enserrant la crosse et l'index caressant la détente, je replongeais en nous, vers notre Nuit qui a duré des mois, mon frère, puis des années. Je suis redevenu le soldat de l'ombre. Une ombre. Le souffle d'André s'accélérait. Mais moi, mon cœur ne battait plus. Il n'était plus là. Il n'y avait que ma main enserrant le pistolet ; et mon esprit qui, froidement, calculait le recul de l'arme au moment du tir. À cet instant, à quatre, c'était le front, la ligne de feu, canon vers la porte. Et ce putain d'hélico tout proche qui gâchait le ciel !

On ne se regardait plus. Nous étions unis dans la foi en notre puissance de feu. Je ne me posais plus la question d'être là, dans un combat qui n'était pas le mien. La tension, la pression du doigt sur la détente, la mort qui allait, là tout de suite, abattre ses cartes et c'était à celui qui tirerait le plus rapidement et avec le plus de précision pour rafler la mise. Dans ma tête, je criais : venez, qu'on en finisse ! En finir. En finir avec quoi ? Avec tout ce qu'on a été forcés de subir durant notre jeunesse qui n'a jamais existé, celle qu'on n'a jamais connue, mon frère. Quelque chose à rattraper. Nous avons, *khouya*, tellement raté notre mort lorsque tous les autres rataient juste leur vie. Allez, à ce moment, je te le confesse, j'avais envie de tuer et de mourir. Au même moment. Ce moment magnifique de l'éclatement d'une fusillade où les balles déchaînées dans leurs aléatoires trajectoires dessinent nos vies, nos morts, nos légendes médiocres. À ce moment-là, auquel j'ai réfléchi des années durant, je n'étais que nous-mêmes. Dans l'unité douloureuse de ce que nous avions fait, de ce que ton père avait fait au mien. Et les muscles de ma main serraient encore plus la crosse du pistolet avec la force de la haine contre ton père en uniforme humiliant le mien, chez nous, à la maison. En abattant le premier mec en uniforme, je tirais sur ton père. Excuse-moi, mon frère, mais on se venge comme on peut.

L'arme chargée que je suis n'a pas libéré sa balle. L'hélico s'est enfin éloigné, signifiant la fin de l'alerte.

André a conduit en silence. Personne ne parlait après la chute brutale de la tension ; on n'avait pas été attaqués et ce « on » m'incluait de manière si naturelle que ni eux ni moi n'avions rien à y redire. Il a interrompu son silence en me demandant où j'avais appris à manier une arme. « Chez moi », je lui ai répondu. Il n'a pas relevé.

Dans la bergerie, j'avais remarqué le tatouage OAS sur le bras du géant. André avait perçu mon trouble. Ange n'a pourtant jamais été membre de l'OAS, m'a assuré André.

À l'époque, les rapatriés avaient été très mal accueillis en Corse, ils étaient considérés comme faisant partie de l'occupation française de l'île. Leur seule tare était d'avoir mieux exploité les plaines que les insulaires avaient abandonnées, et que les Américains du débarquement avaient commencé à défricher. Pendant des décennies, entre plastiquages de maisons, occupations d'exploitations et spoliations de terres, les pieds-noirs ont payé lourdement l'hostilité des nationalistes et des mafieux.

J'ai mieux compris, mon frère, ce tatouage choquant sur le bras d'Ange. Très jeune, il avait été pris en charge par une famille de rapatriés, des Maltais ou des Espagnols, je ne me rappelle plus. Orphelin, né au confluent d'une vieille querelle entre familles, il s'était retrouvé à la rue au cours de son adolescence. Il s'occupait d'une ferme tenue par des rapatriés avant que des cagoulés n'y mettent le feu et que sa famille d'accueil, parents et enfants, ne périssent dans l'incendie. Ange ne savait même pas ce que voulait dire OAS. Pour lui, c'était une sorte de bras séculier qui aurait pu défendre ses bienfaiteurs, il ne connaissait l'Algérie qu'à travers de brèves allusions entendues dans cette famille, il ne savait même pas où se trouvaient Alger ou Oran... À dix-sept ans, il s'était procuré des explosifs, avait trouvé la cache des pyromanes mais la mise à feu n'avait pas fonctionné. C'est André qui, à l'époque, l'avait arrêté.

André m'a déposé devant l'arrêt de bus désert d'un village ressemblant au premier presque pierre pour pierre. Il m'a orienté vers un commissaire à Marseille de la SRPJ.

Depuis, à Marseille, toutes les portes s'ouvrent grâce à mes nouveaux protecteurs, j'ai pu suivre une formation d'infirmier et trouver très vite une meilleure place dans un hôpital. J'ai rendu des « services » de temps à autre : un « Arabe », bien mis, propre sur lui, qui travaille dans un établissement réputé, ne peut être soupçonné de connivence avec les clans corses connus pour leur racisme primaire antimaghrébin ! Transport de faux papiers entre l'île et le continent, boîte à lettres ou pourvoyeur de médicaments pour des maquisards... Je menais une belle vie jusqu'à ce jour où, lors d'une « course » à Montpellier pour le compte de mes amis, je suis tombé sur Salim Mokrani. Je n'ai même pas réfléchi. Je me suis vite décidé. Avant de passer à l'acte, je me suis renseigné chez un mafieux algérien qui tient tous les cafés et taxiphones de Figuerolles.

C'est comme ça, Amin, que j'ai pu régler son compte à Salim Mokrani.

7

Houda se concentra sur sa respiration. Comme un plongeur qui se prépare pour une apnée record, la chef du service psychiatrique de l'hôpital de Blida prit une grande inspiration. Amin se trouvait dans son bureau, face à elle, le visage bouffi par les médicaments et les yeux creusés par des cernes ; il paraissait dix ans de plus que ce que sa fiche indiquait. Il était plus calme que le jour de son transfert, en provenance d'elle ne savait où, caserne ou commissariat, les pistes étaient brouillées. Un incident armé. Une dépression. Des autorités en uniforme, toutes nerveuses en lui parlant de son cas. Le brouillard total. Un épais brouillard qu'elle s'était promis de percer, patiemment.

– Tu m'as dit la dernière fois que tu avais revu ton ami ? Sidali, c'est ça ? Dans un rêve. Mais tu ne voulais pas me raconter ce rêve, Amin, quand tu l'as évoqué la dernière fois. Tu étais peut-être trop fatigué, c'est à cause des médicaments. Mais aujourd'hui que ça va mieux, tu peux me le raconter ? Tu as rêvé que Sidali t'avait donné rendez-vous dans ton quartier, tu m'as parlé d'un endroit, El-Papass, un bois je crois, un endroit qui n'existerait plus. Tu peux m'en parler maintenant, juste comme ça, pour qu'on avance et qu'on diminue les doses des médicaments qui te font si mal ? Ça restera entre toi et moi, Amin. Rien qu'entre toi et moi. Personne d'autre, je te le jure sur Dieu, je ne suis là que pour t'écouter et t'aider.

– Dans mon sommeil ou dans ma syncope causée par les cachets… trop de cachets, docteur… je voyais Alger dans mon dos, je me voyais foncer vers Lavigerie plein sud-est à travers la Moutonnière longeant la mer. J'ai compris que je voyais Alger dans mon rétroviseur et que je conduisais. La mer à ma gauche, de loin se dessine l'imposante barre de l'immeuble des Dunes coupant la perspective. En y retournant, j'ai pris un ticket pour la mémoire. Dans ce rêve, je n'entends pas le vrombissement du véhicule. Je revois défiler les rues vides et les cités jaunes de mon adolescence. Là, un accrochage face au lycée, là, un énième contrôle musclé des flics en 505 break blindée, là, la sortie vers El-Papass, le bois des Pères blancs où notre serment a été scellé. Là, la rue montant vers Dahlia II où nous habitions. Là, ces escaliers où on posait notre cul pour fumer nos clopes en frimant. Ces escaliers entourés de hauts murs où quelqu'un a été tué. Il s'appelait Mehdi et il était jeune, il n'avait rien demandé à personne mais il devait mourir là… suis pas sûr… À peine je me gare dans une ruelle pour prendre le chemin sinueux vers la forêt que la nostalgie me prend à la gorge. Je sais pourquoi Sidali m'a donné rendez-vous ici. C'était crédible comme rêve, vu l'endroit choisi par Sidali. Ici, où les pins maritimes, les eucalyptus et les peupliers d'un autre siècle amortissaient les détonations lors des séances d'entraînement. Toutes mes lâchetés m'auront donné le courage de venir à ce rendez-vous. Pourquoi s'y opposer ? Pourquoi continuer à vivre dans la peau d'un cadavre puant ? Je… Nous ne sommes qu'un tas de cadavres puants. Cadavres debout faisant semblant de vivre.

– Qui est Mehdi ? Ne te force pas, Amin. Vas-y doucement. Tu peux, sinon, me parler de Sidali si tu veux, seulement si tu veux. D'ailleurs, écoute, puisque tu es en train de me parler plus ouvertement et plus calmement, on va dès aujourd'hui diminuer les doses des médicaments. Je te fais tout de suite une nouvelle ordonnance. OK, Amin ? On avance doucement.

Mais dans la tête de Houda, les questions se bousculaient, elle dut freiner son entrain, en en gardant une longue liste pour elle-même, pariant sur l'avenir et l'amélioration de l'état d'Amin pour obtenir des réponses. Pas trop de réponses, certaines pourraient lui faire peur. Elle ne voulait pas être juge d'instruction. Un ancien militaire, des histoires de meurtres, de terrorisme. Ça ne pardonnait pas. Ça vous explosait au visage. Mais elle ne pouvait s'empêcher de s'interroger. Dans sa tête, c'était un tourbillon d'énigmes. Ce n'était plus un cas clinique. C'était une boîte de Pandore. Qui était ce Mehdi ? A-t-il vraiment été tué ? Pourquoi ? Par qui ? Et ce Sidali, pourquoi lui a-t-il donné rendez-vous là-bas ?

Tout cela lui brûlait les lèvres, mais surtout, la question qu'elle ne poserait jamais, pour ne pas violer le protocole médical : sommes-nous en danger ?

En face. Amin gérait ses propres fantômes. Enfin, il essayait. Douleurs et état second dus aux décharges de médocs mettaient son esprit K-O et en chaos. Mais il tenta, dans sa nuit et dans son brouillard, de sauver ce qui pouvait l'être.

– Oui, merci docteur, mais je ne le connais pas ce Mehdi !

Amin avait réussi à prendre un ton sec.

– C'est… c'est juste un rêve et je te le raconte… (il hésita un moment, passant sa langue sur ses lèvres pour tenter de les humidifier)… tel qu'il est, ce rêve, comme je m'en souviens. C'est juste un rêve, docteur, où les choses se mélangent, à cause des médicaments, sûrement, ces médicaments qui me bouffent la tête, qui m'assèchent la bouche. Soif tout le temps… Je ne connais pas de Mehdi, docteur. Y a que Sidali qui existe. Sidali, El-Papass – le bois qui entoure l'ancien siège de la communauté des Pères blancs, les « papass » –, les lieux, et je me souviens aussi d'avoir regardé les gens autour de moi en passant par le chemin du lycée. Ça a tellement changé… Mais le reste, non, je ne sais pas. Je crois que ce sont les cachets qui me tuent, qui me font voir des choses, des gens, me font dire des noms de gens que je ne connais pas, que je n'ai jamais connus. C'est bien de diminuer les doses. J'ai soif tout le temps. Et je regarde mes bras, mes jambes, mon ventre, ça gonfle de partout. Je n'ai pas de miroir dans ma cellule capitonnée, mais je me regarde ; je me regarde et je me dégoûte.

Houda encaissa. Esquissa un sourire.

– D'accord Amin, pas de souci, vraiment, crois-moi. Je te fais confiance. Je ne suis là que pour t'écouter. Pour t'écouter et t'aider. Pour avancer et diminuer la dose des médicaments qui t'encombrent l'esprit, comme tu le dis si bien. Et tu as raison, je suis d'accord avec toi, alors on va essayer ensemble de diminuer les doses graduellement, et on va commencer aujourd'hui. La soif, c'est normal, un effet indésirable. Ça va aller mieux. On va diminuer les doses. Mais pour cela, il faut que tu me parles, en toute franchise, il faut que tu poursuives, que tu me fasses confiance. Si tu es fatigué, si tu en as assez, on arrête et on reprend un autre jour, c'est comme tu veux. Tu sais que c'est entre nous, tu le sais bien. Alors, si tu veux bien poursuivre sur ce rêve… ?

– Bon, après je me souviens des lycéens qui passent à côté de moi : je suis frappé par leur apparence, leur fraîcheur, leur jeunesse, leurs coupes de cheveux ! En plus notre grand lycée de garçons, le lycée Abane-Ramdane, est devenu mixte, alors ça fait vraiment tout bizarre de voir des filles sortir du grand portail. Quelque chose de troublant, comme si nous, on n'avait jamais existé, que ce lycée de garçons n'avait jamais existé. Et puis je me demandais si on leur ressemblait au même âge, à ces gamins, en 1994 ! Pourtant on était aussi jeunes qu'eux, mais j'avais la nette impression qu'on était plus… plus mûrs, plus… je ne sais pas, plus dans la réalité. Mais c'était pas la même époque. Portions-nous des cartables, des sacs à dos, on s'habillait comme ça, nous ? On portait quoi ? De vieux sacs à dos démodés aujourd'hui. Tous les visages des camarades de l'époque m'ont assailli d'un coup. Comme un diaporama obsédant. Je viens d'avoir vingt-sept ans pour rien. Je n'ai vécu que mes dix-sept ans. Intensément. Fermement. Comme un expéditif projet de vie. Mais cela n'est pas le rêve en soi, c'est ce que j'en ai pensé ensuite. Quand les médicaments me laissent tranquille, je peux alors réfléchir un peu, docteur…

– Si tu ne veux pas raconter l'histoire des détonations, ce n'est pas grave. Mais je voulais comprendre pourquoi ce lieu est important pour toi. On en reparlera la prochaine fois. Revenons à ce rendez-vous dans ton rêve, tu es parti pour voir Sidali : elle était comment cette rencontre dans ton rêve ? Il t'a dit des choses ? Parfois on voit dans les rêves des choses qui peuvent se cacher en nous, qui nous font mal parce qu'on ne les dit pas. À moi, tu peux le raconter. Je suis tenue par le secret professionnel. C'est mon devoir de te faire du bien. Je veux, Amin, que tu sois bien. Crois-moi.

– Je me vois garer la voiture sur la grande rue devant le lycée en laissant sur le pare-brise le numéro de portable de ma mère, si jamais les choses tournaient bizarrement. Dans mon rêve, j'avais le sentiment que quelque chose ne tournait pas rond, par exemple, je ne reviendrais jamais à la voiture. J'allais mourir, ou partir loin, ou disparaître. Ma mère assumerait seule et jusqu'au bout mon père, ce Dieu de la guerre, son Dieu à elle, ce Dieu à eux tous, qui a exilé Sidali, éparpillé mes amis et qui m'a envoyé dans cette caserne à Cherchell pour le restant de mes jours ! Alors je contourne lentement la nouvelle cité de logements pour enseignants, errant dans la forêt, les yeux en l'air, à la recherche de ces fameuses marches où le pacte a été scellé avec un verre de vin rouge versé sur les antiques roches marines. Les arbres sont là, résistants, enfin ce qu'il en reste. Mais ils sont là, eucalyptus, pins maritimes, peupliers et sapins centenaires ombrageant ce petit paradis.

Je m'oriente comme un marin cherchant le mystérieux continent dont il est le seul à connaître la latitude secrète. Je pars, explorant les environs et le fouillis dans ma tête, chercher ma tombe. Le soleil tape fort et inonde la ridicule forêt de sa lumière incendiaire. De dos, je reconnais Sidali malgré les années de séparation. Plus de dix ans, je crois. De dos. Sidali ne veut pas me regarder. Ce soir, quand la brume caniculaire tombera sur Alger et sa banlieue, un cadavre de plus s'ajoutera à l'inventaire. Sidali se retourne et son visage – mon Dieu ! – n'a pas changé après tant d'années. Son visage est de cire, fermé, mais ses yeux disent : au revoir l'ami ! À cet instant je ne vois que le canon de son pistolet et j'oublie le visage de mon ami, de mon frère qui vient se venger. Je n'ai même pas entendu la déflagration.

– Il t'a tiré dessus ?

– Ça m'a réveillé, docteur. Je crois que moi, Amin, je suis mort depuis que je suis là à te subir et à subir tes cachets qui me détruisent, mais ce rêve-là m'a achevé. Sidali, dans le rêve, me tire dessus. Donc je suis achevé, plus que mort en fait. Je veux aller dormir. Maintenant. Pitié ! Je suis fatigué. C'est sûrement les médicaments. Je peux aller dormir ?

– D'accord Amin. Et on va diminuer les doses dès ce soir, je transmets une nouvelle ordonnance aux infirmiers.

– Merci docteur.

8

Crevé de mourir, là-bas, à Marseille. Incapable d'aimer. Juste baiser. Et encore. Toujours ce regard désabusé de la pute, ramassée à Opéra ou au cours Lieutaud ou ailleurs. Tout en remontrances muettes, parce que l'érection refuse d'obtempérer à la sollicitation appuyée de ses doigts frénétiques ou de ses lèvres méthodiques. Échec du corps trop habité par la mort ; la vie se retire des terminaisons nerveuses et érogènes comme le reflux d'une mer laissant la plage orpheline d'humidité saline. Sidali était sec, comme une branche aride dans le désert. Incapable d'aimer. Parce qu'on ne peut aimer que si on a un peu d'amour en soi. Lui n'en avait pas. Pas une once d'amour. Juste une écrasante fatalité qui imprégnait son quotidien marseillais imbibé de nostalgie du pays et des siens. Il le sentait à son indifférence devant l'employée de la compagnie aérienne qui lui avait fait du charme à grand renfort de sourires entendus et de regards appuyés, banales approches érotiques qui ne l'atteignaient plus. « On n'a plus rien entre les jambes et le monde est dépeuplé », avait-il entendu lors d'une discussion dans un bar obscur en Corse. Mais le monde n'était pas dépeuplé, il était grouillant de morts et de souvenirs, de terre, de sa terre à lui et de ses tombes. Là, maintenant, dans ce hall d'aéroport, le soleil qui tapait dans son dos cramait son passé. En dix ans, lui et ses amis avaient grandi à l'envers, vers le passé qui les attendait, embusqué au coin d'un Alger qui feignait d'être une ville, une destination, une ligne sur le tableau d'affichage électronique d'un aéroport froid. Passé les contrôles, les flics et les scanners, Sidali se retrouvait livré à ce tableau qui lui précisait la destination et l'angoisse. Revenir. Revenir est le contraire de partir, mais quel est le contraire de fuir ? Pas de mot. Juste un frémissement étrange, non identifiable, qui lui traversait la peau. Peur ? Détresse ? Nostalgie ? Mort ? Oui, plutôt une mort, un voyage simple vers les vestiges des années de la mort souveraine, la mort quotidienne, la mort banale, celle avec laquelle on vit, qui devient nous-mêmes, apprivoisée, acceptée, qui, après une âpre négociation, devient partenaire des nuits et des fuites. La salle d'embarquement n'offrait aucune échappatoire. Juste une porte en verre gardée par les agents de la compagnie aérienne, dont le sourire commercial tranchait avec cette cruelle condamnation au retour. Et la sentence se précisait : vol à l'heure. Le Marseille-Alger à l'heure. Bientôt clignoterait en rouge « Embarquement ». Bientôt, dans un peu plus d'une heure, il survolerait sa terre, brune, dorée, ondulée comme un corps, comme un cadavre traversé par les spasmes des vies et des douleurs passées et à venir. Ce n'était plus un pays. C'était un cimetière dont les stèles étaient les montagnes, les bâtiments… Bientôt cette putain d'Alger. Mais il fallait y aller. Debout, désarmé devant cet intransigeant tableau d'affichage, Sidali savait qu'il fallait y aller. « Loin de la famille, ça tue, ça va t'aider à avancer, retrouve les tiens, retrouve ton sang, Sid », lui avait lancé André dans ce bar corse à Marseille en sirotant un whisky sec. Sidali était au pastis local. Il avait fait part à André des discussions avec son père et avec la mère d'Amin, qu'il s'était décidé à appeler dès qu'il avait appris dans les journaux algériens la mort du général Sellami. Sidali voulait repartir à Alger, voir ses parents et s'enquérir de son ami, isolé dans un hospice pour fous. Les Corses avaient fourni le faux passeport et une porte de sortie d'urgence, au cas où. Et puis il voulait retrouver ce qu'il avait laissé là-bas, ce bout de lui toujours emprisonné dans les filets d'une guerre que lui et ses amis pensaient, plus jeunes, pouvoir apprivoiser en la menant à leur tour. « Au moindre problème, je te le répète, envoie le SMS, on a beaucoup d'amis en Algérie, des flics et d'autres, tu es de la famille maintenant, mais ta famille, la vraie, celle qui est là-bas, est plus importante. On te couvre. Tu n'as fait que ce qu'il fallait. Je n'aurais peut-être pas fait la même chose, mais je ne suis pas Sidali. Vas-y. C'est bien de retrouver sa terre. Et c'est bien aussi de t'éloigner un moment d'ici, après Montpellier, le temps que ça se tasse un peu », lui avait dit André sans le regarder.

Quelques semaines plus tôt, André l'avait appelé pour lui proposer de se retrouver le soir dans ce même bar. Sidali était étrangement serein, comme une pierre qui s'abandonne, passivement, à sa chute vers le fond du puits. « Quelqu'un a dû comprendre que tu étais à Montpellier quand un mec s'est fait descendre. Quelqu'un de chez nous », avait lâché André qui n'avait rien commandé à l'immense barman nonchalant, lequel avait compris qu'il ne devait pas s'aventurer du côté de la table du vieux Corse et du jeune Maghrébin au teint blond et au visage de cire. Sidali allait ouvrir la bouche pour dire quelque chose, rien de précis, pas un aveu ou un mensonge, quelque chose d'anodin pour combler le lourd silence qui semblait vider l'univers de sa substance comme un gigantesque trou noir. André l'avait arrêté d'un léger geste de la main : « Nous prenons soin les uns des autres, on prend soin de toi, même contre ton gré, c'est la règle et tu la connais. On sait qu'il manque trois balles dans ton flingue. On sait, mais on ne te demande pas de comptes, ça a même arrangé certains de la famille qui haïssent les barbus et leurs barbouzes. » Sidali n'avait rien dit, il avait simplement regardé André comme on regarde le père qu'on a perdu depuis longtemps et dont la moindre remontrance est perçue comme une marque d'attention. Il savait qu'André était opposé à ce qu'il avait fait, buter un mec désarmé, ce n'était pas dans ses codes, André tolérait à peine la légitime défense. « Tu sais, Sid, il faut que tu te décides à mettre fin à ta guerre, personne ne peut vivre avec ça toute sa vie, on n'a pas assez de place pour ça dans une seule existence. »

Sidali aurait bien aimé, mais la guerre était partout : elle lui avait sauté aux yeux quand il était entré par hasard dans cet autre bistrot montpelliérain, tenu par un Algérois installé en France depuis une vingtaine d'années avec femme et enfants. C'était à l'occasion d'une halte lors d'une course pour le clan corse : fourguer des faux papiers à des mecs en cavale.

Il sirotait son café, quand il avait vu, sans en croire ses yeux, Salim Mokrani, le numéro trois sur la liste de l'ancienne organisation montée par Farouk, Nawfel, Amin et lui.

Ce type qu'ils auraient dû vendre aux tueurs des services, ou peut-être même tuer eux-mêmes, était là, bien rasé, il enlevait sa doudoune orange et son bonnet vert, avec des sourires lancés à l'assemblée et au patron, qui l'avait gratifié d'un : « Salut beau gosse, ça marche la distribution de prospectus ? » Il s'était assis devant le café qui était arrivé sans qu'il l'ait commandé et avait ouvert un journal sportif avec entrain, comme s'il s'attendait à y lire ses exploits. Sidali avait vite détourné le regard, baissant un peu plus la visière de sa casquette sur ses yeux, de peur que Mokrani ne le reconnaisse ; ce Mokrani, icône d'un passé violent qui s'insinuait dans le présent. Mais que peut-il faire contre moi, ici ? s'était-il demandé. Ils ne devaient pas se parler, car Sidali pensait que la frontière entre eux avait traversé le temps et la mer. Le repenti était un terroriste et sa peine, la mort. Mais qui es-tu pour le condamner et pourquoi remettre sur selle le cavalier de l'Apocalypse, aujourd'hui et ici, si longtemps et si loin du terrain de bataille fumant qu'est Alger ? Sidali avait posé la monnaie sur le comptoir et était sorti précipitamment. Il avait traversé plusieurs rues avant de s'arrêter assez loin pour réfléchir : il avait un compte à régler, et la cible se trouvait à proximité. L'idéal aurait été de tuer Zoubir Sellami ou même un autre officier, un haut dignitaire de l'armée ou de la police. Mais ils n'étaient pas à portée de tir. Zoubir Sellami avait détruit leur organisation en les sauvant du pire, Amin et lui. Il restait toutefois beaucoup trop de comptes à solder, toute cette vie marquée à jamais par le gâchis. Mokrani, qui vivait tranquillement dans une ville française en suivant les résultats sportifs avec un bon café lui réchauffant le métabolisme, ne devait pas seulement mourir pour ses actions terroristes. Salim Mokrani devait mourir sinon le cataclysme qui avait détruit leur vie, à Amin et à lui, à son père Farès et à sa mère, n'aurait été rien d'autre qu'un gâchis. Il fallait donner du sens à ce cataclysme et, ce sens-là, seule une balle de .7.65 pouvait le donner.

Après avoir laissé André dans le bar avec un énième Chivaz sans glaçons, Sidali, cette nuit-là, n'avait pas dormi. Il était resté à la fenêtre de son studio dans l'antique quartier du Panier, plongé dans l'obscurité, à fumer. Les mots d'André faisaient des réverbérations dans sa tête : « Loin de la famille, ça tue, ça va t'aider à avancer, retrouve les tiens, retrouve ton sang, Sid. »

En face, la façade d'une vieille bâtisse aveugle, fenêtres closes, yeux en pierre fermés. Il avait fumé cigarette après cigarette, le visage fouetté par la fraîcheur qui remontait du Vieux-Port. Puis, soudain, le petit air frais maritime du soir était tombé. Sidali avait remarqué ce changement atmosphérique subit avant d'être frappé par un souffle chaud. Surpris, il avait eu un geste de recul avant de comprendre, en voyant les rideaux des voisins danser frénétiquement ; l'air chaud avait empli ses narines. Il avait écrasé sa cigarette dans le cendrier posé en équilibre sur le minuscule rebord du balcon entre deux pots de fleurs fanées depuis des lustres. Le vent chaud soufflait de plus belle, incendiant le port de Marseille, les poumons et l'air. Sidali avait fermé les yeux et inspiré profondément. Il savait que, le lendemain, de fragiles couches de sable rouge allaient être déposées sur les trottoirs et la tôle des voitures ; son pays venait de lui envoyer une expiration, et il la humait à pleins poumons. Le sirocco. Le souffle du Sahara. De chez lui. Ce vent chaud, qui gardait sa hardiesse pyromane par-delà la mer pour venir mourir jusqu'ici. Ce vent chaud qui venait le chercher sur son balcon, farfouiller dans ses bronches. Ce vent chaud ne lui disait-il pas « reviens » ? Sidali avait réservé son vol pour Alger avant de se coucher, la fenêtre ouverte au vent, au sud, à demain.

9

– Je ne peux rien dire. Je n'en ai pas le droit. J'ai signé. J'ai juré. Rien dire. Secret, lâcha Amin face à son médecin.

« Secret », se répéta Houda intérieurement, dans cette salle aux murs blancs qui lui servait de bureau, son diplôme grossièrement encadré faisant face aux visiteurs, le bureau métallique chargé de dossiers dans des chemises cartonnées roses, jaunes, violettes, un calendrier offert par un laboratoire pharmaceutique posé sur la pile. Elle renonça à prendre des notes dans son calepin fétiche à couverture rouge. Elle posa son stylo en retenant un souffle d'exaspération. Or ce souffle-là aurait gonflé ses joues qu'elle avait proéminentes, enchâssées dans le voile blanc qui encadrait sa figure brune aux grands yeux marron, et lui aurait donné un air peu commode dont elle aurait bien eu besoin pour se donner une contenance face au rocher de silence qui se tenait en face d'elle, ce jeune homme déchiré de l'intérieur, dévasté par un cataclysme.

Amin, en survêtement bleu et blanc, cheveux coupés ras et corps enflé par les médicaments et l'enfermement, avait des yeux vides, cernés et hagards. Avachi sur sa chaise métallique, il donnait l'impression d'un noyé gorgé d'eau. Il avait le teint blafard des cadavres recrachés par la mer en temps de tempête. Un face-à-face inégal entre un naufragé mal en point et un navire de procédures thérapeutiques. Houda était tentée de laisser tomber sa procédure médicale, de regarder plutôt les choses en face : ce gars-là était spécial, d'abord en raison de son statut d'ancien élève officier en service actif dans l'infanterie, et en raison de son père que la rumeur désignait comme l'un des plus importants membres des services secrets militaires, un seigneur de la guerre dont des ONG droit-de-l'hommistes dressaient un portrait terrifiant. Puis elle avait remarqué avec inquiétude ces hommes sombres qui rôdaient autour de son service sans que la direction de l'hôpital ou les agents de la sécurité de l'établissement semblent s'en émouvoir. Une semaine après l'admission d'Amin, elle en avait surpris un tentant de pénétrer dans son bureau de bon matin : l'homme avait le crâne rasé, une carrure impressionnante engoncée dans un costard gris de fin tissu. Devant la porte de Houda dont la serrure ne voulait pas céder, il avait prétendu s'être trompé de bureau et avait disparu aussitôt. Houda n'avait fait le lien qu'après avoir étudié le dossier laconique d'Amin. Elle avait alors compris qu'elle était mêlée à une affaire plus compliquée qu'une hospitalisation psychiatrique. Elle n'en avait parlé à personne, même pas à ses collègues, armée qu'elle était de toute la paranoïa nécessaire depuis ses années de service dans les centres de soins psychologiques des survivants des massacres de Bentalha, Raïs et Relizane.

– Tu ne veux pas me dire ou tu ne le peux pas ?

Amin esquissa un sourire hideux avec ses lèvres exagérément enflées.

– On est vraiment seuls, tu sais, et je suis tenue par le secret professionnel. Il faut que tu me parles pour que je puisse t'aider…

Amin s'agita sur sa chaise. Son esprit était encore trop engourdi par les effets des cachetons colorés neuroleptiques, malgré la baisse des doses. Il ne voulait rien lâcher.

– Je suis de ton côté, lança Houda.

« Tu ne peux pas être de mon côté, je suis tout au fond, là où il n'y a ni côtés ni personne d'autre que moi, d'ailleurs », pensa Amin qui décida de fermer les yeux. Houda avait l'impression qu'il plongeait en lui-même quand il se redressa fermement sur sa chaise grinçante en croisant les bras.

Elle fit mine d'être mécontente.

– Pour sortir d'ici, il faut que tu me parles, et on pourra suspendre le traitement… Si tu ne veux pas parler, tu auras juste un peu plus mal. C'est comme ça. Mais je suis là, je peux t'aider à te libérer.

Amin ouvrit les yeux et lui sourit. Ses lèvres paraissaient moins enflées, retrouvant la naïve détente d'un sourire bon enfant. Houda fut surprise par cette réaction et pensa que son cas était plus compliqué. Plus compliqué que tout ce qu'elle avait vu jusqu'ici.

Mais le sourire s'estompa, Amin referma les yeux.

Il ne lui dirait pas qu'il avait déjà vomi sa vie à l'académie un soir froid d'octobre, à peine un mois après son incorporation en tant qu'élève officier d'active dans l'infanterie, section 191, *djamhara* B. Il ne lui raconterait pas la fois où leur officier instructeur, un jeune lieutenant d'à peine trente ans, les avait convoqués. Ils étaient en plein exercice de chants patriotiques dans la « place rouge », face au bâtiment de quatre étages qui abritait les dortoirs, la *djamhara* B, en train de s'époumoner pour « libérer la crasse de civil qui empoisonne leurs poumons », comme l'assénait avec haine un vieux major sadique. Ils avaient dû se diriger en formation serrée et au pas de course vers la gigantesque cantine en contrebas des dortoirs. Les jeunes recrues, qui n'avaient pas le droit de poser de questions, de parler, de réfléchir, de traîner les rangers, n'avaient aucune idée de ce qui les attendait. Ils étaient juste la 191, et lui l'élève officier d'active (EOA) 299. Cela aidait à s'oublier. La plupart de ses compagnons se révoltaient contre cette nouvelle identité, inhumaine à leurs yeux.

Pour lui, c'était l'idéal, effacer Amin, le fondre dans la masse suante et stressante d'une section d'apprentis soldats. S'oublier et oublier le reste, dans cet univers si secret qui avait été, durant toute sa vie, celui de son père, et qu'il apprenait à connaître une nouvelle fois, ici à l'académie. Il avait déjà changé. Le crâne rasé, les muscles sculptés par les exercices sportifs dès 4 h 45 dans le matin glacial de Cherchell, la tenue de camouflage kaki ajustée.

Oublier. Oublier le tir. Juste oublier ce tir unique, le doigt sur la détente. Le doigt qui tremble. L'Assassinat. Elle ne connaissait pas ça, le docteur. Oui, il avait tiré, et Sidali aussi avait tiré. Il y avait eu deux coups de feu. Amin avait tremblé, il avait tiré dans l'oreille.

Il se perdait. Mais où était-il, désormais ? Ah, oui, dans la cantine de l'académie. *El akademiya. Qalât el oussoud*, dit l'hymne officiel de l'académie : la citadelle des lions. Rien que ça ! En rang à l'entrée de la cantine. En rang réglementaire. Section de trente-deux bidasses ignorant ce qui les attendait. À l'intérieur, sous de puissants néons éclairant sans retenue les longues tables métalliques de la cantine, quatre hommes à l'allure athlétique, deux en civil et deux autres en tenue militaire arborant le brassard triangulaire rouge qui terrifiait les jeunes recrues chaque fois qu'ils les croisaient dans les allées de l'académie. *Amn el djich*, la Sécurité de l'armée, les SA. Ces sbires décidaient de la vie et de la mort de chaque militaire en activité, sorte de police interne secrète et hargneuse, implacable et souterraine. Ces éléments s'occupaient de tout ce qui touchait à la sécurité des casernes et des militaires, à tous les niveaux : ils fouillaient les poches au retour du déjeuner avec les parents au mess, qui avait lieu tous les deux mois, et pouvaient aussi bien envoyer un général au cachot. Les quatre hommes se tenaient debout, les mains derrière le dos, bizarrement disposés aux quatre coins de la grande salle, points cardinaux du dispositif de la terreur.

Ils leur avaient intimé l'ordre de se mettre au repos, les mains jointes dans le dos et les jambes écartées à quarante-cinq degrés, devant les tables où étaient posés d'épais formulaires portant en en-tête la mention « DIRECTION CENTRALE DE LA SÉCURITÉ DE L'ARMÉE ». Les bleus ne savaient pas de quoi il s'agissait. Test ? Rapport de discipline ? Décharge ? Contrat des vingt-cinq ans de service à signer ? En tout cas, Amin ne le dirait pas au docteur, on ne disait rien à l'académie : on pouvait les laisser des heures au garde-à-vous, à poireauter devant un local aux portes fermées, ou au stade près de la plage, après les avoir ameutés comme pour aller à la guerre, sans rien expliquer, sans dire un mot. Mais selon le protocole de conditionnement militaire soviétique ou coréen, il s'agissait de leur apprendre quelque chose que les « civils » (et ce mot dans la bouche des instructeurs était chargé de profonds relents de mépris) ignoraient : la patience. La patience de la sentinelle qui peut rester des heures durant dans la nuit et le froid à garder un poste ou une position, la patience du fantassin préparant l'embuscade une journée entière, terré sans bouger, sans chier, sans manger, sans souffler… Cela, le docteur ne le savait pas, ne le saurait jamais. Non. Il avait signé. Le docteur ne saurait jamais qu'il s'agissait de deux documents distincts, deux liasses de feuillets grossièrement reliés par des agrafes, dactylographiés dans les obscures officines de la Direction centrale de la sécurité de l'armée, et sur lesquels seuls les engagés, les EOA et les dieux avaient posé leurs yeux.

Le docteur ne saurait pas ce qui s'était passé là-bas, à El-Harrach et à Lavigerie, ni qui était vraiment son père, le docteur ne saurait rien des plans du Mi-18 gravés dans sa tête, ni du fonctionnement par emprunt de gaz de la kalachnikov ; le docteur ne saurait pas ce qui s'était vraiment passé avec Kahina et son frère, ni que la mort n'était pas du tout une question morale mais une procédure, sinon une nécessité.

Le docteur ne saurait pas la nature de ces deux documents sur la table métallique de la cantine de l'académie. Les jeunes EOA avaient été avertis depuis la séance chez le coiffeur de l'académie au début de l'incorporation : ils étaient corps et âme dévoués au pays. Et là, sous l'œil féroce des officiers fossoyeurs de la DCSA, ils avaient dû coucher leur vie sur papier. Le premier formulaire était un questionnaire sur tout ce qu'ils avaient vécu depuis l'école primaire jusqu'à l'entrée à l'académie. Composé de chapitres (« Primaire », « Collège », « Lycée », « Université », « Vie professionnelle », « Quartier », « Famille », « Mariage », « Activité associative ou partisane », etc.), le questionnaire courait sur une cinquantaine de pages. Ils avaient dû remplir une case particulière à la fin de chaque étape, celle des références qui pourraient corroborer leur confession. Amin avait écrit dans un arabe scolaire, inoffensif, que sa vie n'était pas intéressante aux yeux de la DCSA et au regard des intérêts suprêmes de l'État et, par provocation, il avait indiqué en référence son père, en précisant : « Zoubir Sellami, général au Département du renseignement et de la sécurité, un des responsables du COC, Centre opérationnel de commandement. » Ça n'avait pas raté : « Allez vous faire foutre, toi et ton père, rien à foutre de ton général de père, ici tout le monde est logé à la même enseigne. » Il s'était fait invectiver par son directeur d'instruction, un commandant sec et aigri, bloqué à ce grade depuis des lustres parce qu'il n'avait pas le… La migraine le relançait, l'effet antalgique des médicaments s'estompait. Il avait mal au crâne et dans tout le corps. Quoi ? Une voix montait en lui. C'était cela, le sujet de travail du docteur. L'insondable qu'il portait en lui et que le docteur n'aurait pas, ni elle ni les archives secrètes de la DCSA.

Le docteur ne saurait rien non plus du second formulaire, plus mince : une déclaration sur l'honneur de garder confidentiels les secrets de l'armée. Il l'avait signée et avait apposé au bas du document l'empreinte digitale de son index.

Il avait mal à la tête. Ce qu'il n'avait dit ni à la DSCA ni au docteur, c'est que ses ancêtres anonymes étaient venus de l'ouest, de Tlemcen, il n'y avait pas très longtemps. Pourquoi étaient-ils venus ? Pourquoi est-il venu ? L'oued conduit à la mer, comme disait El-Badji. La mer de sang, les deux tirs. Le frère de Kahina à genoux, ne suppliant même pas. Ils étaient venus là en fin de compte, vers Médéa, avant que les Français ne les déportent par la misère et la pierre sèche vers la banlieue d'Alger, vers le prolétariat d'une usine de briques et le bidonville d'El-Merdja, à El-Harrach, à l'est d'Alger et au sud de tout. Les terres perdues, les terres de Médéa perdues, spoliées, l'humiliation criminelle et systématique, les fins de mois difficiles, les rats et les flics, le bidonville humide et assassin, les bébés qui crèvent, la sous-humanité qui se révolte, et les écoles de guerre ouvertes aux enfants du peuple, après l'indépendance et… Amin se voyait en train de tirer. Il avait tiré. Et le jeune et coléreux Zoubir Sellami, son père, perçait dans la lumière d'un nouveau pays baigné par un soleil nouveau. Et lui, Amin, avait tiré. Il avait tiré une fois. Sidali lui avait pris des mains le flingue volé à son père et avait tiré une seconde fois. Le frère de Kahina s'était écroulé.

Il avait mal à la tête. Le docteur ne pouvait rien y faire. Zoubir avait rencontré Hassniya, sa mère, fille de la bourgeoisie algéroise, dont la discrétion était un mode de vie. Son enfance s'était déroulée paisiblement, un ciel sans nuages. Enfant unique, gâté, il aurait dû devenir le souffre-douleur des écoliers d'Aïssat-Idir et, plus tard, du collège Laverdet, si ce n'eût été la protection de Sidali. Qui, docteur ? Qui est Sidali ? Non, le docteur ne le saurait pas. La DCSA ne l'avait pas su, ne l'avait pas eu, alors le docteur, jamais ! Des pères ennemis, des enfants frères. C'est tout ce qui lui restait. Il avait encore plus mal à la tête et, les yeux fermés dans ce bureau, les images s'interposaient, se télescopaient. Les après-midi de pêche à Hammam Melouane, à une soixantaine de kilomètres au sud d'Alger, sur la terre spoliée des aïeux, avec son père qui lui expliquait la tribu des Sellami, qui expliquait la chute mystérieuse de la maison Sellami, sa revanche après l'indépendance à travers sa carrière flamboyante dans la glorieuse armée en construction ; le pays, grand et prometteur, qui est celui de tous ses enfants ; l'importance d'étudier et d'aider les plus démunis…

Puis l'Algérie encore plus naïve des années 1980. Il revoyait sa fierté d'enfant, et celle de son père, devant les premiers poissons se tortillant au bout de sa ligne. Au bord de cette rivière, l'oued Hammam Melouane, dont on célébrait la miraculeuse qualité de thalassothérapie, parce que ses eaux traversaient le sanctuaire d'un marabout enterré sur un îlot en amont. Il revoyait cette rivière paisible aux berges tapissées de cailloux. Cet endroit idyllique était devenu un véritable coupe-gorge, et leur avait été interdit durant plus d'une décennie. Symbole de toute une enfance liquidée par la violence.

Et il revoyait la nuit, adolescent, dans sa chambre où lui parvenaient les cris de son père accueillant l'un de ses collègues, ce mec grand et blond, sec comme un bâton, la nuit où tout avait commencé. Ce grand officier qui assurait à son père que tout serait fini dans pas longtemps, qu'il suffisait de mater cette population qui avait voté contre la patrie, contre eux, et de remettre le pays au premier plan. Quand tout avait commencé, lors de ses premières années de lycée, les morts tombaient comme des mouches. Il avait raté sa cible en tirant. Il pensait que ce serait comme dans les films. Ajuster et tirer. Simple comme casser un œuf. Tirer en pensant naïvement que leur part de violence allait contrebalancer celle d'en face, celle des terros, des tangos, des barbus, des barbouzes, on ne savait plus. Ils pensaient que leur contre-feu clandestin allait enrayer la mécanique fatale. Que deux négations s'annuleraient. Ce qu'ils voulaient récupérer ? Lui, Amin, voulait juste revenir à Hammam Melouane et ne plus avoir peur de ses voisins. Il voulait avoir un père qui ne soit plus un homme à abattre. Il voulait mourir pénard et pas dans l'explosion d'une bombe ou, pire, égorgé. Des besoins simples, des mobiles de crimes sains et vitaux. Tout simplement. Ça aussi, le docteur ne le saurait pas. Elle ne saurait pas que le crime le plus injuste n'était qu'une forme ultime de justice…

Des larmes coulaient sur le visage fermé d'Amin qui ne voulait rien dire. Houda se leva et appela un infirmier bougon, qui emmena Amin vers sa chambre en le soutenant comme un blessé qui titube. Comme un gros sac de névroses. Comme le corps de quelqu'un ayant raté un virage dans sa vie avant de violemment percuter un mur. Un cadavre lacéré par sa biographie secrète. Comme une écorce tailladée par des lames anonymes. Restée seule dans son bureau, Houda se rassit et réfléchit à la séance. Ce cas la préoccupait plus qu'aucun autre, et la replongeait dans cette période cauchemardesque où elle soignait des rescapés des massacres dans les centres de soins psychologiques de Bentalha, de Raïs et de Relizane. Les cris et la mort. Le sang et la panique. Les proches massacrés devant eux. La fuite dans les bois. Rester une nuit cachés là, entre les arbres, dans le froid et la peur, des cris résonnant au loin. L'incertitude quant aux proches disparus. Égorgés ? Violés ? Dépecés ? Et elle, Houda, qu'est-ce qu'elle avait apporté à ces âmes éternellement meurtries ? À part l'écoute. Et encore. Avait-elle réellement tout écouté ? C'est la même difficulté qui se dessinait avec Amin : saurait-elle lire au-delà de ses silences ? Saurait-elle l'amener sur le terrain de la confiance, celui de l'apaisement ? Mais avant cela, il y aurait des tombes à ouvrir et des cadavres à exhumer, les mains dans la fange. Oui, voilà : avec ce cas, Houda entrevoyait qu'elle devrait plonger tout entière dans une masse nauséabonde avant de, peut-être, mener son patient vers la rédemption. Mais elle manquait de prises, les protocoles thérapeutiques semblaient vains et son expérience atteignait ses limites. Il lui fallait trouver une faille.

Houda se leva et se mit à la petite fenêtre qui donnait sur le parking de l'hôpital. La veille, elle avait reçu l'appel d'un certain Farès, qui se disait ami intime d'Amin. La communication avait été froide et sèche. Elle avait voulu examiner Amin avant de rencontrer son premier contact proche. Hormis les gaillards taciturnes qui rôdaient autour de son bureau, certainement des types des services qui surveillaient Amin, et à part la mère d'Amin qui s'en tenait aux formes afin de masquer sa gêne face à la situation, Houda n'avait aucune prise concrète sur son patient. L'un des moyens d'en savoir plus pouvait bien être ce mystérieux Farès. Pourquoi pas, pensa Houda, au point où elle en était ?

10

Des pierres tombales aménagées en ville et en trottoirs, en bâtisses, en tuiles, en arcades et en rues, de la rue d'Alger vers les hauteurs de Belfort, des HLM à la cité PLM, de la Rotonde et ses cafés turcs à son propre cœur à lui, Sidali, qui se confondait avec El-Harrach. En s'y promenant et en tentant de se le réapproprier, il devenait lui-même un cimetière traversé par des promeneurs nerveux et des sirènes de police, de la rue Bouamama à Boumati, d'Altairac à Bachdjerrah. Il s'imprégnait de ses senteurs, car plus que du bruit, quelque chose ici collait aux vêtements, s'insinuait dans ses pores et s'incrustait dans ses narines. Il humait la même substance liquide des corps compressés, pressés de vivre avant la balle importune du coin des rues, de la rue Arago aux abords de l'oued où, comme des champignons, renaissent des bidonvilles sur les rives nauséabondes.

Dans cette explosion banale de la violence, personne n'évoquait la ville coloniale d'El-Harrach, son bidonville et ses ponts centenaires, comme si l'histoire de cette banlieue, qui ne dépend d'aucun centre, car elle tourne autour d'elle-même, accrochée à l'orbite dessinée par ses deux marchés hebdomadaires et ses attentats quotidiens, s'effaçait sous les strates de son propre récit, ses forts turcs et ses origines caravanières. Strates d'une histoire éparpillée en lambeaux dans la mémoire de ses habitants si attachés à la réputation rebelle de ces pierres périphériques. Strates d'une histoire regorgeant du sang de la tribu des Ouffia, massacrée à l'est d'El-Harrach sur dénonciation d'un cheikh traître, saga meurtrière répétée inlassablement par le père de Sidali qui pourtant n'avait aucun lien de parenté avec ces sacrifiés. Lentement, glissait toujours sur les pierres le sang de milliers d'Ouffia. Lentement, glissait l'oued – Sidali le traversa en empruntant le pont blanc – tel un gigantesque crocodile noir, charriant les immondices sur son lit vaseux, collectant sans hésitation les rejets toxiques des zones industrielles d'Oued Smar, de Gué de Constantine et de Baba Ali. Lentement, sous les pas de Sidali flânant sur le pont, glissait l'oued vers la baie, là où s'était repliée l'armée de Charles Quint, sur la plage Mazzella en contrebas de Lavigerie. L'oued venait de loin, jaillissant de la plaine de la Mitidja, vers Bouguerra, renforcé par ses affluents comme l'oued Djemaa, l'oued Annseur, l'oued El-Terro, l'oued El-Akra, comme la veine coléreuse d'un muscle nommé terre du centre, entre Alger et sa plaine jadis marécageuse, la Mitidja... L'oued qui tua tant de soldats français des premières années de la conquête, l'oued et ses marécages fatals, ses moustiques et ses crues qui n'ont pas abdiqué, continuant à décimer les habitants d'El-Harrach des décennies durant. L'oued et sa vase qui engloutirait des sous-marins nucléaires, selon une blague locale entendue mille fois par Sidali, une vase qui pouvait solutionner, selon lui, le problème des corps s'il arrivait qu'ils aient à en faire disparaître certains, dont le nom figurait sur leur liste. Plus pratique que de dissoudre les cadavres dans de l'acide. Il n'y avait ni acide ni baignoire disponible, alors il fallait faire avec ce qu'offrait El-Harrach. Sidali tomba sur des plaques signalétiques du côté de Boumati qui orientaient vaguement vers la banlieue d'El-Harrach, banlieue de banlieue, cercles concentriques dessinant la géographie de la mémoire que

Sidali tentait de recouvrer physiquement, désespérément. La périphérie de la périphérie se décuplait en autant de bourgs et d'espaces non aménagés qui avaient tellement changé d'apparence en dix ans. C'était Beaulieu et Oued Smar ou encore, à l'autre extrémité, vers la rive droite, un essaim de populations et de cités-dortoirs, de PLM à La Montagne, s'agrippant à un cadastre qui n'a jamais existé, honnis et détestés par ce faux centre qu'est Alger et dont la boursouflure se détache à l'horizon depuis Mazzella, au-delà de la Moutonnière et de la baie en demi-cercle, coupée au centre par le bras de l'oued, comme une flèche qu'on ne décochera jamais.

C'est ici que nous sommes nés, se dit Sidali. Son sang le lui répétait, comme son père, c'est ici qu'on vit et qu'on ne veut pas crever comme des chiens. Mais Sidali savait qu'ici on crevait quand même en un silencieux requiem des âmes pauvres et rachitiques, des banlieusards qui se prenaient pour le centre du centre de cette terre coincée entre l'Algérois et la Mitidja. C'était ici que Sidali et Amin étaient nés. Dans cette ville détestée parce que ici Octobre, ici les barbus tenaces et les tout premiers communistes torturés par Boumediene en 1965, ici la guerre, la boxe, les putes et les premières femmes juges, ici les derniers survivants de Cayenne, ici le chaâbi mélancolique des chanteurs qui meurent ivres derrière leur volant, ici les descendants des Kouloughli aux yeux clairs et à la gastronomie raffinée, ici les marabouts et le mystérieux cimetière anonymes des enfants de Gué de Constantine, ici les bars, les bagarres et les mosquées contestataires, ici la révolte des gamins et la fin d'un chemin de fer fantomatique, ici la briqueterie paternaliste d'Altairac et ses ouvriers aussi alcooliques que nationalistes, ici l'amour dans les cages d'escalier obscures, les fellations clandestines et rapides, ici, la poésie blasphématoire. Ici, rien ni personne ne comptait, sauf les flics qui tenaient leur registre, consignant les vies, les cris et les larcins obligatoires. Ici, c'était le temple d'un dieu pirate, mi-borgne mi-seigneur, lorgnant d'un air vengeur la cité d'Alger et maudissant son arrogance et ses pavés si méticuleusement posés. Ici, les communistes priaient et les barbus crachaient par terre. Ici, la vie était si basse qu'à trop y regarder on se tordait le cou, à force de torts additionnés par une ville rebelle et pas plus belle qu'une cicatrice. Rebelle et excitante par les effluves de sang, la sueur des cheminots de la rue Arago et le stress des voleurs de la rue Bugeaud, des dealers coquets des HLM ou des forçats de la prison que Sidali venait de dépasser, s'apitoyant sur la queue que formaient les familles des détenus, couffins remplis de plats maternels et de cigarettes blondes posés par terre, sous le regard impitoyable des flics qui gueulaient à Sidali de changer de trottoir. Ici se détachaient sur le ciel de vieilles villas coloniales et leurs tuiles rouges et branlantes, en montant vers Belfort-Hassen Badi, puis les cases pourries des bidonvilles d'El-Merdja derrière le marché chaotique de Boumati, là où naissaient des gamins pieds nus, les yeux en feu et les ongles noirs, camarades d'école et de collège de Sidali, avec une peau en or et l'ambition de bâtir une vie aussi claire qu'une larme séchée avec frénésie après les rixes d'une beuverie ou d'un mariage mal arrangé. Ici on mourait deux fois, rien qu'en se réveillant ou en se couchant, dans l'ombre froide de murs faits pour d'autres, colons ou coopérants, l'espace étranger était un cimetière bruyant de mille cris et murmures harrachis, dans la pudeur et la force du sang qui gicle et qui se retient, dans les muscles des pères attentifs face aux gangs de quartiers, dans son propre sang à lui, Sidali, qui avait si soif en se baladant ainsi au cœur de la ville et de sa mémoire. Ici le pastis se buvait à larges goulées, entre deux accolades maladroites dans le bar à peine ouvert face à la grande place près de la mairie. Ici, Sidali marchait sur les trottoirs comme sur des braises, sous les cheminées centenaires de la briqueterie Altairac, alors que chaque pavé était une mine ou un nid-de-poule, un souvenir ou un souk informel de cigarettes ou de brocantes. Ici, on caressait certaines femmes pour en épouser d'autres, et on cherchait la rédemption non chez Dieu mais dans une ultime beuverie entre amis. Ici, on s'embrassait avec la fougue du dernier baiser. Ici, le fruit du travail des tâcherons à la soudure ou des plombiers occasionnels était un salaire d'un jour, pour montrer un visage fier à ses gamins, pour que les femmes paraissent dans l'immeuble chargées d'un couffin empli de victuailles – fruits, légumes, viande et herbes – qui serviraient à cuisiner un repas dont le fumet embaumerait les étages des heures durant comme un trophée. Ici la vie. Ici la mort. Ici, Sidali crevait comme il vivait. Ici. El-Harrach, tout en bas de Lavigerie, là où Sidali voulait revenir.

Il grimpa dans un minibus du côté de son ancien quartier, le HLM. Le receveur en claquettes, pantacourt blanc sale, tee-shirt en V, casquette à l'envers et écouteurs pendant à ses oreilles, vociférait les noms des stations. Essoufflé, Sidali paya son ticket – vingt dinars, un prix ridicule pour voyager dans ses souvenirs.

Les rues paraissaient plus petites, les murs de l'enceinte du lycée et les arbres aussi, les parkings en bas des immeubles jaunes, les villas et même le ciel au-dessus de ce décor nostalgique paraissaient étriqués, un peu mesquins pour tout dire. Les dimensions démenties, le premier choc de cette fiction qu'impose la mémoire, Sidali arpenta les alentours de son immeuble de Dahlia, la cité en pente, suivant comme une veine tracée au milieu des escaliers qui rattachaient le haut du quartier, ses villas barricadées et ses ruelles ombragées, à la rue Ahmed-Azzoun bordant le lycée mixte Tewfik-El-Madani et les arrières du grand lycée de garçons Abane-Ramdane, et qui offrait un passage vers une allée en terre s'ouvrant sur El-Papass. Sidali vit évoluer les fantômes du passé, flics et camarades du lycée, belles adolescentes qui leur semblaient inaccessibles à l'époque mais dont l'image s'était banalisée avec le temps. Il poussa son exploration du quartier vers El-Papass, qu'il entreprit en craignant de tomber sur des connaissances, désireux de prolonger ses retrouvailles avec son pays dans l'anonymat, le silence, l'absence de justification, d'explication. Il feignit donc de se promener, le visage dissimulé par une casquette, de grosses lunettes de soleil et une barbe de quelques jours, camouflage précaire, certes. Derrière le lycée mixte, en traversant une allée bordée de nouvelles villas, il déboucha sur une ouverture dans un mur peint à la chaux, sur un terrain en terre battue, qui surplombait la Moutonnière. Quelques arbres ceinturaient l'ancienne mission des Pères blancs, annonçant le bois que Sidali atteignit en longeant ses vieux bâtiments en U surmontés de tuiles rouges. Il se retrouva dans l'allée des eucalyptus, qui ouvrait sur des passages ombragés par de magnifiques peupliers et des sapins aux éternels murmures chuchotés par la brise qui remontait de la baie en face, les dénivelées de pins maritimes, la vieille fontaine en pierres marines asséchée depuis des décennies, le coin de paradis qui avait abrité leur descente assumée aux enfers. Il traîna ses pas sur l'humus et la mémoire, et retrouva les trois marches encastrées dans la terre, sous l'ombrage de la frondaison, avec ses aspérités de roche rongée par le sel, des feuilles mortes déposées là comme témoins du temps qui passe. Il s'assit sur la deuxième marche. On y est, se dit-il, cet endroit existe bel et bien, il n'a pas été effacé par mon absence, par le meurtre et la démence, on y est. J'y suis. Le cul sur la pierre froide et la tête qui mâche patiemment les souvenirs. J'y suis. Là, on a mangé pendant le ramadan, ici, du Coca, du fromage et du pain achetés à l'épicier qui nous regardait de travers. Là, on a bu nos premières bières. Là, où Amin a peut-être embrassé Kahina la toute première fois de la toute première fois de l'univers, de notre univers. Et là, le serment a été proclamé sans qu'on en connaisse réellement les conséquences. L'endroit était désert, pas de patrouille de flics ni la smala bruyante des alcooliques menée par Nacer dans son éternel bleu de Chine. La distillerie de l'ONCV[1] avait fermé, il n'y avait plus de cours de conduite sur le sentier ombragé, il n'y avait plus de couples baisant maladroitement et rapidement dans les fourrés épineux, ni de barbus patrouillant pour les débusquer. Il n'y avait plus rien dans ce lieu qui puisse aider sa mémoire à redessiner l'espace tel qu'il avait été dix ans plus tôt. Dix ans plus tôt : il avait fallu ce double constat (dix ans d'exil, et dix ans que cet endroit existait sans lui) pour que Sidali réalise l'envergure du temps écoulé. Son absence devenait une culpabilité. Une erreur. Une fatalité. Tout cela à la fois qui le forçait à s'asseoir sur les marches de pierre en poussant un râle de lassitude et de reconnaissance mêlées. Reconnaissance de revoir cet endroit, même vidé de ses acteurs et de son histoire, laquelle se racontait sans statues à leur gloire, sans stèles commémorant l'aventure de ces lycéens qui avaient franchi le pas de la violence face à la violence. Revoir cet endroit accomplir son rôle de décor vide, vide des gens devenus des fantômes, dont celui d'Amin qu'il cherchait toujours. Amin, cloîtré dans un hôpital psychiatrique et probablement surveillé par les hommes des *s'rabess*. Assis sur la pierre froide, Sidali réalisa que ses jambes atteignaient la troisième marche : il avait grandi, il se sentait comme une masse trop lourde, trop volumineuse – pas trop vieille, juste une question de dimensions. Il avait grandi, le petit lycéen ; il avait mûri, l'adolescent ; il était devenu un homme qui ne pouvait se sentir homme tant que sa vie était otage de cette jeunesse ici, dans ce bois, dans ce lycée à proximité et dans les yeux moqueurs des belles adolescentes qu'ils avaient essayé tant bien que mal de draguer. Sidali devait gérer les absences, les fantômes, les souvenirs du récit du premier baiser entre

1. Office national de commercialisation des produits vitivinicoles.

Kahina et Amin – vécu comme un événement planétaire historique, malgré la pudeur des mots et la voix basse d'Amin. Ici, personne, ni les flics ni les « services » du père d'Amin, n'avait de prise sur eux ; ici, c'était la jeunesse et la fraîcheur de l'adolescence. Ici, c'était l'insouciance des années folles, de ces maudites années 1990 qui le submergeaient dans cette parenthèse verdoyante et calme.

Le cri qui se perdait dans le temps se figeait ici, entre les murets, les bâtiments jaunes et la verdure. Entre les murs que Sidali rasait en se déplaçant, même si, dix ans après, la menace était moins pesante. Le cri des voisins à la vue d'un corps noyé dans une mare de sang est là, Sidali. Le cri des flics en plein accrochage est là, Sidali. Le cri des estropiés après la bombe est là, Sidali. Le cri et le silence insupportable de l'après qui dure une vie sont là, Sidali. Même là, dans le confort d'un présent transfiguré en avenir peu crédible, le cri est là, Sidali, il te colle à la peau comme une lèpre. Non, pensa Sidali. Comme une seconde peau. C'est dans ces moments-là que Sidali voulait boire. Pas juste un verre. Il voulait se noyer dans un déluge d'alcool. S'approcher d'un coma éthylique et sombrer dans la lumière de la bière locale. Mais il ne boirait pas. Non parce que le bar de Trois-Doigts avait fermé après la disparition du vieux malfrat, il ne boirait pas car aucune quantité d'alcool au monde, aucun océan de bière fraîche n'arriverait à bout du cri qui résonnait en lui comme un séisme cataclysmique. Il ne boirait pas car ce cri était aussi aride que la pierre algérienne qu'il arpentait de ses pas suspicieux : une aridité qui absorbait la moindre goutte, qui asséchait colère, gouaille noire et océan d'alcool dépressif, solitaire, fort et intempestif. Aridité qui était comme une blessure béante, mais qui, au lieu de faire gicler le sang en une spectaculaire hémorragie, l'engloutissait. Les eucalyptus se dressaient un peu partout, marquant, de leurs troncs centenaires et de leurs ombrages bruyants, la proximité de la mer et la résistance de la roche de l'Est algérois. En chaque arbre, Sidali voyait des figures et sa quête de souvenirs se transformait en délire. Il avançait vers cet ultime arbre, au bout d'un alignement d'eucalyptus coupant à moitié la perspective vers la baie, à l'entrée du Papass, balisant le chemin de terre vers le bois fondateur du complot et de l'adolescence. Il remonta l'allée avec une telle précaution qu'on aurait dit un sentier de verre fragile, comme s'il piétinait les souvenirs nichés dans sa tête telles des mines à sous-munitions, prêtes à exploser en grappes au hasard d'une violente réminiscence. Terrain miné par des années d'absence et d'oubli contraint. Le dernier eucalyptus fermant le rang de l'allée prit soudain la forme de « Khaled ». « Khaled », le flic, cheveux coupés ras à l'exception d'une petite queue-de-cheval, teint très brun, qui devait son surnom à sa ressemblance avec la star du raï.

Sidali contourna le bois antique, l'entrée solennelle du siège des Pères blancs transformé en institut de formation professionnelle, et arriva à nouveau sur les escaliers creusés dans la roche marine. Il se tint droit là où tout avait commencé dix ans auparavant, dix ans sous ses pieds, comme si le passé n'était pas linéaire mais vertical. Il tourna le dos à la baie et regarda en contrebas les bosquets épineux qui laissaient échapper des mimosas, une haie difforme adossée au mur d'enceinte en parpaing. Entre le mur et les bosquets se calfeutrait un espace réduit, rendez-vous des amoureux pour des coïts vite expédiés. De là, leur bande voyait remonter Amin et Kahina, main dans la main, gênés, sourire en coin, après un moment d'intimité volé aux regards et au petit monde qui les entourait. Sidali se tint là, rejouant la scène : Amin, dans son jean usé et son éternel tee-shirt noir, sac à dos négligemment posé sur l'épaule, avec son sourire et ses yeux noirs malicieux, les mouvements de son corps mince et allongé lents et assurés, la présence de son amoureuse lui donnant l'aplomb d'un homme dans la force de l'âge ; elle, Kahina, également en jean et en tee-shirt, cheveux noir ébène tirés en arrière découvrant un visage aux traits coupés au couteau, un nez à la courbe puissante, des pommettes saillantes, des lèvres plus rouges que d'habitude, de grands yeux noirs devant lesquels Amin abdiquait, son jean serrant une taille de guêpe et des fesses rondes. Amin et elle remontaient le bosquet côte à côte vers eux qui les attendaient assis sur des journaux. Invariablement, ils dessinaient une courbe d'évitement, Amin lâchant un « *saha* les jeunes, j'arrive », Kahina lançant un inaudible « bonjour » avant de se serrer plus encore contre Amin.

Sidali se tourna vers l'enceinte de l'institut de formation pour voir la silhouette du couple heureux disparaître derrière l'angle du mur. Amin devait accompagner Kahina jusqu'aux abords du lycée mixte. Passé l'allée des arbres centenaires, ils devaient mettre fin à leur étreinte, ne se tenir que par la main, puis la lâcher une fois arrivés au mur peint à la chaux séparant El-Papass du monde.

Sidali resta là, mais, contrairement à toutes les autres fois, aujourd'hui, dix ans après, Amin ne revenait pas avec ses sourires gênés, son regard en coin, balançant son sac à dos à côté des marches de pierre incrustées dans la terre rouge et fertile du bois pour se joindre à la discussion. Il ne revenait pas. Sidali considéra les trois marches de roche marine : il n'y avait pas non plus Farouk, ni Nawfel. Ni les journaux du jour tapissant les marches. Sidali observa ce vide et se sentit violenté, brutalisé par le contraste entre l'absence des siens et la persistance du décor. Cette fois-ci, il n'osa pas même s'asseoir sur la première marche dont les porosités accueillaient les graines et les feuilles mortes rejetées par les arbres archaïques. Il redoutait que le temps continue son implacable marche malgré son geste.

Un bruit le réveilla de ses pensées. Quatre lycéens arrivaient, imbus d'insouciance, pensa-t-il. Mais ils ne faisaient que vivre un moment présent que lui, Sidali, refusait de toutes ses forces en s'abstenant de s'asseoir alors que l'envie lui en dévorait les tripes. Ils tenaient leur sac à dos nonchalamment à bout de bras, avaient la voix haute, la démarche rapide et sûre. Ces jeunes-là n'avaient pas vécu un pour cent des merdes qu'il avait subies, songea-t-il. À cette pensée de vétéran, il leur sourit. Son premier vrai sourire depuis son retour à Alger, un vrai, pas celui qu'il avait vendu à ses parents en les retrouvant. Les quatre ados le regardèrent d'abord avec méfiance, puis avec amusement et curiosité.

– Ça va *aamou* ? lança le plus téméraire des lycéens tout en poursuivant sa marche avec ses camarades, n'attendant pas de réponse.

Sidali sourit encore en entendant ce surnom qui lui rappelait le présent, son âge (tonton !), le cruel présent qui instrumentalisait ces lycéens inoffensifs. Mais, dans sa tête, une phrase retentit comme une explosion : « Ça va tellement mieux et tellement mal que je suis prêt à affronter ma nuit et la disparition effective de ce qui n'a jamais pu disparaître et qui décidera de ma vie jusqu'à mon lit de mort. »

Il fit un geste de la main aux lycéens qui déjà s'éloignaient sur le chemin de terre balisé par les eucalyptus, sans avoir entendu son message qui était aussi un défi au présent. Présent que, maintenant, il lui fallait affronter : Amin ne reviendrait pas, souriant, après avoir raccompagné Kahina, Amin crevait en silence dans sa camisole, brisé par les médicaments, orphelin d'un père qui lui avait fait la guerre, fils d'une mère détruite à jamais. Voilà le présent qui se tenait sous ses pieds.

Alors Sidali s'assit.

Il s'assit sur la première marche en resserrant sa veste autour de sa taille, et ce n'était plus la nostalgie qui envahissait son métabolisme comme le flux d'un sang ancien. Non, c'était une certitude froide qui l'assaillait. Qui l'assaillait ? Non, il en était complice et l'acceptait, car cette évidence cruelle le renforçait dans la mission qu'il avait décidé de mener, ainsi qu'il s'en était ouvert à André : sauver Amin, le sortir de là, déchiqueter la camisole. Même si, maintenant et dans ce bois légendaire et fondateur, il venait de recevoir la claque de sa vie. Amin, Farouk et Nawfel ne seraient plus jamais là, à El-Papass, au siècle des siècles, Amin ne reviendrait pas après avoir raccompagné Kahina. Il ne pourrait pas revenir au sein du groupe qui avait disparu, il ne pourrait plus parler sur un ton nerveux et théoriser les plans de lutte inspirés par leurs pères. Ils avaient tué le frère de Kahina et la boule de verre dans laquelle ils vivaient, dans laquelle ils se battaient, avait éclaté en mille morceaux les atteignant mortellement. Maintenant, il le savait, il pouvait déchirer la camisole d'Amin et le délivrer, mais il ne pouvait plus rattraper le passé. Dix ans à vivre dans ce passé à Marseille, en Corse et ailleurs, dix ans à vivre par procuration, pensant que le monde, l'univers tout entier s'était arrêté au moment de ce tir mortel ciblant la tête de Mehdi. Et là, le cul posé sur ces pierres, tout s'effondra sous les pins maritimes et les eucalyptus centenaires. L'énergie dégagée par cet effondrement avait propulsé Sidali vers l'action et la lucidité. Ici, le présent et le passé perdaient leur effet inhibant : seule l'action d'aller vers Amin pourrait rattraper le un pour cent et le mille pour cent de sa propre vie, l'alpha et l'oméga de la jeunesse perdue dans les limbes du présent, les larmes de son père, l'exil et le royaume qu'Amin, que Nawfel, Farouk et lui avaient bâti là, le cul posé sur ces pierres, il y avait dix ans, il y avait mille ans.

Il y avait mille ans, Amin fredonnait « Sarbacane » de Francis Cabrel en tapant sur ses genoux, ici sur ces marches, les écouteurs du walkman accrochés aux oreilles :

« Alors te voilà bout de femme,
Comme soufflée d'une sarbacane.
Le ciel s'est ouvert par endroits,
Depuis toi.
Oh depuis toi… »

Et il ajoutait ensuite, en changeant de cassette, reprenant Guerrouabi :

« *Ch'rebna men 'ma l'ânçer wou qtaâna l'wouroud*
W'ktebna w'bqa m'ssattar, hobna l'lkhouloud.
[On a bu de la source et on a cueilli des roses,
Et on a écrit, et est resté inscrit pour l'éternité, notre amour.] »
Pour l'éternité.

L'éternité avait du mal à suinter à travers les roches et les arbres et la terre rouge du Papass, de ce bois encore pour quelque temps épargné par le béton. Rien ne reflétait le passé qui se déroulait comme une pellicule dans la tête de Sidali. Il tournait de tous les côtés pour réinitialiser l'espace et le temps, les rires des amis et les caresses du couple anonyme s'isolant en contrebas, dans ce boudoir végétal. L'éternité semblait prisonnière du sarcophage d'un présent impitoyable, présent qui les avait tous enterrés si rapidement, expédiés six pieds sous la croûte de maintenant, du temps qui passait, du temps qui cassait.

Il n'y avait rien à retrouver ici, dans ce bois calme où se répandait le chuchotement du vent sur les branches. Il n'y avait ni éternité, ni amis, ni retour d'Amin après avoir raccompagné Kahina. Guerrouabi leur aurait donc menti : personne n'a jamais rien écrit pour l'éternité, la source s'était tarie depuis mille ans comme depuis dix ans et les roses n'assumaient que leurs épines pour interdire d'approcher leurs fleurs. Il ne restait à Sidali qu'une manière de conjurer le temps, l'exil et l'apocalypse qui avaient frappé de plein fouet leur secrète confrérie : tenter de récupérer Amin, de l'arracher à la camisole de la folie. Sidali se leva, décidé, et son mouvement brusque effraya des moineaux téméraires qui, avec toutes les illusions d'une vie, d'un coup s'envolèrent.

11

Le taxi bavard, qui n'arrêtait pas de parler des embouteillages d'Alger et condamnait à mort tous les autres conducteurs, déposa enfin Sidali à quelques centaines de mètres de la cité militaire de Saïd-Hamdine, excroissance du quartier huppé de Hydra, dont les nouvelles constructions pointaient leurs sommets au-dessus de la vallée tailladée par d'innombrables routes et carrefours inachevés. L'endroit était si peu familier à Sidali qu'il avait dû le chercher la veille sur Google Map, baladant le curseur de la souris autour de l'image floue de constructions grises à l'intérieur de l'enceinte de la cité militaire où habitait encore la mère d'Amin. Même le curseur n'osait pénétrer ce périmètre surprotégé par des barbelés, des murs en béton de plusieurs mètres de hauteur et des gardes. Arrivé à la guérite de l'entrée, Sidali plaqua un sourire de circonstance sur son visage tendu face au militaire qui parcourait de son index la liste des visiteurs. Hassniya était descendue le matin même pour l'inscrire avec la fausse identité qu'il lui avait communiquée au téléphone. Le militaire, un jeune appelé sans doute, flottant dans sa tenue de combat, le fusil Simonov calé crosse par terre contre un bureau en bois, ne le fouilla même pas, regarda négligemment son passeport français.

– Tu n'as pas plutôt des papiers algériens comme tout le monde ?

Le ton était neutre malgré la charge d'hostilité contenue dans ses mots.

– Désolé, pas encore refait mon passeport algérien, répondit, toujours avec le sourire, Sidali.

Les carrés verts, encombrés de mimosas et d'orangers, ne suffisaient pas à atténuer la grisaille de la cité. Quelques bâtiments de quatre étages laissaient apparaître, derrière leurs pâles façades et leurs balcons recouverts de rideaux amples, la série de villas de deux étages réservées aux officiers.

La porte s'ouvrit sur un spectre : Sidali n'avait pas arrêté de spéculer sur l'apparence qu'aurait prise la mère de son ami après toutes ces années, comme il l'avait fait avec ses parents. Elle avait pris trente ans d'un coup, et de son visage radieux et accueillant ne restait qu'un paysage de terre vallonnée, ravagée par des guerres cruelles et longues, ses yeux se contentant de regarder et non plus de sourire, ses cheveux, entièrement cachés sous un voile noir brodé, avaient blanchi, et son corps ne semblait plus tenir que grâce à sa robe d'intérieur. Il s'arrêta un moment au pas de la porte, hésitant quant à l'attitude à adopter : l'embrasser, la tenir dans ses bras, lui serrer la main ?

De minuscules muscles s'agitèrent sur le visage de Hassniya, un sourire.

– Tu as grandi *allah'ibarek*.

Les épaules de Hassniya s'élargirent et ses bras s'ouvrirent, il s'avança vers l'étreinte et s'abandonna à cette tendresse qui venait de jaillir de son corps sinistré par la mort du mari et l'internement du fils.

Ils s'installèrent dans le salon, lui dans un fauteuil grenat aux bordures dorées et elle en face dans un large canapé aux mêmes couleurs criardes. Les stores étaient tirés, plongeant le salon surchargé de meubles dans la semi-obscurité de la fin de journée qu'estompaient deux lampes posées sur des consoles de part et d'autre du canapé. Sidali aperçut sur la bibliothèque, derrière une vitrine où s'agençait un service de verres en cristal, la photo encadrée de Zoubir Sellami, regard franc, visage inexpressif, la même photo qu'il avait vue sur le journal accompagnant l'avis de décès. Sidali fixa un moment le visage fermé du défunt officier au front dégarni et aux lèvres crispées, comme interdites de sourire, alors que Hassniya se levait sans un mot pour quitter la pièce avant de revenir avec un plateau de café qu'elle posa sur la table basse. Il y avait là, sur les murs, des images qu'il découvrait, qui étaient cachées du vivant de Zoubir Sellami, dans l'appartement de Lavigerie qu'il connaissait si bien. La disparition du général avait libéré une partie de la mémoire qui s'étalait sur ces murs blancs. Partout étaient accrochés des cadres de diplômes d'académies militaires en Algérie ou en ex-URSS, et même un certificat d'honneur du ministère de la Défense du Liban tout en calligraphie arabe, des encadrements de photos de Zoubir tout jeune, en tenue kaki, souriant à pleines dents avec des camarades de promotion dans des écoles militaires à Alger ou dans la banlieue de Moscou, ou quelque part en Jordanie, sur un banc, en tenue d'élève officier avec d'autres camarades de promotion, toujours souriants, ivres de leur jeunesse. À côté s'accumulaient d'autres photos que Sidali n'avait jamais vues, que peut-être même Amin n'avait jamais vues : Zoubir adolescent, le front saillant annonçant la calvitie à venir, en tenue de scout à El-Harrach, Zoubir gêné, si on en croyait son sourire forcé, en costard mal fagoté de l'Aïd alors qu'il avait une dizaine d'années (mais, déjà, ses yeux fouineurs, d'un noir profond, et ses lèvres serrées), ou en gardien de but rachitique de l'équipe de foot de l'antique Union sportive de Madinet El-Harrach, dont l'encadrement sous verre tentait de réparer le froissement et l'usure du temps. Mais la relique la plus imposante occupait le centre du mur en face de lui, au-dessus de la tête de Hassniya : le drapeau algérien avec l'inscription arabe « Armée nationale populaire » calligraphiée en vert sur la partie blanche. Sidali comprit qu'il s'agissait du drapeau offert par l'armée à la famille de Zoubir lors de l'enterrement, rituel strict qu'il avait déjà vu à la télé à l'occasion d'enterrements d'officiels. Il regarda un moment ce drapeau, imaginant des soldats en tenue d'apparat remettre l'étendard plié à l'aîné de la famille, comme le voulait le protocole de l'armée, au fils endeuillé, en tenue militaire ce jour-là peut-être lui aussi. Hassniya l'arracha à ses pensées en commençant à servir le café.

– Du sucre ? Combien ?

– Sans sucre, répondit Sidali en prenant la tasse chaude.

Il ne trouva pas de mots, même anodins, pour ouvrir la discussion, tout simplement parce qu'il n'avait pas grand-chose à dire, hormis demander une procuration pour rendre visite à Amin et peut-être s'excuser. Mais s'excuser de quoi ?

– Comment tu vas ? Et tes parents ?

La question le prit au dépourvu et il faillit s'étrangler à la première rasade de café. La voix de Hassniya, si douce, si mélancolique, comme une supplication, le bouleversa.

– Je… je vais bien…

Il regretta aussitôt cette affirmation hésitante, elle contrastait si fort avec l'état de son fils unique, interné chez les fous et dont la vie avait été brisée par leur mésaventure il y avait des années de cela.

– Pourquoi es-tu revenu ?

« Pour guérir », pensa-t-il.

– Mes parents, Amin… On ne peut pas vivre trop longtemps loin des siens.

Oh André, sauve-moi ! Au diable tes belles phrases sur le retour et la famille, le pays qui appelle et la nostalgie du soleil et des bras aimants. Donne-moi de vraies armes pour affronter la dévastation avachie devant moi dans ce canapé kitch, enveloppée par les faibles lumières du jour mourant et des petites lampes dont l'éclairage approfondit de plus en plus les rides, comme les pluies torrentielles qui creusent des canyons dans la roche dure et aride.

Il venait d'avoir honte, il se sentit plus meurtri et coupable que face à ses propres parents qui avaient pourtant évité de parler du passé. Il avait honte de ce qui était arrivé à Amin, finir chez les malades mentaux (il n'osait pas imaginer, il ne voulait pas croire qu'Amin lui-même était un malade mental, « il était chez eux », pas plus). Honte devant tant de désolation qui se dessinait sur le visage de la mère de son ami alors qu'il tenait coûte que coûte à confronter leur choix d'alors et leurs conséquences. Il sentait qu'elle retenait un flot de paroles qui la prenait à la gorge, qu'elle avait mille questions à poser, mais elle ne pouvait émettre la moindre interrogation ni tenir quelques minutes de discussion. Elle s'était pourtant préparée à parler à Sidali, mais en le voyant, en constatant les changements imprimés sur ce jeune homme, elle mesurait le vertigineux passage du temps. Ce temps qui s'écroulait par pans entiers comme les blocs de glace d'une banquise.

Elle se leva lentement, la main sur l'accoudoir doré, et disparut dans le couloir derrière lui. Il entendit le bruit d'un tiroir qu'on ouvrait et refermait et ses pas qui revenaient. Elle se tenait debout à ses côtés, il se leva machinalement et se retrouva face à elle. Elle lui tendit deux feuilles.

– La dérogation pour lui rendre visite, fit-elle avec un détachement que Sidali devinait ardu.

La seconde feuille était une copie certifiée de la carte d'identité de Hassniya, avec sa photo en noir et blanc tachée par l'encre de la photocopieuse : cheveux coupés court autour d'un visage qui semblait apprivoiser un beau sourire devant le photographe. Un autre monde englouti.

Dans l'étroit local du taxiphone de la banlieue est, Sidali tentait de s'isoler du vacarme indécent que produisait une vieille Marocaine en djellaba hurlant au téléphone, sous le portrait jauni d'un Boumediene au regard dur, sourcils froncés, comme si l'ancien président partageait l'agacement de Sidali. Tout en composant le numéro de téléphone, Sidali lança un coup d'œil assassin au jeune homme derrière les compteurs affichant en rouge électronique les coûts des palabres, trop occupé à draguer une jolie fille en voile fuchsia. Un poster daté du Mouloudia Club d'Alger, un chardonneret boudeur en cage au-dessus de la porte d'entrée et un encadrement de versets coraniques, que la fastidieuse calligraphie dorée rendait illisibles, complétaient le décor de cet espace étouffant depuis lequel Sidali tentait de joindre André en Corse. La voix venait de loin, faible, agacée :

– Oui, je vais l'appeler, répondit le gérant du café sur les hauteurs d'Ajaccio, après avoir reçu de Sidali le mot de passe.

– Tu as trouvé ce que tu cherchais ? entama André quand il prit l'appel, sans autre formalité.

– Oui, à moitié.

– Hmmm…

L'autre moitié n'était plus là, disparue entre les plis des années qu'on ne peut, qu'on ne veut nommer. Sidali avait trouvé des moitiés de tout : des moitiés de sa famille, des moitiés de son pays qu'il ne comprenait plus qu'en partie, des moitiés d'endroits, des moitiés de gens qui avaient changé de gueule avec l'âge ou l'effet déformant de la mémoire visuelle, des moitiés de lui-même éparses dans ce qu'il restait des lieux de mémoire, des moitiés d'Amin interné chez les fous. Des lambeaux de toute une vie laissée ici. Comme un corps déchiqueté après une violente explosion.

– Dis-moi, André, les choses arrivent-elles réellement ?

– Heu… Elles arrivent, oui, puis font semblant de repartir.

Malgré les mesures de sécurité et de codage établies entre eux pour communiquer, Sidali comprit à l'intonation de sa voix que ce n'était pas un jeu de mots. Il entendait distinctement la respiration difficile du Corse.

– Oui, mais, continua André, après un temps, oui mais on oublie… C'est bien toi qui m'as dit que, chez les Arabes, l'oubli est une clémence.

Silence. Sidali laissa passer quelques secondes, pour réfléchir et pour laisser le temps à la dame qui criait de s'en aller enfin. L'oubli, une clémence ? Il n'avait vu que du chagrin chez la mère d'Amin.

– Et ta famille ? reprit André.

La question le saisit à la gorge. Il faillit verser une larme. Il ferma les yeux et l'image de son père, triste et heureux à la fois, l'accueillant au parking de l'aéroport, l'assaillit d'un coup. La salive avait du mal à trouver son chemin et sa main qui tenait fermement le combiné serré contre son oreille trembla.

– Ça peut aller. Ça fait longtemps pour eux et pour moi. Les choses arrivent et repartent comme tu dis, moi je suis parti et, quelque part, eux aussi. Mais ils ne m'en veulent pas. Peut-être un peu. Mais ça ira comme ça. Je les ai vus, c'est l'essentiel et ils vont bien en somme. Toi, de ton côté ?

Sidali sentit la respiration profonde à l'autre bout du fil : c'était presque une phrase qui disait « ça va comme on peut ».

– *Ya kho !* cria le jeune homme derrière ses compteurs posés sur un comptoir en bois crasseux, tu as dépassé les cent mille…

Sidali se retourna tout en maintenant collés à l'oreille le combiné et le souffle éloquent d'André, et se contenta de hocher la tête à l'adresse du gars qui le regardait par-dessus la tête voilée de fuchsia.

– C'est pour t'avertir, mon frère, avança le jeune homme en guise d'excuse face au regard noir de Sidali.

– Je rentre bientôt…

– Seul ?

Sidali calculait depuis son arrivée à Alger les risques, les possibilités et les retombées de l'extraction clandestine d'Amin de l'hôpital de Blida. Il était certain que son ami était surveillé par les services et il voulait y aller pour constater la faisabilité de l'opération. Et puis, qui dit qu'Amin voulait sortir de là-bas ? Pour Sidali, le pire aurait été de mourir en s'engageant dans l'organisation secrète il y avait de cela des années, et non pas de finir dans un asile de fous. André posait la question calmement ; c'est lui qui avait fourni de faux passeports pour Sidali et pour Amin dans l'éventualité d'un rapatriement vers Marseille.

– Je vais voir sur place…

– En cas de problème, envoie le SMS comme je te l'ai dit.

André signifiait ainsi la fin de la conversation.

Sidali paya et sortit du taxiphone. L'air lourd de l'après-midi s'alliait à la poussière des chantiers pour lui pourrir les poumons et la vue. Dehors, les rayons du soleil peignaient avec adresse des tresses de lumière avec les particules virevoltantes. Autour de Sidali s'élevaient des villas difformes aux rez-de-chaussée occupés par des magasins d'électroménager, de vêtements, de meubles, de pièces détachées pour voitures coréennes. La circulation était bloquée, avec son lot de conducteurs suants et à bout. Klaxons, cris, ciel immaculé et soleil blanc. Poussière et lumière. Sidali hésita à remettre ses grosses lunettes de soleil. Peut-être voulait-il subir jusqu'au bout cette terre qu'il retrouvait après une fuite, des années, des nuits et deux assassinats ? Il consulta en un mouvement nerveux sa montre : le taxi clandestin qui devait l'amener à Blida n'allait plus tarder à se pointer.

12

Les murs blancs glaçaient l'atmosphère et mettaient Sidali mal à l'aise. De l'autre côté du bureau métallique, la femme qui lui faisait face le scrutait de ses petits yeux noisette. Son doux visage de cinquantenaire encadré par un voile violet tranchait avec la froideur du bureau de la directrice du centre psychiatrique de l'hôpital de Blida. « Que lui dit ma gueule ? Que trahissent mes traits ? », s'inquiéta Sidali. Comme pour conjurer le sort, il avait choisi comme pseudonyme Farès. Le prénom de son père qu'il avait retrouvé cassé en deux, en retraite anticipée, brisé par l'exil de son fils et par l'histoire qui l'y avait poussé, à laquelle était mêlé Zoubir Sellami, jadis son frère d'armes. Sidali avait dû voir sa famille chez un oncle à Alger-Plage, à l'extrémité de la baie, loin du quartier familial. Tout se savait rapidement, il fallait rester loin des sbires des services qui le recherchaient voilà des années et contre lesquels seuls Marseille et son milieu corse le protégeaient. Saloperie de guerre ! La guerre d'Algérie, celle de 1994 à El-Harrach ou celle des gangs à Marseille charriaient la même merde, un torrent de cruauté banalisée. L'homme est un loup pour son frère l'homme ? Sidali avait lu dans une revue que les loups étaient particulièrement coopératifs et même tendres entre eux, dans la meute. « Pire que des loups ! », constatait-il amèrement. Mais il n'était pas là par simple compassion pour

Amin. Une question lui brûlait les lèvres : « A-t-il dit quelque chose à propos d'un certain Sidali ? »

Comme si elle pouvait lire dans ses pensées, Houda le regarda intensément. Elle savait qu'il lui cachait quelque chose, cet homme élégant en costard dont les années semblaient avoir passé sur son visage comme les sabots de chevaux de barbares sur des corps suppliciés. Marqué comme un homme qui a tout vu. Avec une insondable mélancolie dans les traits : le front, les joues, le nez, les lèvres et surtout ces yeux cernés, creusés dans un visage parcheminé, des yeux douloureux.

La rencontre avait mal commencé.

– Je n'aime pas qu'on me force la main. Seule la famille est autorisée, et encore, pas pour tout !

Debout dans son bureau, avec sa blouse blanche et sa petite taille, Houda était un iceberg infranchissable, bout de femme aux sourcils froncés bien tassée sur ses jambes, la voix claire et haute. Sidali, en face, semblait personnifier l'angoisse même d'un transatlantique naviguant droit vers le naufrage.

– Très bien, la lettre de dérogation de la mère d'Amin te donne le droit de le voir, mais pas plus, et encore, c'est à moi d'évaluer si tu le peux. Je ne te connais pas, je n'ai pas envie qu'il rechute en te revoyant, je ne sais pas ce qui vous lie. En plus, tu le sais, c'est un ancien militaire. J'ai eu beaucoup de mal à réunir les informations suffisantes pour le prendre en charge convenablement. Alors il faut m'expliquer : qui es-tu ?

Sidali considéra la question en baissant la tête. Le prix à payer pour « savoir » était de mentir. Mais il devait la vérité à cette femme, qui s'occupait d'Amin comme si elle était liée par un pacte, celui de la meute d'El-Harrach de 1994. Il ne fallait pas qu'elle le vende à l'officier du renseignement qui, certainement, siégeait quelque part dans l'hôpital, comme les services spéciaux le faisaient dans chaque établissement de ce pays. Ils étaient les yeux et les oreilles – et souvent le bras armé – de l'homme que Sidali avait appris à reconnaître, même de loin, à Marseille : le tout-puissant Structure et son féroce adjoint, le général Aybak. Mais Houda, sans attendre de réponse, reprit, comme pour satisfaire son questionnement muet :

– Je me fiche des *s'rabess*, j'ai travaillé dans des régions ensanglantées par des massacres. Ce ne sont pas des militaires qui vont me dicter ma conduite. J'ai mis dehors des officiers des renseignements qui n'avaient rien à faire entre moi et mes patients survivants. J'ai vu le pire.

Iceberg droit devant, mon capitaine ! Houda lâcha ces mots tout en pensant à la visite de cet étrange officier qui l'avait menacée ici même, dans son bureau, et qui lui avait volé le secret de ses consultations avec Amin. Elle exprima son courage devant Sidali car elle avait tenu tête au grand blond des services quelques mois auparavant. Houda savait qu'elle s'aventurait dans une sombre affaire mais elle ne pouvait pas renoncer. Pas après les massacres, pas après le regard des rescapés, pas après ça. Impossible. Alors droit devant !

– Je m'appelle Sidali, et non Farès, je suis son ami d'enfance, son frère d'armes, son frère. Je cache mon identité parce que je suis en danger en Algérie. J'ai fait ce voyage pour voir mes parents et Amin.

Houda le toisa et lui dit d'un ton sec :

– Alors tu ne le verras pas !

– Parce qu'il a parlé de moi ? hurla Sidali en projetant son torse en avant, au point que Houda eut un mouvement de recul.

– Il pense que tu l'as tué, il m'a raconté dans le détail la scène dans ce bois à côté de votre ancien lycée… L'Papass, c'est ça ? La forêt des Pères blancs à Lavigerie… Il parle de toi ainsi : « Sidali m'a tiré dessus ! »

Sidali s'effondra. Le *Titanic* frappa de plein fouet à cet instant, dans ce bureau glacial, l'iceberg meurtrier. Et l'eau froide de l'Atlantique Nord n'était que larmes. Sidali l'accepta comme une vieille fatalité qui leur collait à la peau telle une identité. Et d'un coup, quelque chose remonta, une émotivité inattendue que Sidali avait cru étouffer depuis longtemps, elle le submergea comme l'eau de l'océan qui s'engouffre dans le paquebot : il s'effondra en larmes, gémissant comme un blessé de guerre. Comme un blessé de guerre ? C'est la guerre, Sidali, qui a tout emporté. Qui a emporté sa haine, son amour pour Amin, qui a emporté son père ; c'est elle qui l'a transformé en mafieux, qui l'a éloigné de son quartier, de ses cafés, de ses copains, de sa propre mère, de ses doux regards, de ses *chorbas*, de sa manière de le réveiller chaque matin, de l'incroyable tendresse de cette mère, de tout ça, de surtout ça. C'est la guerre qui l'a contraint à supporter l'exil marseillais, qui l'a endurci, l'a fait homme, sans pitié, sans regard en arrière : un aveugle en somme.

Et Sidali pleurait, pleurait de plus belle, en cachant son visage. Houda se demanda s'il pouvait être la clé de la thérapie d'Amin. Elle se leva de sa chaise protocolaire, contourna le bureau et s'avança vers lui, fendant les vagues nocturnes, hautes et glaciales de l'Atlantique. Sidali était prostré. « *El harb*, *harbna*, notre guerre, si intime, contre nous-mêmes, nos copines, nos parents, nos amis et frères, guerre qui a fait de nous, même dix ans après, une génération, deux, trois siècles après, des cadavres assassins, je n'en suis plus là, docteur, je n'en suis plus là. Je suis un assassin. C'est tout. C'est ma synthèse. C'est à cela que se résume ma vie. »

Avait-il dit cela à haute voix ? Sidali ne le savait même pas. Houda posa une main sur son épaule.

– Ils nous ont tués, poussés au crime ; ils ont incendié notre jeunesse, à tous. Je mets dans ce sac putride tout le monde, des deux côtés, de tous les côtés, ils ont joué avec le feu et nous en étions le candide combustible, tous, tous… !

Houda retira doucement sa main et se tint debout derrière lui.

– Ton ami va mal, les neuroleptiques le calmeront un moment, mais pas plus…

Sidali se redressa sur sa chaise et la suivit du regard alors qu'elle retournait lentement à sa place, comme accablée par l'impuissance qu'elle venait d'exprimer d'une voix blanche. Il demanda :

– Comment ça s'est enclenché ? Sa mère n'a rien voulu me dire. Elle est très affectée.

Houda resta silencieuse un moment, le temps de se ressaisir, de délimiter sereinement la frontière entre ce qu'elle pouvait dire, les nécessités du traitement et du secret médical. Mais quel secret médical, se surprit-elle à objecter, alors que le cas de son patient semblait avoir été enterré par l'administration militaire qui lui refusait son dossier. Pour eux, il n'existait plus depuis la radiation de l'armée à la suite de l'incident du café. Elle n'avait trouvé nulle trace des années d'engagement d'Amin, ni à l'académie de Cherchell, ni au ministère de la Défense. « Ils effacent tout, lui avait murmuré Amin dans un de ses rares moments de lucidité. Quand mon père est mort, ils sont venus le lendemain matin pour fouiller la maison, chercher dans l'appartement la moindre trace d'un document, d'une lettre, d'une photo, d'une annotation dans un livre… Ils n'ont rien trouvé. Ils ont juste emporté son arme. Ils nous ont laissé sa tenue militaire officielle. » Houda voulait renverser cette chape de plomb qu'elle tentait de soulever depuis des mois. Amin n'était pas le seul concerné : tous les policiers, militaires, gendarmes, civils armés qui avaient craqué un jour s'étaient vu infliger le même traitement par l'Autorité. L'effacement. Et l'oubli. Surtout ne rien communiquer qui permette une prise en charge posttraumatique. Tant et tant de cas. Les débris vivants de cette guerre qui n'était pas une guerre. « Opération de maintien de l'ordre », disaient-ils en époussetant leur uniforme. Sacré « maintien de l'ordre », déclencheur de tant de désordres mentaux qu'elle, Houda, devait traiter sans outils, sans mémoire, sans histoire. C'est bien cela qui la poussait à envisager un marché avec ce Sidali au bord de la crise de nerfs : lui donner ce qu'il voulait et récupérer ce dont elle avait besoin dans la biographie accidentée d'Amin.

Elle prit le combiné du téléphone.

– Annulez mes rendez-vous jusqu'à 11 heures et ne me dérangez pas. Merci.

Elle se décida à lui relater l'épisode du café et la fusillade qui s'était ensuivie. Elle précisa sciemment qu'Amin avait crié le nom de Kahina – « Kahina, sale pute ! » – tout en tirant en l'air.

– Kahina ? s'exclama Sidali, abasourdi par le récit de Houda.

– Oui. Ses amis l'ont neutralisé, les flics l'ont embarqué avant qu'il ne soit récupéré par les militaires ou les services quelques heures après. Et il n'a été interné ici que vingt jours plus tard. Où était-il durant cette période ? Je ne le sais pas. Lui, il n'en dit rien. Je présume qu'ils l'ont gardé chez eux. Je sais juste qu'ensuite il a été vite radié de l'armée, sans motif précis, comme me l'a expliqué sa mère. C'est elle qui me l'a amené, elle ne pouvait plus le garder à la maison : insomnies, accès maniaques, délires, puis rechute dans un état mélancolique aggravé…

Houda sortit une bouteille d'eau du tiroir de son bureau et deux gobelets. Sidali aurait préféré quelque chose de plus fort.

– Le problème avec Amin, c'est qu'il souffre d'un double trouble, deux états dépressifs très forts, l'accès maniaque et l'accès mélancolique, qui se succèdent sans cesse, épuisant dangereusement son corps et son mental. Maniaque, ça veut dire en gros une grande colère qu'il n'arrive pas à exprimer, ou une perte de repères. Mélancolique, ça peut être une profonde tristesse, un sentiment de culpabilité paralysant…

Colère, culpabilité : les deux termes résonnèrent comme deux coups de feu dans l'esprit de Sidali.

– Les thérapies chimiques ne sont pas d'un grand secours, sauf pour lui donner un peu de répit, mais guère plus. J'ai beaucoup diminué les doses de ses médicaments. Il lui faut entrer en analyse. Et il faut faire vite : de temps en temps des hommes louches, certainement des services, viennent prendre de ses nouvelles. Il semble que son père était un officier important.

– Oui, se contenta de répondre Sidali en reposant le gobelet vide sur le bureau.

Il était en train d'envisager sérieusement une exfiltration de son ami vers Marseille. Les « hommes louches » voudraient sûrement en savoir plus maintenant que le père était mort. En savoir plus ou éliminer un témoin. En entrant à l'hôpital, en traversant ses portiques de sécurité et ses couloirs, Sidali avait scanné tout le dispositif sécuritaire. D'après ses estimations, l'évasion d'Amin n'était pas impossible, mais il lui fallait une complicité interne. Houda ?

– Pour le moment, je n'ai que des pistes de travail, je crois qu'un élément déclencheur se trouve à l'origine de la soudaine détérioration de son état mental. Pour l'instant je m'en tiens à la thèse de la mort de son père qui aurait libéré des choses plus anciennes, les pièces d'un puzzle difficile à assembler pour moi, des bribes tirées de sa mémoire, mais aussi de son imagination. Comme si passé et présent se confondaient à ses yeux. Comme si, pour lui, les années 1990, c'était à la fois aujourd'hui et à jamais perdu.

Sidali prit une longue inspiration en revoyant leur course effrénée dans les escaliers de Belfort, pistolet à la main, peur au ventre, poumons explosés : « Cours Amin, cours, ne t'arrête surtout pas ! »

– L'autre piste m'a été inspirée par d'autres cas : des éléments des services de sécurité, démobilisés ou renvoyés, se retrouvent du jour au lendemain face à une nouvelle réalité qu'ils ont perdu l'habitude de gérer. Comme si le sol se dérobait sous leurs pieds.

Sidali se rappela les gueules détestables des anciens commandos nationalistes corses en rade, laissés sur le bas-côté des luttes intestines, voués aux sales corvées des petits mafieux insulaires et qui noyaient leur amertume dans des hectolitres d'alcool.

– Apparemment, Amin est resté éloigné de la vie civile un bon moment, presque quatre ans, et sa mère m'a confié qu'elle le voyait peu, sans m'expliquer pourquoi. Puis il retourne à la réalité de la vie civile avec la mort de son père, et il perd pied. La troisième piste, plus fantaisiste, c'est la « seringue »…

– La seringue ?

– C'est une vieille légende dont personne n'a osé vérifier la véracité. Selon certains, l'armée, parfois, se débarrassait de ses cadres gênants en les radiant après leur avoir administré une piqûre amnésiante pour préserver les secrets militaires et prévenir d'éventuelles fuites… Cela daterait des années Boumediene.

Ce n'était pas la première fois que Sidali entendait parler de cette fameuse « seringue ». Il se rappela « tonton » Salah, aux HLM d'El-Harrach, un Kabyle d'une cinquantaine d'années à l'époque, qui s'habillait en costume trois-pièces et pantalon à pattes d'éléphant en toutes saisons, les cheveux gris lui tombant sur le visage comme un authentique beatnik. Il passait ses journées et une bonne partie de ses nuits à vociférer en français et en allemand, lançant d'incompréhensibles discours, avant de se calmer pour aider, avec une bouleversante gentillesse, les jeunes écoliers à régler des problèmes de calculs debout devant la cage d'escalier. Formé en

Allemagne de l'Est, il était ingénieur des travaux publics dans les années 1970 et 1980 pour le compte de l'armée, avant de quitter son travail subitement quand sa sœur, militante berbériste, fut emprisonnée en tant que détenue politique. Tout le quartier, et le père de Sidali le premier, accusa l'effet de la « seringue ». Salah était mort électrocuté dans sa baignoire : il adorait lire dans l'eau chaude de la poésie allemande à la lumière d'une lampe de chevet. La lampe était tombée dans l'eau du bain. Un accident.

– À toi maintenant, dis-moi comment tout ça a commencé.

Sidali respira profondément.

– On nous avait tellement tués qu'on ne pouvait pas ne pas rendre la pareille…

13

Quand Sidali la laissa, après un long récit entrecoupé de pleurs et de coups de poing sur le bureau, Houda resta sur sa chaise à fixer du regard le dictaphone posé négligemment devant elle, qui avait enregistré durant des mois les délires d'Amin : une manière pour elle de se distancier de ce flux de paroles et d'en extirper le vrai. D'autant qu'Amin était moins réticent à la parole qu'au début, il lui arrivait même de vomir à la face du monde – le monde se résumant à elle, ici dans ce confinement médicalisé – un flot de propos confus qui pouvaient, elle en était persuadée, après le minutieux recoupement des centaines d'heures d'enregistrement, donner naissance à un récit, à une histoire, même approximative. Un travail pas du tout évident au vu des mystères qui commençaient à se dévoiler. Maintenant, elle comprenait mieux pourquoi des spectres taciturnes hantaient de temps à autre son service, ou pourquoi elle croisait des ombres tard dans le parking qui s'évanouissaient aussitôt. Mais le plus important, pour sauver le peu qui restait d'Amin, était de rassembler toutes les pièces, notamment celles que venait de lui apporter Sidali, tout autant torturé que son patient. Sidali avait éclairé quelques zones d'ombre. Elle savait qu'elle était en concurrence avec les hommes obscurs de l'État depuis que, quelques semaines plus tôt, l'un d'eux, un grand blond, mince, s'était présenté à elle dans son bureau.

– Je peux, docteur ? Merci.

Il s'était installé face à elle avant qu'elle ne puisse dire un mot. Rapidement, Houda avait noté son aisance et son sourire : une façade de marbre, avec des traits taillés à la serpe, qui laissait deviner une froide cruauté, voire une puissante volonté d'être cruel. Une façade de marbre qui cachait un torrent de sang, de feu et de colère déchaînée. Un homme qui faisait peur. Une peur primaire.

Elle avait fait mine de s'offusquer en lui lançant un regard désapprobateur et en se redressant sur sa chaise. Mais le général Aybak avait feint de se montrer courtois, et même navré de l'intrusion.

– Pour faire court, je suis un responsable de la sécurité dans ce pays et nous, en tant qu'État, t'avons confié un patient, ex-militaire, pour des soins.

Houda avait tenté de garder son calme pour dissimuler sa peur face à l'officier.

– Le patient dont tu as la charge est le fils d'un regretté ami, un ami très proche, avait-il poursuivi en plissant les yeux comme s'il confiait une part de son âme à ce médecin aux aguets.

Il avait continué sans lui laisser le temps d'intervenir :

– On nous a expliqué que tu étais l'une des meilleurs dans ce domaine, alors nous sommes assez confiants.

Houda avait compris qu'elle devait le laisser poursuivre, que la demande, ou la menace, était sur le point d'être formulée.

– Tu habites au lot 26 à Birkhadem, cité des Oliviers, dans la maison familiale de trois niveaux que ton père a construite à la sueur de son front de travailleur immigré dans les chantiers du nord de la France. Tes trois frères s'en sortent d'ailleurs moins bien que toi dans la vie, avait-il dit dans un sourire, comme s'il se félicitait de leur situation familiale et de l'essor du BTP français des années 1960-1970. Je suis, en quelque sorte, un expert de la sécurité et je trouve dommage qu'il soit si facile d'y pénétrer… Dites à votre cher père de renforcer les verrous de la porte du garage, celle à gauche de l'entrée, et de grillager les fenêtres du premier étage, je veux dire, la deuxième fenêtre de la façade qui donne sur la cour…

La fenêtre de ma chambre, avait pensé Houda, et pour maîtriser le frisson qui venait de lui traverser la colonne vertébrale, elle avait lâché, furieuse :

– De quel droit ?!

– J'ai tous les droits, et plus encore, docteur. Mais c'est à toi de me dire de quel droit tu camoufles chez toi des enregistrements et des notes concernant ce patient. Ce cas a une valeur spécifique pour toi. Pourquoi ?

– Je ne dirai rien. Vous n'avez rien à faire ici !

– Tu veux déposer plainte ? s'était amusé Aybak avec un air de défi. Laisse-moi plutôt te dire ce qu'il en est : ce cas fait partie d'une enquête menée par la Sécurité. On n'a pas voulu l'interner chez nous car on voulait un traitement détaché du patient. Dé-ta-ché, avait-il articulé avec un regard qui noircissait.

Pourquoi avoir caché le matériel de ses discussions avec Amin ? Houda avait compris que la moindre fuite pouvait nuire à son patient même si, pour le moment, elle ne croyait pas encore à ces histoires de barbouzes mêlant des lycéens dans l'El-Harrach de 1994. Mais elle avait senti que quelque chose de dangereux sommeillait dans les méandres mentaux d'Amin, quelque chose que d'autres aussi voulaient découvrir. Comme une arme secrète.

– Je suis quelque part rassuré par le fait que tu y accordes tant d'attention… et de précaution, cela prouve qu'on ne s'est pas trompé sur ton compte.

Aybak s'était levé et Houda l'avait suivi du regard alors qu'il marchait d'un bout à l'autre de son bureau.

– Mais bon, ceci étant dit, j'ai une dernière question : quel est, selon toi, l'élément déclencheur de ses crises ? Un souvenir ? Un appel téléphonique ? Un cauchemar ? C'est important pour nous. On ne comprend pas très bien, en lisant tes notes et en écoutant les enregistrements, ce qui a pu provoquer l'incident de Sidi Yahia… Je te le répète, c'est important pour notre enquête. Qui est cette fille, cette Kahina dont Amin criait le prénom pendant sa crise ?

La psychiatre avait levé un sourcil et secoué la tête plusieurs fois de gauche à droite, serrant les lèvres, affligée qu'il ait posé une question qui ne pouvait recevoir de réponse.

Aybak s'était jeté sur le bureau, l'avait empoigné par le col, vociférant à quelques centimètres de son visage :

– Quel est l'élément déclencheur ?!

Elle avait baissé les yeux et murmuré :

– Je crois en Dieu tout-puissant, mais même à Lui, je ne dirai rien.

Aybak avait eu un mouvement de recul, ses yeux s'étaient écarquillés, découvrant un iris bleu acier. Il s'était redressé et avait fixé la tête baissée de la jeune femme. À travers l'unique fenêtre, une lumière soudain aveuglante s'était déversée dans la pièce, contraignant le général à rechercher l'ombre.

– Je crois en Dieu aussi, docteur, mais même Lui travaille pour nous.

Aybak avait tourné sur ses talons et était sorti en refermant doucement la porte derrière lui.

Houda avait relevé la tête, respiré un bon coup et s'était effondrée en larmes.

14

À travers le verre opaque de ses lunettes, qui le protégeaient du soleil et d'une éventuelle arrestation, Sidali balaya du regard le parking de l'hôpital où l'attendait son taxi clandestin. Il alluma une cigarette, les mains tremblantes, les derniers mots de Houda résonnant dans sa tête : « Reviens quand tu veux si tu as besoin de parler encore, mais fais attention, fais attention »…

Il n'était ni soulagé de s'être ouvert à la praticienne des âmes, ni inquiet pour Amin ou pour lui-même, il était juste là, navire échoué sur des récifs et dont le capitaine décide de fumer une cigarette au lieu de donner l'alerte. Pour Sidali, la catastrophe avait été si dévastatrice qu'il ne servait plus à rien de s'inquiéter ; elle avait rasé l'inquiétude, en emportant amis, jeunesse, famille, innocence, tout. Absolument tout et elle ne lui laissait que le loisir (le loisir ? cynisme de la langue !) de rebâtir une nouvelle vie sur les ruines.

Adossé au 4 × 4 noir aux vitres fumées, le général Aybak observait ce grand jeune homme aux lunettes noires. C'était la deuxième fois qu'il venait dans cet hôpital : la première fois, c'était pour intimider Houda, cette fois, c'était pour tenter de clore une histoire qui avait trop duré à son goût.

Il a grandi, le petit, pensa-t-il en le jaugeant d'un regard discret. Donc moi aussi j'ai vieilli, compléta-t-il en regardant ses mains ravinées par des oueds secs de rides. « Allez-y doucement », murmura-t-il en ouvrant la portière arrière du gros véhicule noir. Deux agents en civil sortirent puis s'approchèrent discrètement du jeune homme qui terminait sa cigarette.

À peine touchait-on le passé du doigt que de fortes poignes vous agrippaient par l'épaule.

– Suis-nous sans faire de vagues.

Sidali sentit la force de ces deux ombres qui le surprirent tout en douceur, dans le dos, il sentit leurs mains, serres de rapaces triomphant de la distraction de la proie, et le métal collé contre ses côtes. Il comprit qu'il était fait comme un rat. Il jeta un regard fataliste au chauffeur de taxi plongé dans la lecture de son journal, et se laissa conduire par les deux sbires. L'image d'Amin cloîtré dans l'asile de fous et celle de son propre père lui vinrent à l'esprit avant de découvrir dans son champ de vision le véhicule menaçant : le 4 × 4 agressif, comme si sa carrosserie était de mauvais poil, la portière ouverte, l'homme blond – un Slave ? – en costume gris et cravate noire regardant droit devant lui, ne regardant rien, en fait.

– Monte ! dit une voix derrière lui, ni menaçante ni amicale, juste professionnelle.

Il gravit le marchepied du véhicule et s'installa dans l'habitacle à côté de la masse silencieuse du chasseur. Il en était déjà là, Sidali, il avait instantanément saisi le rapport de force : le chasseur et la proie.

Les deux sbires s'installèrent à l'avant, chauffeur et copilote dont Sidali ne voyait que les cous de bœuf et les crânes rasés. Immobiles, massifs.

– On y va, lâcha l'homme blond assis à côté de Sidali, et le bolide démarra doucement.

Naviguant comme un requin-baleine au milieu de la foule et des voitures mal stationnées, le 4 × 4 s'engouffra dans la première bretelle d'autoroute surmontée du panneau « Alger ». Pour échapper, juste un moment, à son destin que matérialisait cette masse silencieuse à ses côtés, Sidali tenta de regarder à travers le verre fumé du mastodonte mécanique. Durant le silence temporaire du blond – il savait que ce type allait parler d'un instant à l'autre –, il observait ce qu'il n'avait pu voir à l'aller, préoccupé par sa confrontation fraternelle ou fratricide avec Amin. Il vit le ciel bas découpé violemment par les constructions inachevées, les ponts et les échangeurs non inaugurés, les prés et les champs d'orangers et l'impassibilité, sous le soleil clément, du fameux « triangle de la mort » de la fertile Mitidja, irriguée par le sang des massacres.

– Tu as le choix, Sidali : soit on discute ici, soit on t'emmène à Ben Aknoun où un âne s'occupera de toi. C'est un cadeau des Russes qui a déjà bien servi en Tchétchénie et qui adore enculer les hommes. Au choix, Sidali.

Le blond parlait en regardant droit devant. Que regardait-il ? Qui était-il ? En évoquant Ben Aknoun, le chasseur s'était clairement identifié : *s'rabess*, les services qui disposaient là-bas de plusieurs casernes et autres centres de détention secrets. Cela faisait partie de la mythologie des années 1990. Sidali pensa : ils sont toujours là, sur les hauteurs de la ville, dans leurs casernes terrifiantes et impénétrables.

– Je n'ai rien à dire. J'ai un passeport français, tu ne peux rien contre moi, qui que tu sois.

La masse se retourna vers lui et il découvrit le visage paisible, presque amical du général Aybak. Presque.

– On ne va pas discuter de ton faux passeport, Sidali.

Des vergers se profilaient sur le bord de l'autoroute. De magnifiques étendues d'agrumes, irradiant les tableaux éphémères que peignait la vitesse du bolide. Sidali aurait presque cru à une possibilité de sortie, une évasion de ce passé, prenant la forme d'un général froid des services secrets qui, bizarrement, ne l'arrêtait pas dans les règles de l'art de la répression. Il était pourtant un fugitif muni de faux papiers, responsable de l'assassinat d'au moins deux individus qui avaient été des ennemis à abattre pour son présent geôlier. Cela lui donnait une certaine assurance, une assurance malsaine, une frêle garantie que, quelque part, avant d'arriver à l'âne professionnel, il pourrait trouver un terrain d'entente dont la superficie dépendrait des mots échangés là, à l'arrière du bolide fonçant à travers la Mitidja pour rejoindre le pandémonium. Plutôt « descendre » vers le pandémonium tant le relief de l'autoroute s'inclinait, après les hauteurs pré-Atlas, pour déboucher enfin sur la côte coincée entre montagnes et baie. Déboucher sur cette ville où ils étaient restés, lui, Sidali, son groupe et quelques millions d'habitants, coincés durant près de dix ans comme dans une immense souricière. Ce n'était que le jour où, du hublot de l'avion le menant à Marseille, il avait vu les collines de la ville disparaître dans la brume humide, qu'il réalisa qu'il avait vécu en vase clos durant des années, après cette longue nuit, des assassins dans le dos et la mer inexpugnable en face, interdite.

– Vous avez déclenché une belle connerie, vous tous.

La voix émanait du blond comme un souffle qui emplissait l'habitacle du puissant bolide. Voix calme et ferme. Voix fermée. Phrase close qui ne souffrait aucune réplique.

– Toi, tes copains et les autres organisations clandestines…

Tuer, une belle connerie ? n'osa répliquer Sidali, attentif à la suite de cette deuxième phrase plus ouverte.

– Le plus intéressant, chez toi et tes copains, c'est que vous étiez les plus clandestins des clandestins, c'est malin de n'avoir pas nommé votre petite affaire… Pas de nom, pas de sigle, c'est une très bonne idée.

On est où là ? se demanda Sidali. Il me menace, il me félicite ? Il joue à quoi ?

– Les autres étaient plus dans le folklore : l'Armée républicaine algérienne, l'Organisation de la jeunesse algérienne libre, l'Organisation secrète pour la sauvegarde de la République, la Force 54, le Commando Ben M'hidi, les Enfants de Novembre… Mais vous, vous étiez meilleurs sur ce plan-là, très discrets.

– Pourquoi tu me dis ça ?

Sidali n'en pouvait plus de ces étranges digressions. Il trouva dans son impatience et l'arbitraire de ce kidnapping l'audace de répliquer. Tout doucement. Pour ne pas brusquer la charge de violence d'État assise juste là, à quelques centimètres.

– Parce que, peut-être involontairement, toutes ces initiatives ont chamboulé nos plans, nos prévisions...

Sidali examina l'homme blond à présent tourné vers lui. Son visage lui disait quelque chose, mais il ne parvenait pas à mettre un nom dessus.

– Nous étions dans une logique exponentielle du conflit, des centres urbains vers le maquis. Classique. Prévisible et donc contrôlable. Nous pouvions rationaliser nos stratégies de frappes. Et puis, quelqu'un nous a intoxiqués, nous faisant croire que de nouveaux groupes étaient actifs dans la banlieue est, alors qu'il ne s'agissait apparemment que de vous couvrir...

– À qui je parle ?

– À la guerre.

El guirra.

Aybak détourna le regard, baissa la vitre et alluma calmement une cigarette. Des deux doigts qui tenaient la cigarette, il dessinait des cercles excentriques.

– Ils étaient battus en ville. Notamment grâce à la violente stratégie de Zoubir Sellami. Il a été plus qu'efficace en dupliquant les schémas de la bataille d'Alger sur le terrain. Mais avec vos actes de revanche, vous les avez ravivés, vous leur avez donné une nouvelle dynamique... Il leur fallait bien rendre la pareille contre les coups de toutes ces organisations clandestines qui ciblaient leurs sympathisants souvent à l'aveuglette. Et, même si cela nous arrangeait parfois, c'était un joli bordel.

– Pourquoi tu me racontes tout ça ?

– Parce que j'ai des vides à remplir. Parce que je suis qui je suis. Parce que tu ne peux pas t'en tirer comme ça.

Parce que, en fait – et cela Aybak le tairait –, il s'agissait de la poursuite d'une guerre, même à titre posthume, contre le général Zoubir Sellami qui l'avait doublé fut un temps.

– Ne m'oblige pas à retourner voir ce médecin pour la faire parler. Je n'ai pas envie de défigurer sa jolie frimousse. Dis-moi tout.

– Il m'arrivera quoi après ? s'inquiéta Sidali.

– Je me fous de ce que tu as fait, ici ou ailleurs. Tu n'existes plus. Vos histoires n'existent plus. Nous sommes dans un nouveau monde. Même moi je n'existe plus officiellement, mais il faut que cette guerre disparaisse, toi et moi aussi, c'est comme ça. Cette guerre n'a d'ailleurs jamais eu lieu. Les quelques traces sont dans nos têtes ou au cimetière, et il faut les effacer autant qu'on peut. Nous n'avons jamais existé. Nous ne sommes pas.

Votre nouveau monde, s'insurgea Sidali. Mon monde est resté tel quel, comme vous me l'avez foutu sur la gueule sans rien me demander. Vous, seigneurs anonymes de la guerre qui a tout emporté, même notre sang. Même notre sang éperdu, puisque aucun de nous n'a procréé et qu'à Marseille j'ai un géranium et des jeunes putes noires comme unique famille.

Une poussée volcanique se réveillait dans le for intérieur de Sidali. Une vague de lave coléreuse jaillit. L'intimidation de cet homme qui sans nul doute était un officier des services ou un barbouze ne prenait plus. La digue, qui était toute sa vie, céda.

– Tu veux tout savoir ? Tout ? Eh bien d'accord, mais ne me coupe surtout pas la parole. Après, bute-moi si tu veux, rien à foutre maintenant que nous sommes tous morts, qu'on n'existe plus !

Aybak sourit avec un hochement de tête ironique. Sidali, les yeux rouges de colère ou de larmes, comprit alors qu'il se trouvait au cœur d'un jeu qui le dépassait. Mais il opta pour la colère, face à ce qu'il interprétait comme étant du cynisme. La colère face à l'histoire qui serait de toute manière écrite par eux. Par ceux qui n'ont ni gagné ni perdu la guerre. Puisque la guerre, sa guerre, n'avait jamais existé.

Le bolide déflorait les abords sud d'Alger : les vergers avaient cédé la place aux constructions anarchiques. Pôles d'urbanisme dissidents sur les terres fertiles de la majestueuse Mitidja, en introduction d'Alger, comme le goût amer de préliminaires forcés. Énième révolte de la tribu, ces amas de béton et de briques sans autorisation de construction, obtenus en échange de pots-de-vin.

Faisant mine de réfléchir à ses propos, Sidali pensa : la tribu, justement, qui a éclairé la voie obscure que vous, seigneurs anonymes de la guerre, nous avez obligés de suivre à la fleur de l'âge. La tribu que je ne connais pas, mais qui se déclare et crie son droit du sang : le sang qu'on lui enlève, elle le reprend ! La tribu qui se réveille, comme un zombie hésitant, puis reprend ses forces dans la vengeance qui crie. La tribu comme un second sang qui coule dans les veines et dans les rues quand le meurtre se banalise pour devenir quotidien, pain quotidien que la tribu mord à pleines dents. Tribu cannibalisant nos corps et notre jeunesse, bouffant à grandes bouchées nos membres, entrailles et organes. Nous avions même honte de regarder nos bites et nos bras, mous et inutiles face à la virilité du 4 × 4 qui humilie, qui tape dans le tas pour imposer la toute-puissance de l'État en érection, kalachnikov menaçante, balle engagée et détente facile en avant, face à la tribu qui, elle, ne reconnaît plus ses fils, les livrant lâchement à l'holocauste des commissariats tortionnaires de quartier et aux coups de crosse sur la nuque, des couilles écrasées dans les tiroirs refermés violemment par le commissaire d'El-Harrach. La tribu qui baisse son pantalon dans les interrogatoires violents et sadiques, dans les étages supérieurs des postes de police à Bachdjerrah et ailleurs, à la Montagne, Ouargla, Annaba, El-Hemri, La Colonne, Baraki ou El-Harrach… La tribu qui nous a lâchés, fuyant notre détresse pour aller se réfugier dans quelque marabout à coupole bleue au sommet des montagnes, dans ce pays béni par tant de saints inhumés dans sa terre. La tribu qui danse autour du feu de camp à côté du marabout et qui nous livre à vous, tueurs étatiques et seigneurs de nos corps de petits gamins algérois, nous tuant et torturant pour la plus grande gloire du pays imaginaire qui ne demandait surtout pas ça, car la tribu nous a appris que cette terre était rassasiée de sang et de merde et de larmes et de sperme et de pluie et de dieux et d'assassins et que, de loin, elle nous tenait sous son bras protecteur, sous son burnous immaculé (enfin, c'est ce que nous avions compris en regardant le sourire béat de nos pères des années durant, croyant que leur pays leur était revenu), mais la tribu digère mal son exil forcé et c'est elle qui planifie sans doute – qu'en sait-on, dans ce chaos ? – le rapt des vierges, les tueries dans les hameaux (bétail décimé, femmes enceintes éventrées) où l'on massacre jusqu'aux bébés…

La tribu, aïeule acariâtre et vindicative, édentée et la bouche pleine de sang, vocifère la guerre, nous livre des seins de femmes brunes entre nos paumes de gamins, nous plafonne le ciel avec sa légende guerrière et intrépide, et nous n'y voyons rien. On lui a craché à la gueule en nous mobilisant contre sa fatalité, contre sa condamnation, conclut mentalement Sidali devant le sourire narquois d'Aybak. Aybak, le bras vengeur et maladif de la tribu, celle-là même qui nous donne la force et qui nous meurtrit. La tribu, enfin, qui joue à la pute en nous poussant vers la révolte qui la fait vivre, et qui nous jette dans les filets de ses miliciens sans cœur ni âme, qui te font asseoir sur une bouteille cassée pour t'apprendre à respecter l'État.

Aybak considéra avec dévotion le silence qui s'était installé. Silence religieux. Un silence qui était un sésame pour ouvrir les portes de l'histoire qu'il rêvait d'entendre depuis si longtemps. Comme s'il était à genoux devant la fontaine de jouvence, à genoux devant un crucifié prometteur. Les portes de son paradis s'ouvrirent aux premiers mots de Sidali qui se mit à raconter, pour la deuxième fois depuis sa rencontre avec Houda, toute l'histoire. Comme en vomissant. Pute de tribu, *qahba* sacrée, comme tu m'as lâché ! pensa Sidali. Et, quelque part, vibra tout un amas de neurones enfouis sous des siècles d'hérédité, faisant échos à Sidali dans sa propre tête, et la tribu répondit :

« Nous sommes là, poussière d'os et de lumière de tous les crépuscules de cette terre et de cette portion de ciel. Nous sommes là dans ton sang bouillant comme le chaudron des guerres menées depuis plus de deux mille ans, nous sommes là, ta tribu campant dans la plaine sous la lumière de la lune et des étoiles, et nous avons compris que la nuit était une lumière et nous avons tué nos chiens qui gardaient nos trésors contre les razzias, et nos poèmes et nos femmes et nos filles. Nous sommes là, dans nos burnous maculés du sang de nos agresseurs, des envahisseurs et des colons, des percepteurs d'impôt et des aventuriers, des femmes adultères et des brigands au grand cœur. Nous sommes là, Sidali, loin aussi, nos os ne peuvent monter dans un 4 × 4 fonçant sur Alger, notre sperme a gelé, nos légendes sont cadenassées, tout ce que nous pouvons te donner, c'est notre irréductibilité, notre souffle de poussière d'os ; nous, ta tribu éparpillée dans toute la sainte terre du pays, réduite à des cendres et à de la lumière aveuglante comme un soleil qui brûlera ton âme à jamais. »

– Continue, dit simplement Aybak, allumant une cigarette, le visage tourné vers la vitre.

Et Sidali ouvrit la bouche pour parler, tout dire, au point où il en était, Amin perdu à jamais car prisonnier indirect des services qui ne laisseraient jamais une telle boîte noire se balader librement dans la nature, et lui-même à la merci de ce seigneur de la guerre. Sidali ouvrit la bouche pour parler encore une fois, comme à Houda, comme on saborde un sous-marin en l'envoyant dans les sombres profondeurs. Sans retour.

1994

« Tenez vos enfants, et on sera loin d'eux ! »

15

Agenouillés, les mains menottées dans le dos, tête baissée face au mur, les trois jeunes tremblaient. Sur le canapé rouge en faux cuir au milieu du salon, un policier nettoyait le visage tuméfié d'une jeune fille affalée comme une poupée désarticulée. Debout, en tenue para bariolée, le colonel Zoubir Sellami fixait le dos des trois garçons avec un rictus de mépris. Ils avaient l'âge de son fils, des lycéens paraissant un peu plus âgés. À côté de lui, son adjoint, le capitaine Saïfi, petite boule de nerfs aux yeux globuleux, rongeait son frein. Derrière eux, presque honteux de se trouver là, le commissaire de police Chalabi voulait disparaître après le savon que venait de lui passer le colonel en tenue de camouflage, furieux, les yeux bleus injectés de sang.

Le colonel Zoubir, un des trois coordinateurs du Poste opérationnel de commandement (POC) de Châteauneuf, ne comprenait pas ce qu'il faisait là, au milieu de la nuit, dans cet appartement de fils de riches à Bab Ezzouar, dans la sombre banlieue est d'Alger. Il n'avait pas à venir ici pour « ramasser la merde des petits pédés de "fils de" ! », comme il l'avait clairement asséné au commissaire.

Les trois lycéens en terminale avaient un joli plan de soirée bien arrosée. L'un d'eux s'était rendu à la Koutoubiya, célèbre cabaret du centre d'Alger, et avait rabattu une pute.

Une fois arrivée à l'appartement, une garçonnière louée par le papa général à son rejeton, elle avait compris qu'il s'agissait d'une partouze ; ils avaient tenté de la convaincre avant de recourir à des arguments plus violents. Les cris de la jeune femme et la rage des agresseurs avaient alerté les voisins. Le quartier était relativement calme mais il n'était pas rare que terroristes et forces de sécurité interviennent dans cette banlieue à risque. Et voilà que la police avait débarqué et découvert que le fils du général Belmadi se trouvait au cœur de la scène !

– Ben alors j'ai appelé mon chef au commissariat et il m'a ordonné de vous contacter : c'est à la Sécurité militaire de régler ça, faut faire attention quand une affaire comme ça touche un gradé, ils savent faire, eux, il m'a dit. Je l'appelle et tu lui parles ? se justifia le commissaire Chalabi devant la fureur du colonel.

– Vaut mieux que je ne lui parle pas. Je ne sais pas parler. Je saurai juste lui botter le cul.

Le capitaine Saïfi gardait derrière le dos le talkie-walkie crépitant. Des appels pressants provenaient du QG tandis qu'ils étaient coincés dans cette affaire de partouze ratée !

– Alpha à Zulu, répondez !

Saïfi imaginait la colère du général Aybak, l'autre coordinateur du poste opérationnel de commandement, qui rappelait sans cesse.

Irrité, Zoubir arracha le talkie-walkie des mains de son adjoint.

– Ici Zulu, confirme réception message. Pas de tangos. Affaire de pute, de petits pédés et de général gâteux. Je règle ça et je remonte. À toi Alpha.

– OK, Zulu.

– Quand mon père viendra vous allez voir ce que…

Le jeune homme agenouillé termina sa phrase dans un râle de douleur : le colonel lui avait envoyé un coup de pied dans les reins qui le projeta sur le côté, bousculant ses deux acolytes.

Il s'agenouilla et murmura à l'oreille du jeune homme :

– Tu as de la chance, petit pédé, je ne peux pas m'occuper de toi, je t'aurais fait ta fête sinon et tu aurais regretté le jour où tu es né. Et c'est pas ton père qui t'aurait sauvé. Tu sais qui nous sommes, espèce de pute ?!

Sanglotant, le garçon enfouit son visage dans le tapis du salon.

– On attend ?

Zoubir regarda son adjoint.

– J'attends personne. Toi, le flic, embarque ces trois merdes au poste et établis le P-V. La pute aussi.

Il tourna les talons vers la porte, bousculant le commissaire.

– Quand cet enfoiré de général viendra, dis-lui de se présenter ce soir même à Ben Aknoun, à la PJ de la Sécurité militaire, lança-t-il par-dessus son épaule au policier.

Dans l'escalier sombre, Zoubir devina les regards curieux et peureux des voisins derrière leur judas. En dévalant les marches à la lumière de sa torche, il marmonna sa haine pour les « civils » qui n'avaient pas secouru la jeune femme, qui n'oseraient jamais dénoncer le fils d'un général publiquement, qui se terreraient dans leur lâcheté quand l'officier papa chercherait à savoir qui avait alerté les flics.

– *Naâdin... !*

La collision avec un corps flasque et paniqué haletant dans l'escalier le fit sursauter. D'un geste, le puissant Tokarev jaillit devant la face éberluée du général Hamdane Belmadi, aveuglée par la torche et la proximité de l'arme noire du colonel.

– Où est mon fils ?! C'est quoi ce bordel ?!

De la lumière et des voix s'échappèrent de la porte de l'étage au-dessus, le commissaire embarquait tout le monde vers le poste en insultant les petits jeunes. Le vieux général découvrit le visage blanc de colère du colonel Zoubir.

– Tu fais demi-tour tout de suite ! Descends !

Joignant le geste à la parole, le colonel bouscula le vieil homme vers la cage d'escalier. Ce dernier ne pouvait protester.

À bout de souffle, le général se découvrit sous la pâle lumière d'un lampadaire à la sortie de l'immeuble, dans le parking obscur et désert.

– Comment oses-tu ?!

Zoubir Sellami avança vers le haut gradé, que son allure éreintée et son survêtement bleu rendaient encore plus pathétique.

– Général, ton fils a gravement agressé une fille, chez lui, chez toi. Une pute. Une pute tabassée chez toi...

Les deux policiers, les trois lycéens et la fille apparurent à l'entrée de l'immeuble. Le fils Belmadi baissa les yeux.

– Je vais le tuer ! cria le vieux général en plongeant sa main dans le holster sous sa veste sportive.

Les policiers eurent un mouvement de recul. Zoubir se précipita sur le vieil homme et lui bloqua le bras.

– Personne ne va tuer personne.

D'un geste de la tête, Zoubir ordonna aux policiers d'embarquer les jeunes et la fille dans le fourgon où attendait une escorte de quatre autres policiers. On ne sortait jamais en équipe réduite à Alger-Est. De nuit comme de jour.

– C'est assez la merde comme ça, lâcha Zoubir au général qu'il sentit soudain démuni, calme-toi. Mais jure-moi que tu laisseras les flics faire leur boulot. Au moins ce soir. Après, je sais que tu vas intervenir. Laisse-les faire peur à ces jeunes.

– Tu sais, je crois qu'il aurait préféré venir chez nous plutôt que d'affronter son père, pouffa le capitaine Saïfi au volant de la Nissan tout-terrain blindée qui avalait les kilomètres nocturnes et déserts de la Moutonnière, cette voie rapide entre Alger et ses banlieues est et sud, suivie du Fahd, le blindé de 12,5 tonnes à roues et à tourelle, occupé par six hommes des troupes spéciales shootés à l'action.

Zoubir soupira profondément en guise de réplique. Cette virée l'avait épuisé. Agacé. Qu'est-ce que le coordinateur de la lutte antitangos du Grand Alger avait à voir avec une histoire de partouze, même si cela concernait le rejeton d'un général ? La Sécurité militaire ne s'occupait plus de ces merdes. *Kh'lass*. Et pourquoi se taper le visage défait d'un vieux général rétif à la retraite, pseudo-responsable des sports à la première région militaire ? Là, en pleine nuit, alors que ses collègues au POC s'arrachaient les cheveux devant le bilan quotidien des attentats ! Longeant la Moutonnière, Zoubir Sellami laissait son regard errer au travers des vitres à moitié baissées. À gauche, avant que le convoi blindé ne le dépasse, comme une phrase vite dite, Belle-Vue, en haut d'El-Harrach, dans le noir de Sidi Tayeb, où était enterrée une bonne partie de la famille Sellami dans le cimetière coincé par la voie rapide. Derrière, la magnifique pépinière des Arous, dont les hauts murs stoppaient depuis plus d'un siècle le vacarme de Belfort. Puis, en contrebas, El-Harrach, sa ville et sa jeunesse, sa guerre à la fin des années 1950, début 1960.

Et là, à la limite de l'enceinte blanche du cimetière, se profilait l'actuelle maison de Hadj Brahim, l'Ancien, son vieux chef de cellule pendant la guerre d'indépendance, l'homme qui refusait les honneurs, qui chassaient les gendarmes venus lui remettre l'invitation officielle de la présidence de la République ou de l'armée pour les réceptions du 5-Juillet ou du 1er-Novembre, les renvoyant avec un message aux services du protocole : « Hadj Brahim n'est pas à vendre, bande de salauds émasculés ! » Le vieux, il n'a rien compris, pensait Zoubir. La guerre, c'est la guerre. Il ne nous demandait pas de tuer sans poser de question, peut-être ?! Eh bien moi, aujourd'hui, je tue en me posant des questions. Parce que je tue et j'interroge des Algériens. À l'époque, Hadj, c'était plus facile. Tu nous livrais des Françaoui et Farès et moi devions les décapiter et abandonner leurs têtes sur la plage de Mazzella. Aujourd'hui, OK, je fais le « sale boulot » selon toi, mais avant ? Bordel on faisait quoi avant ? Dans cette guerre, Hadj Brahim, on n'aura ni cessez-le-feu, ni médailles, ni musée, ni stèle. Ce n'est d'ailleurs pas une guerre. C'est plus qu'une guerre. C'est de la merde. Un truc où tu avances dans le noir et le sang. Pas le choix. Je n'en vois pas d'autre. Sinon laisser la patrie aux tueurs. Aux ennemis de la nation. J'assume tout, devant Dieu et les hommes, ma femme et mon fils, ma hiérarchie de merde et mon pays. Le pays est en guerre, Hadj Brahim ! Tu l'as peut-être oublié ? Je ne défends pas ce que tu appelles les « salauds », mais la sacro-sainte patrie, comme tu me l'as martelé adolescent chez les scouts à El-Harrach. Hadj ! tu me fais chier. Et puis merde, tu ne veux même plus me voir, alors merde !

Et dans sa colère il braqua sa tête à droite cette fois, vers le quartier de Lavigerie que le convoi venait de dépasser. Lavigerie, Mohammadia, les noms successifs s'amalgamaient comme dans un médiocre guide de voyage. Charles Lavigerie, cardinal d'Alger et fondateur de la Société des missionnaires d'Afrique, les Pères blancs, dont le siège trônait au milieu du petit bois donnant sur la mer, et qui avait hérité malgré lui de cette appellation de Papass. Papass, le prêtre. Et Mohammadia, comme une revanche d'après 1962. Un sketch représentant l'affrontement entre islam et chrétienté. À droite donc, le présent. Sa nouvelle demeure, sa femme et son fils. Il avait déménagé à la fin des années 1980 pour le quartier paisible aux immeubles jaunes de Dahlia II, les Vignes. Encore une entourloupe de noms, ou peut-être une réminiscence des vergers d'autrefois. Il avait quitté les hauteurs d'El-Harrach pour s'installer dans cette cité pour cadres tranquille, proprette. Assez bien sécurisée pour son niveau de paranoïa qui allait *crescendo* depuis quelques années. Depuis que sa deuxième guerre avait commencé.

– Nom de Dieu ! jura le capitaine Saïfi en freinant sec, l'œil sur le rétroviseur central.

Le colonel fut arraché à ses pensées : en une fraction de seconde, une série de gestes se synchronisèrent. Il bascula en arrière, se saisit de son pistolet russe et ouvrit la portière. Il était hors de portée de n'importe quel tireur à l'extérieur.

– Le Fahd s'est arrêté !

Saïfi prit le talkie-walkie et cracha des questions.

– Chef, y a un gars il est pas bien. Vomissements.

Le colonel et son adjoint descendirent du tout-terrain blindé arme à la main, inspectant les environs de la voie rapide et la bande de terre obscure les séparant des flots de la baie noire.

À une cinquantaine de mètres, les hommes en tenue de combat et cagoule jaillirent de la portière arrière du blindé. L'un d'eux, cagoule remontée découvrant un visage juvénile, s'appuyait sur un de ses compagnons. Il vomissait par spasmes, secouant sa kalachnikov en bandoulière dans le dos.

Le colonel s'approcha doucement du malade quand il sentit la fin de la crise et posa une main sur son épaule.

– Ça va mieux champion ? demanda-t-il tout bas, presque tendrement, au point que les autres reculèrent instinctivement d'un pas.

– Désolé *hadarat*. Je… Je…

L'officier renifla son haleine putride, mélange de vomi et d'un soupçon d'alcool. Sa main glissa lentement de l'épaule du jeune homme vers sa nuque. Il l'agrippa, lui tira légèrement la tête en arrière et fracassa son visage contre la tôle blindée du Fahd. Du sang éclaboussa son bras, et il laissa tomber à terre un amas de douleur et de râles.

Autour, les soldats n'osaient pas le regarder en face. Zoubir Sellami se retourna vers le chef du groupe d'intervention, le sergent Walid, une armoire de plus de deux mètres qui se tassait dans sa tunique noire au milieu de ses hommes.

– Tu me ramènes des mecs qui boivent avant de partir en mission ?! Bien sûr que tes éléments étaient au courant. Et rien à foutre que vous rentriez juste d'une intervention. Toi, tes hommes et cette merde par terre vous êtes sous procédure disciplinaire jusqu'à nouvel ordre.

Suivi de Saïfi, plus taciturne que jamais, Zoubir retourna à son véhicule en frottant frénétiquement sa veste sur laquelle le sang déjà coagulait.

16

– Quelque chose ne me plaît pas dans ton secteur, Zoubir. Ça sent mauvais.

– Plus mauvais qu'ailleurs ? C'est difficile. Avec nos bilans de pertes, de flics qui tombent comme des mouches, sans parler du reste. Les appelés. Sept cette semaine. Un par jour rien que dans le Grand Alger. Et je veux ajouter un truc, Aybak, moi, ce qui ne me plaît pas, c'est qu'on me fasse aller jusqu'à Bab Ezzouar en pleine nuit, en mobilisant un blindé avec un des mecs du groupe d'intervention bourré, pour aller régler une affaire de baise qui a mal tourné !

Aybak réprima un sourire. S'amusant presque de la mésaventure de son collègue. Ça lui faisait du bien, cette déconvenue nocturne et ironique, cette légèreté, aussi peu reluisante soit-elle, qui les changeait un instant de leur quotidien surarmé et administratif. Pour une fois sans risquer leur vie, ils avaient pu sortir des murs de cet ancien commissariat d'El-Biar, à Châteauneuf sur les hauteurs de la ville, transformé depuis une année en QG des opérations antiterroristes du Grand Alger. Le poste opérationnel de commandement, le POC, était sous l'autorité de Zoubir Sellami et Qaher. Qaher dont le bilan à l'antigang pendant vingt ans avait forgé la réputation, et qu'il avait fallu apprendre à connaître rapidement pour démarrer cette plate-forme réunissant tous les services officiels ou clandestins de la République. Et même au-delà. On leur avait aménagé une grande salle des opérations, avec écrans géants, carte de la ville et de sa périphérie, une station radio reliée à tous les états-majors, des dépendances confortables pour dormir… « Merde, on dirait que ça ne rigole plus en haut, ils vont nous garder longtemps enfermés ici, ces enculés », s'était exclamé Qaher quand il avait, pour la première fois, pénétré dans cet espace séparé du reste du commissariat par une porte blindée discrète, et doté d'un groupe électrogène autonome, d'une armurerie privée et d'une issue secrète connue des trois chefs seuls.

C'était à eux, les deux as de la Sécurité militaire et le superflic, de créer un « esprit de confiance et de coopération entre tous les services civils et militaires contre les hordes criminelles en ces moments graves pour la nation », selon les dires de Son Excellence le chef d'état-major, concepteur de l'idée – et sous l'inspiration du général-major Structure, patron des services secrets. Il fallait faire face à la décomposition opérationnelle des services de sécurité lors des grandes explosions de violence du début des années 1990, avec plus de dix policiers tués chaque semaine lors de la grande saison de chasse entre 1992 et 1993.

– Ça sent mauvais, je te dis.

Zoubir se resservit une autre tasse de café. Le petit salon au milieu des trois bureaux était faiblement éclairé.

– Ça sent toujours mauvais par là.

Avec son index, le général Aybak dessina une carte et des points précis dans le vide qui les séparait.

– Là, à El-Harrach et ses environs est, sud et ouest, de Bachdjerrah à Oued Smar en passant par Altairac, nous avons porté des coups durs depuis que Qaher a lâché ses chiens enragés de la brigade mobile de la police judiciaire de La Montagne, la BMPJ, en élargissant son champ d'action, et aussi depuis l'implication des paras de Biskra à Meftah jusqu'aux axes du sud vers Blida, implication qu'une partie de l'état-major refusait parce que ça faisait trop « guerre » ! Ils hésitent encore, nos beaux salauds !

– Je vois que tu laisses le nord en suspens…

– Écoute, malgré nos coups contre les *tarbaga* dans ces zones, les attentats se poursuivent à El-Harrach. Plus précisément dans le nord d'El-Harrach, là où tu habites, dans ces paisibles cités et villas de Lavigerie, et sûrement du côté des Dunes, les nouvelles cités pour classe moyenne déclassée. J'avais un sergent qui habitait là-bas. C'est une petite niche qu'on ne connaît pas assez bien.

– Et ton sergent ?

– Il a déménagé.

– C'est vrai que c'est une zone relativement paisible, une cité de cadres, les gens se connaissent depuis les années 1970. Et je connais le commissaire de Lavigerie, un ancien du métier, un dur à cuir, très intelligent, ça m'étonne qu'il soit flic d'ailleurs !

– Fais gaffe, Qaher dort à côté.

– Merzaq est un gars d'El-Harrach, un ancien voyou des bas quartiers. Mais qui en a dans la tête. Je passe le voir pour l'évaluation hebdomadaire, il n'y a pas grand-chose qui bouge de son côté.

– C'est ce qui m'inquiète. Ils ont quand même profité de ce calme dont tu parles pour envoyer des tueurs en bas de chez toi… Une zone d'une telle tranquillité, presque bourgeoise, avec pas mal de militaires et de flics, de journalistes et de cadres, est une base arrière idéale pour les tangos.

Zoubir se sentit personnellement attaqué : alors comme ça, les terroristes se la couleraient douce sous son propre balcon et lui n'y verrait que du feu ?! Pour qui se prenait Aybak ?! Certes, on ne l'appelait pas pour rien « le surnaturel Aybak » : grâce à un flair exceptionnel, il avait pu résoudre les affaires les plus tordues de la Direction centrale de la sécurité militaire ; il était doté d'une intelligence supérieure et d'une capacité de travail hors norme qui avait poussé ses chefs à l'éloigner d'Alger, de peur qu'une fulgurante ascension ne les déborde. Il avait alors été attaché militaire en Grèce puis en Jordanie, avait vagabondé dans les antennes des services secrets en Afrique de l'Ouest, puis au Sahel… Ces derniers l'avaient ensuite supplié de reprendre du service quand la situation s'était corsée avec les barbus. Mais de là à fureter dans son territoire pour lui expliquer ce qu'il devait faire ! « Montre-moi comment m'essuyer le cul pendant que tu y es ! »

Zoubir se leva, abandonnant sa deuxième tasse de café à peine entamée.

– Je vais rédiger le rapport de procédure disciplinaire contre le groupe de Walid.

Aybak le considéra d'un haussement de sourcil, après l'avoir sciemment froissé. Manière de s'imposer face à cet animal habitué aux coups fourrés, concurrent dangereux dans la course aux hautes responsabilités dans la Sécurité militaire. Et quoi de mieux qu'une guerre pour gagner rapidement ses galons ?

Zoubir se mit à son bureau et tapa son rapport en consultant le code de service dans l'armée. Il tapait avec la même force que celle dont il avait fait preuve contre l'officier soûl. Il tapait avec hargne contre Aybak, seigneur de guerre et rival. Il avait ramassé leur merde tellement longtemps. Tellement longtemps. Et toute cette puanteur qui remontait. Surtout face à Aybak, si sûr de sa puissance. Si calme.

Mais, pensa Zoubir, il était un *âskri*, un militaire. Il obéissait aux ordres, quitte à ramasser les ordures comme il l'avait fait à ses débuts dans la « grande maison ». La colère s'estompait dans les méandres des termes juridiques qui sonnaient comme de petites déflagrations. Plus il avançait vers les conclusions expéditives de son rapport, plus il se calmait, ayant canalisé sa hargne dans des paragraphes secs, reproduits en plusieurs exemplaires à destination des différentes juridictions militaires. Par-dessus les feuilles dactylographiées, il apercevait en arrière-plan Aybak humant son café, ses yeux sombres fixant le plafond.

En finissant de relire son rapport, Zoubir pensa au rejeton partouzeur du général. Il avait l'âge de son propre fils. L'âge des conneries.

Savait-il, lui qui savait tout, lui qui avait tout Alger-Est entre les mains, ce que faisait son fils ?

17

Amin rêvait.

Que faisait le fils de Zoubir, cette nuit-là ?

Amin aimait.

Amin n'arrivait pas à dormir. Il se souvenait de cet automne qui ressemblait au printemps.

C'était il y avait quelques mois, Amin était arrivé tard à la salle de cours du lycée mixte Mohamed-Lamine-Lamoudi de Mohammadia. Le laisser-aller des pions, le soir tombant, ne facilitait pas les choses. Et c'était comme un chat égaré qu'il avait déboulé en plein milieu du cours d'arabe d'un enseignant syrien, sous les regards curieux et amusés de ses nouveaux camarades.

Il avait présenté sa feuille d'admission à l'enseignant bedonnant qui lui avait souri en l'invitant à prendre place. Amin avait choisi, comme d'habitude, la place la plus reculée. Un vieux réflexe des « durs » du lycée de garçons. Ici, le tableau et les tables n'étaient pas vandalisés à coups de compas. C'était lisse. Propre. La présence des filles l'avait frappé, après le grand lycée unisexe Abane-Ramdane, assimilé à un pénitencier. Il avait compris d'un coup pourquoi ce lycée mixte avait toujours été récalcitrant à suivre les grèves et manifestations d'Abane-Ramdane, le grand lycée coléreux. Il comprenait surtout pourquoi son père, furieux après son recalage du baccalauréat l'année précédente, l'avait exilé ici. Même s'il est vrai qu'Abane-Ramdane était réputé pour son bon niveau d'enseignement et ses taux de réussite au baccalauréat, l'ambiance insurrectionnelle larvée du grand lycée de garçons inquiétait le colonel Zoubir : pour lui, il était impératif d'isoler son fils de ses anciens cercles d'amis harrachis, « dans ce nouveau lycée, tu feras autre chose que des grèves ou des tabassages de pions ». Alors Amin s'était inscrit aux cours du soir parce qu'il n'y avait plus de place dans le cursus continu. De 18 heures à 20 heures. La journée, son père lui avait trouvé des cours de soutien dans le quartier, chez des voisines enseignantes. Cette année, Zoubir comptait bien lui serrer la vis. Mais Amin était déterminé à garder le contact avec son groupe d'amis, d'autant que les deux lycées n'étaient séparés que de quelques mètres et que tous les lycéens se retrouvaient pour déjeuner aux mêmes gargotes. Même ceux qui habitaient le quartier choisissaient de ne pas rentrer chez eux afin de rester avec les copains, prolonger les amusements joyeux et les moments de drague.

L'exil avait été d'autant plus difficile que la séparation avec El-Harrach, décidée par son père au début des violences pour cause de sécurité, l'avait déjà fortement affecté, déstabilisant sa sphère intime d'amis et ses aventures amoureuses platoniques.

Embusqué au fond de la salle baignée par le monologue narcotique du professeur syrien, tentant de focaliser son attention sur son cahier vierge pour ne pas affronter les regards curieux de ses nouveaux camarades, il avait maudit ce transfert, cet exil et, au passage, son paranoïaque de père.

Il revoyait dans le cadre de la porte une jeune fille immobile, qui se tenait là, devant le regard réprobateur de l'enseignant qui avait interrompu son cours, en jean et en tee-shirt noir révélant la pointe de ses seins – elle ne portait que rarement un soutien-gorge, vérifierait-il plus tard –, le regard noir dans un visage aux traits secs, nez fin et cheveux d'ébène tirés en arrière. Les paroles échangées entre l'intruse et le Syrien, ses excuses pour son retard, le mot tendu à l'enseignant, sa marche vers sa place, tout à côté de lui, tout cela s'estompait dans son souvenir, ne laissant que ce visage qui l'obsédait. Kahina. Ç'avait été un coup de foudre.

Puis il se revoyait dans le couloir à la sortie du premier cours, quand Kahina, qui venait du lycée de filles Ourida-Meddad dans les hauteurs d'El-Harrach, lui avait dit : « Me suis perdue dans les couloirs. » Sourires.

Et aussi la nuit qui tombait sur eux, et les souvenirs redoublèrent de vitesse. Les voilà sur les marches en pierre entourés de pins maritimes dans le bois des Pères blancs, l'asile des amoureux et des alcoolos, juste derrière le lycée, face à l'autoroute, vers Alger et la mer, dont la vue était gâchée par l'éternel chantier d'une société yougoslave. Plus bas, vers le mur d'enceinte entourant le bois, les arbustes emmêlés créaient des réduits propres aux ébats expéditifs. Amours clandestines, bruissement végétal, devant l'indifférence du groupe de Nacer, un ancien caïd du quartier en éternel bleu de Chine délavé, vidant les briques de vin bon marché ou des bouteilles entières rachetées en contrebande à l'usine de l'ONCV à la sortie du bois. Amin avait de la tendresse pour ces buveurs qui se réunissaient dès le début de l'après-midi, appréciant leur vin et le chant d'un chardonneret en cage, non loin des marches, le *marsem*, le lieu de rendez-vous sacralisé, là où un serment fatidique serait bientôt tenu. Et Kahina, sourire en coin à la vue d'un couple remontant la pente vers eux, têtes baissées après l'amour maquisard. Amin, intimidé par leur différence d'âge (Kahina étant son aînée de deux ans, une génération, à cet âge qui exagérait tout) et par son éventuelle maturité sexuelle, lui serrait encore plus la taille, palpant un peu plus la chair juvénile, chaleureuse, accueillante. Kahina se laissait faire en se rapprochant de plus en plus, jusqu'à faire corps avec le sien, écrasant ses seins libres sous le tee-shirt contre son épiderme en feu. Ce fut à cet instant érotique que la mémoire d'Amin décida de franchir la Moutonnière vers El-Harrach (peut-être sous l'influence du refus catégorique de Kahina d'aller plus loin) et de lui offrir les réminiscences de l'expédition qu'il avait menée à la recherche du domicile de Kahina, rue Ahmed-Aoun, face à la Daïra en plein centre-ville, en rassemblant les quelques indices qu'il avait pu glaner. Car Kahina était très discrète, presque secrète, alimentant sans le savoir les mille fantasmes qui faisaient le siège d'Amin. Il avait inspecté les boîtes aux lettres d'une bonne partie des cages d'escalier, aux carrés de faïences bleu turquoise, pour débusquer le prénom du chef de famille, Mehdi. « Mehdi ? s'était exclamé Sidali en remontant avec Amin vers Lavigerie par Belfort, c'est un prénom qui ne correspond pas à l'âge présumé de son père ; on ne s'appelait pas Mehdi à cette époque. Ta copine a un grand frère. » Amin n'en savait rien. Kahina ne parlait jamais de sa famille. Lui non plus n'avait pas dit toute la vérité. Une atavique et douloureuse prudence lui interdisait de parler de son père, colonel des services spéciaux, il disait toujours qu'il travaillait au ministère de l'Intérieur comme cadre dans l'administration centrale des ressources humaines. Une paranoïa nourrie par cette guerre sans visage, où tout le monde était suspect, où tout le monde était un assassin, même par mégarde, la famille, les amis, les voisins, les camarades du lycée, les profs, les vendeurs de cigarettes, les chauffeurs de bus. Tout le monde. Sur les fiches de renseignements au lycée, il indiquait « fonctionnaire ». Qui savait entre quelles mains pouvaient atterrir ces indications ? Seuls ses amis proches étaient au courant, d'autant que leurs propres parents représentaient également des cibles potentielles. Fonctionnaires ! L'État ! L'ennemi impitoyablement assassiné par les groupes armés dans les villes et villages. La seule protection, au demeurant fragile, résidait dans la discrétion, discrétion si difficile dans un pays où rien ne pouvait se cacher. « Mehdi ? Bizarre », avait renchéri Sidali, qui connaissait le quartier et qui avait promis de pousser l'investigation plus loin.

– Hier, en montant sur Alger, les policiers de la gare d'Agha m'ont arrêté à cause de ma carte d'identité, leur avait raconté un camarade de la rue Bugeaud. Ils m'ont traité de « putain de caïd de merde », de « terroriste de *zebbi* ». Et ils m'ont gardé deux heures dans une petite guérite de la gare. J'étais un terroriste pour eux, un tueur de flics…

Amin se retourna dans son lit et poussa un long râle. Peut-être était-ce toute la colère amassée depuis des décennies face au mépris d'Alger envers leur banlieue frondeuse, qui avait synthétisé toutes les inconvenances, des rébellions contre les janissaires, les Français, le pouvoir central, le Mouloudia… Une colère qui faisait de cette petite ville de banlieue un nid de communistes puis un terreau d'islamistes et de tueurs de policiers. Quartiers épars unis dans la mutinerie, nourrissant cette constante réputation de brûlante subversion. Même le père d'Amin, fils d'El-Harrach, parlait de sa ville comme d'un « dépotoir de salauds qui ont vendu leur cul aux barbus rien que pour faire chier ces merdeux de civils au pouvoir ». Le colonel Zoubir voyait ce déménagement vers Lavigerie comme un cadeau offert à son fils, une manière de l'éloigner de ce nid de voyous. Et lui ? Zoubir, le père, il était quoi ? Pas un saint, ça c'était sûr. Un Harrachi pur et dur, méchant et juste, coléreux et au grand cœur. Le bidonville, ça donnait des mecs en or, qui connaissaient exactement la valeur des gens et des choses, qui tentaient de mater leur destin biaisé dès le départ. Mais ça, le policier méprisant à la gare d'Agha ne le savait probablement pas.

– Et alors ? s'était intéressé Sidali, à l'écoute du récit du jeune de Bugeaud, à l'angle d'Ahmed-Aoun.

– Rien, comme d'habitude, ils t'emmerdent un bon moment, font mine de t'embarquer ou de déchirer ta carte d'identité ou ta carte de stage, puis ils te relâchent en t'insultant devant tout le monde. J'avais qu'une seule envie : lui piquer son pistolet et buter celui qui n'arrêtait pas d'insulter mes parents et devenir ainsi ce qu'ils veulent, un vrai putain de tueur de flic !

– Les fils de pute, avaient sifflé les jeunes à l'unisson.

« De qui ils parlent, ces merdeux ! » Le cri de Zoubir, son père, jaillit dans sa tête.

Amin finit par se lever lentement, les membres engourdis par l'insomnie. Il traîna son corps encore endormi vers la fenêtre et l'ouvrit en faisant le moins de bruit possible. Le froid l'attaqua promptement, puis les faibles lumières blafardes et jaunasses des lampadaires du quartier. La fenêtre donnait sur une villa adjacente et une partie de la rue. Il resta un moment adossé à l'encadrement, regardant la nuit sale. Silence. Vide.

Le silence s'emmurait entre ces façades jaunes comme par pudeur devant la vague de sang qui jaillirait bientôt, juste là.

18

For your eyes only, can see me through the night
For your eyes only, I never need to hide
You can see so much in me, so much in me that's new
I never felt until I looked at you
For your eyes only, only for you
You'll see what no one else can see, and now I'm breaking free
For your eyes only, only for you
The love I know you need in me, the fantasy you've freed in me
Only for you, only for you

– Et Kahina, elle ne vient pas ?

Amin répondit à Sidali d'un signe négatif de la tête et lui passa le joint. Nawfel était dans le salon à discuter avec des filles qu'ils connaissaient à peine.

C'était une *bouffa*, une fête organisée par un gars du lycée dans l'appartement de ses parents à Bab Ezzouar, à quelques encablures de Lavigerie. Il y avait du monde : jeunes lycéens et lycéennes, d'autres plus âgés roulant leurs mécaniques d'étudiants et de fils de riches qui raflaient toutes les filles, et le groupe d'Amin, complètement largué dans ce milieu où on parlait français et où on claquait son fric avec ostentation. Ils étaient là parce que leur camarade avait insisté : « Vous venez jamais à nos fêtes, il y a des filles, souvent du shit, parfois de l'alcool quand je peux en piquer à mon père ! Arrêtez de jouer les durs, les mecs ! On se détend, puisqu'on va tous mourir demain ! » Le groupe faisait tache dans l'ambiance festive, avec leurs baskets crasses, leurs vestes en cuir et leurs jeans mal coupés, et cette dégaine de gars pas bien dans leur peau. Amin et Sidali surtout. Farouk le dragueur faisait plus d'efforts et Nawfel avait de toute manière des parents friqués. Mais les quatre comparses se sentaient solidaires, malgré leurs différences, dans l'impression d'exclusion, d'étrangeté même. En fait, ils ne comprenaient pas à quoi servait ce genre de soirée : ils regardaient, d'abord ahuris puis souriants, amusés, leurs camarades de lycée stylés, accoutrés à l'image des personnages des séries télé à la mode.

La fréquence de ces fêtes s'intensifiait à mesure que l'on s'élevait dans les hauteurs d'Alger : El-Biar, Ben Aknoun, Hydra, les quartiers riches de la capitale. C'était un petit miracle qu'une fête puisse se tenir ici. Mais on ne s'en rendait pas compte. La banlieue, c'était les quartiers chauds et les opérations antiterroristes. Les bidonvilles et les gamines parfois interdites de lycée. Pas les moyens. Mieux valait les marier que risquer de ternir leur réputation. Pourtant, les parents résistaient souvent au naufrage, tentaient de maintenir la sortie du week-end, les dîners de famille ou les mariages.

Amin, Sidali, Nawfel et Farouk ne méprisaient pas leurs camarades. Dans cet ersatz de l'univers télé, la seule fenêtre qu'ils avaient sur l'extérieur, on se mélangeait à peine entre filles et garçons. D'ailleurs, les filles qui étaient là n'étaient pas les lycéennes que la bande côtoyait le jour. Elles accompagnaient des beaux gosses un peu plus âgés, qui fumaient du shit et parlaient trop fort au goût de leur bande. Farouk le sniper soupesait les « cibles » féminines du regard et émettait son verdict dans un rictus cynique : « Bonne, mais chère, mes frères. » Ses compagnons souriaient. En veste similicuir, tout en muscles saillants, Farouk y allait. Et il emballait !

Dans ce type d'ambiance qui se voulait intime, arrivait toujours ce moment où, sous les lumières tamisées, un slow s'échappait de la chaîne hi-fi. Et Sheena Easton insistait : « For your eyes only »…

La bande se demanda qui avait mis cette musique qui annonçait traditionnellement la fin de la soirée, alors qu'ils venaient juste d'arriver. Petit flottement. Ils étaient convenus que c'était Nawfel, le seul à posséder une voiture – une méchante Peugeot 505 break grise systématiquement arrêtée à chaque barrage à cause de son immatriculation à El-Oued –, qui les ramènerait chez eux à l'issue de la soirée. Nawfel ne buvait pas, il préférait le shit. Il était arrivé à la soirée en offrant, au nom de toute la bande, à leur hôte Samy, adolescent longiligne au visage criblé d'acné, une belle barrette de shit : « En direct des réseaux de contrebande du Far-West. » Samy l'avait remercié en lui présentant un groupe de jeunes filles de riches, qui jouaient les grandes dames en tenant leurs cigarettes à la Marlene Dietrich. L'hôte n'avait pas manqué ensuite de taquiner le reste de la bande : « Vous pouvez enlever vos vestes, les gars, on ne va pas vous les piquer ! » Accolades. Samy était ainsi, chaleureux et tout le temps perché. Il était fils unique et, au divorce de ses parents, avait choisi de vivre avec son père, pilote d'Air Algérie, amateur de vieux whisky, qui venait parfois le chercher au lycée en jean et casquette d'Air Force achetée lors d'un stage de pilotage aux États-Unis. Faire le pitre et provoquer les profs barbus était son passe-temps favori. Mais pour l'heure, plongé dans les disques de son père, il était en charge de la musique.

For your eyes only, the nights are never cold
You really know me, that's all I need to know
Maybe I'm an open book because I know you're mine
But you won't need to read between the lines

– Mais c'est quoi cette musique de merde ?!

Sidali voulait demander à Samy de mettre autre chose, mais il voyait bien que leur camarade, sapé comme un rappeur afro-américain, verre de whisky à la main, était très content de ses trouvailles musicales.

Sur le balcon, Amin, Sidali et Farouk auraient eux aussi préféré autre chose : un slow, Aznavour, ou à la limite de la musique soul. Mais pourquoi ce satané refrain qui revenait, « rien que pour tes yeux » ? Sidali fit remarquer à Amin que Kahina n'était pas là, ce qui le plongea dans l'amertume, chaque phrase de la chanson, tirée d'un *James Bond* des années 1980, agissant comme autant de coups de poing dans ses côtes.

– Tu sais bien qu'elle ne peut pas venir.

For your eyes only, only for you
You see what no one else can see, and now I'm breaking free

Il y avait quelques jours, lors d'une pause déjeuner dans une gargote près du lycée, Sidali avait rendu compte à son ami de son entretien avec le jeune de la rue Bugeaud sur la famille de Kahina. Amin l'avait écouté attentivement.

– J'ai attendu plusieurs taffes de *zetla* avant de le faire parler, me faisant passer pour un lointain parent de la famille de ta copine, et il m'a raconté que le père était décédé il y a dix ans d'un accident de voiture, il était flic, ou je sais pas, mais ton père pourra retrouver des trucs si tu veux aller plus loin… Donc j'ai compris le prénom sur la boîte à lettres : Mehdi, c'est son grand frère. Attention Amin, champion de karaté dans l'équipe d'El-Harrach, trois médailles et…

Sidali s'était interrompu, hésitant à trouver la bonne formule.

– Et *wech* ?!

Amin avait ressenti un tremblement dans tous ses membres, appréhendant la suite.

– Et écoute, laisse tomber, c'est un ancien barbu, *akhina rabbak*, un des frérots qui se sont rasé la barbe après janvier 92 ! Tu vois un peu ? Là, il est entraîneur à la maison des jeunes d'El-Harrach, il s'occupe *zaâma* des jeunes… Le mec m'a dit que c'est un gars correct, mais Amin, fais gaffe *kho*, déconne pas, *mat'menyek'ch*, je crois que c'est pour ça que Kahina ne peut pas bouger facilement, à part aller au lycée. Je pense qu'il doit la surveiller de près… Bon, apparemment, pas de si près que ça puisque vous êtes tranquilles pour vous voir. En plus, avec ce barbu dans les parages, si ton père l'apprenait, tu…

– Laisse mon père en dehors de ça ! s'était énervé Amin, non contre Sidali, mais contre cette idée que son amour puisse se muer en traquenard, leur échapper et se transformer en une gigantesque loterie de la mort.

Sidali était une des rares personnes à pouvoir parler à Amin de son père, avec toute la latitude que permettait leur vieille amitié.

Mais il y avait aussi une douloureuse et ancienne histoire entre le père d'Amin, Zoubir, et celui de Sidali, Farès, membres du mythique groupe des *t'layen*, les « Italiens », à la fin de la guerre d'Algérie. Deux pères, dont l'un avait failli assassiner l'autre, et dont la haine restait vivace des décennies plus tard. Deux frères ennemis dont les fils s'étaient liés d'amitié par un hasard joueur. Dans les premières années de collège de son fils, Farès avait croisé le jeune Amin chez lui, dans cette grotesque barre de HLM en béton en plein El-Harrach, en compagnie de Sidali. Farès s'était alors reconverti en fonctionnaire du ministère de la Santé chargé des contrats à l'étranger. Après le départ du camarade de son fils, il avait questionné ce dernier : « Tu le connais d'où ? » Sidali avait répondu à son père en toute simplicité et lui avait demandé en retour quelles étaient les raisons de ce subit intérêt pour ses relations. Farès était entré dans une colère noire : « *Oulid* Zoubir, c'est le fils de Zoubir ! Tu connais Zoubir, toi, petit con ?! » L'accès de fureur de Farès avait laissé place au silence pesant de celui qui n'arrive pas à se contenir. Farès avait quitté la table, laissant son fils abasourdi.

De son côté, Amin affrontait lui aussi le courroux paternel : « Tes fréquentations dans ce putain de lycée me posent problème ! *Etrrêba*, éduque-toi, ne fréquente pas n'importe qui ! » Amin, qui avait fumé avec les gars du quartier, avait eu le courage de répliquer :

– Baba, pour une fois, c'est un *oulid familia*, un enfant de bonne famille ! Moi je te pose des questions sur ton travail ?!

La gifle était partie plus rapidement que le voulait Zoubir qui, envahi par la fureur, avait projeté son assiette contre le mur et cherchait du regard un autre objet sur lequel se défouler. La mère d'Amin s'était retirée aussi calmement que s'il s'était agi d'une discussion banale. Zoubir n'était plus qu'une masse de colère brute. Chargé à bloc par trop de comptes non soldés. Zoubir se trouvait sur la brèche depuis trop longtemps. Depuis cet épisode dans l'abri antiaérien, il y avait presque quarante ans. Il avait coupé les ponts avec ses anciens amis, dont Farès, qui avaient refusé de le suivre dans la police après l'indépendance, rendant les armes et se tournant vers l'administration et les affaires. Et puis il y avait eu cette rupture avec Hadj Brahim, qui l'avait beaucoup affecté. Le vieux maquisard était comme un père pour lui, mais quand il l'avait accusé de complicité avec les « généraux voleurs », c'en était trop. C'était tellement facile pour eux. Le juger. Le condamner. Et là, le destin le poignardait dans le dos en liant d'amitié son fils unique avec le rejeton de Farès. C'est ce qu'il avait été incapable d'exprimer. La frustration puis la violence avaient pris la place des mots qui ne parvenaient pas à sortir de sa bouche.

Grâce à des bribes de paroles lâchées par sa mère au fil des années, Amin commençait à reconstituer l'histoire : le nom de Hadj Brahim revenait souvent. Amin se souvenait que, les jours de l'Aïd, son père l'emmenait, enfant, rendre visite à un vieux monsieur à la carrure solide, qui lui offrait des bonbons malgré les protestations molles de son père. Il revoyait la petite maison de plain-pied au toit de tuiles rouges. Et il se souvenait, vaguement, de l'attitude étonnamment douce de son père devant ce monsieur imposant et calme qui riait à pleines dents, en or. À la suite de l'altercation avec son père, Amin avait décidé d'aller rendre visite au vieux monsieur.

Il s'était rendu au quartier de Belle-Vue et avait retrouvé la maison de Hadj Brahim sans difficulté : tout le monde connaissait et paraissait respecter le vieillard.

– Comme tu as grandi, tu es devenu un homme maintenant ! Il te faut plus que des bonbons ! Comme tu as grandi !

Dans le salon où il avait été accueilli, Amin avait remarqué une photo encadrée dans un coin de la bibliothèque au milieu du service à café. Une vieille photo en noir et blanc sur laquelle quatre hommes posaient debout, des MAT 49 ou des revolvers à barillet braqués vers l'objectif, en costume et chapeau à l'européenne.

– Le groupe des *t'layen*. Tu as reconnu Zoubir ? Là, à côté de moi, à gauche.

– Et Farès ? C'est lequel ?

Amin avait décelé un éclair de surprise dans le regard du vieillard, qui avait ramassé sa djellaba blanche et s'était levé pour se saisir du cadre, puis rassis en face de l'adolescent. Tout en scrutant la photo, il l'avait interrogé avec un tout autre ton, plus dur :

– D'où tu connais Farès ?

Amin lui avait parlé de Sidali, des HLM, de la colère de son père Zoubir à l'évocation de Farès, son désarroi face à la crise de son père et à ces non-dits.

– Farès est à côté de ton père, là.

Hadj Brahim lui avait tendu la photo, l'index sur l'un des personnages. La pose se voulait sérieuse, sauf peut-être pour le dernier à droite.

– Et celui-là ?

Hadj Brahim avait remis le cadre à sa place au milieu de la collection de verres et de carafes.

– Lui c'est Roger, une longue histoire…

– Donc, mon père et Farès ont fait la révolution ensemble.

– C'est une vieille histoire qui est finie maintenant. Quand je les ai connus, ils avaient presque ton âge. Mais… je n'ai pas envie de revenir dessus, ni que tu m'en parles. Dieu a fait que ta génération n'a pas connu ce qu'ils ont vécu…

– Pourquoi ils se haïssent tant alors ?

– Laisse tomber, mon fils, ce n'est plus important. L'important est que toi et ton ami soyez en dehors de ces histoires. Vos parents ont vécu le pire.

Amin avait eu le sentiment que Hadj Brahim, à cet instant, aurait pu dire « ont commis le pire ».

For your eyes only, only for you
The passions that collide in me, the wild abandoned side of me
Only for you, for your eyes only

– Mais c'est quoi cette musique de merde !

Sidali ne se démontait pas. Il parlait de plus en plus fort, à faire fuir les fausses Marlene Dietrich, au grand désespoir de Nawfel.

– Elle ne peut pas venir. Tu le sais bien.

Farouk et Nawfel déboulèrent du salon, un gobelet à la main, et s'installèrent en face de Sidali et d'Amin pour dresser le constat d'échec après leurs vaines tentatives de drague. Farouk, comme à son habitude, jouait le beau gosse fatal, avec sa carrure de judoka et ses yeux en amande qui lui faisaient un regard malicieux. « Que personne ne s'avise de me présenter sa copine, sa sœur ou même sa mère ! Vous savez que je suis irresponsable devant une jolie fille et rien ne me retient, ni l'amitié, ni les menaces », aimait-il répéter.

Et, de fait, Farouk était un séducteur impénitent, draguant tous azimuts tout le long du chemin le menant des abords du lycée à son quartier de Bachdjerrah. Sa famille était arrivée de Kabylie à El-Harrach au début du XXe siècle, fuyant la grande misère qui avait suivi les expropriations terriennes. Le patriarche s'était installé dans ce quartier « indigène » et avait trimé comme un forcené chez les colons de Haouch Richard ou à la briqueterie pour subvenir aux besoins d'une progéniture nombreuse qu'il s'était efforcé d'envoyer à l'école, filles y comprises, sacrifiant ses salaires. Le vieux Kabyle, illettré, savait que l'instruction était leur seule chance de garder la tête hors de l'eau, hors de cette noyade organisée par le colonat. Il savait, parce que ses frères et neveux, chassés par la misère vers les usines de la métropole, l'avaient mis en garde : les Français ne respectent que ceux qui savent s'imposer par leur labeur et leur éducation. C'est ainsi que, sur ses quatre oncles et trois tantes, Farouk comptait un ingénieur, deux enseignants à l'université, deux avocats, une institutrice et une sage-femme, en plus de son père, inspecteur de langue française à l'académie de l'éducation.

Le vieil homme se bagarrait souvent à la mosquée avec ces excités, les fameux Afghans. Il les traitait de singes puants et de pervers au sein même de la mosquée. Il ne tolérait pas que ces ignares d'à peine vingt ans viennent lui expliquer comment faire la prière, comment manger, comment se tenir… En soixante-dix ans de pratique de la prière, il n'avait jamais eu la fameuse cicatrice au front que les jeunes barbus arboraient fièrement.

– Bon, on se casse, je ne dois pas rentrer tard sinon mon père va me priver de voiture et vous, de chauffeur… tenta Nawfel.

– Oh, doucement, moi j'ai rien pêché ! rétorqua Farouk.

Mais Farouk ne réussit pas à convaincre le gaillard de presque deux mètres, à la peau sombre et aux cheveux étrangement blanchis. Du haut de ses dix-neuf ans, Nawfel était le plus âgé du groupe. Il passait son baccalauréat pour la troisième fois et imputait son retard scolaire aux nombreux déménagements de sa famille, dus au métier de son père, un grand homme d'affaires d'El-Oued. Ce dernier y voyait plus l'influence de l'environnement de son rejeton, qui fréquentait les établissements pour enfants de riches et leurs soirées, sorties et filles qui vont avec. Quant au reste, il préférait ne pas l'imaginer.

– Oui, on y va. Plus on tarde, plus les barrages seront chiants, lâcha Sidali.

Farouk laissa tomber sa cause et suivit le groupe.

– Descendez de la voiture !

Rituel : lumière du plafonnier, les mains en évidence, pas de gestes brusques, baisser les yeux. Puis l'ordre de sortir de la voiture, le faisceau aveuglant de la lampe, les gestes brutaux, les mains qui fouillent partout, même l'entrejambe, le crépitement nerveux du talkie-walkie, le coffre passé au peigne fin, les silhouettes noires embusquées derrière le blindé du barrage sur la route déserte vers El-Harrach. À chaque fouille, à chaque barrage, Amin imaginait que son père se cachait derrière l'une de ces cagoules. Il ressentait une intense émotion quand ses amis, à l'exception de Sidali qui connaissait les états de service de son père, fulminaient, une fois le contrôle terminé, contre ces « salauds de flics, de gendarmes et de militaires de merde suceurs de bites des généraux voleurs ! ». Non pas qu'Amin dût réprimer sa colère, il était d'accord avec eux, parce qu'il était eux, avec eux, dans ce torrent qui les charriait tous, victimes et bourreaux, flics et terroristes... Le fait est que, depuis le début, ce fameux début si difficile à déterminer (1990 ? 1991 ? 1992 ? Un truc vu au JT ? Le premier attentat ? Lequel ? Celui de la Casbah ? La 505 des flics criblée de balles à la Casbah ? De la marine ? Les appelés de Reggane ? Juste avant ? Juste après ? Avant ou après quoi ?), il avait saisi la terrible nuance, rien n'était noir ou blanc, pas de gris non plus dans la palette, juste ce rouge sang éclaboussant leur vie et réduisant leur avenir au néant.

19

Le lendemain de la soirée, vers midi, Sidali et Nawfel avaient rendez-vous avec Amin à la sortie du lycée pour aller déjeuner à la gargote en contrebas d'Abane-Ramdane. Il y avait foule autour des sandwiches calantica à la harissa et des tranches carrées de pizza. Sidali et Nawfel rigolaient à pleine gorge.

– Ce matin, le pauvre Samy en a eu pour son grade : imagine un instant la scène, avec le prof de maths Slimani, le barbu champion de judo, tu le connais bien, Amin, qui le fait venir au tableau pour l'interroger, tu sais qu'il ne l'aime pas beaucoup à cause de son allure de rappeur ahuri, alors Samy s'approche de lui sur l'estrade pour commencer l'exercice surprise quand il l'attrape par le cou et sent son haleine ! Haha, il puait l'alcool de la veille, il lui a passé un savon et a convoqué son père demain à la première heure !

Amin imaginait bien la scène, il connaissait cet enseignant, le meilleur prof de maths de toute la région, le seul qui ait pu leur faire aimer les équations et la géométrie grâce à une discipline de fer. Slimani était un ancien cadre local du FIS, qui avait échappé aux rafles de 1992 en se mettant au vert, s'absentant du lycée des mois durant avant de réapparaître soudain. Contrairement à ses acolytes pourchassés, il avait gardé sa barbe, ne l'avait même pas taillée. Il passait pour un modéré au sein des groupes islamistes depuis ses études à Bab Ezzouar dans les années 1970 et 1980. Tassé, épaules larges et poigne puissante, c'était surtout un ancien champion de judo d'El-Harrach et il le montrait parfois lors des mutineries du lycée de garçons.

– Et avec le père de Samy, ça ne va pas s'arranger, la dernière fois que Slimani l'a convoqué, il a failli s'étrangler en découvrant l'allure du papa branché, mâchant un chewing-gum, jean serré, veste d'aviateur, lunettes Ray-Ban et casquette d'une équipe de base-ball américaine !

Ils s'esclaffèrent en se rappelant le choc de la rencontre et la mine que faisait Samy, réjoui de l'allure de son père.

– Et Farouk, il est où ? demanda Amin en mordant dans son sandwich dégoulinant.

Clin d'œil de Sidali :

– Oh là là ! Top secret, mon frère : il est en rendez-vous amoureux avec l'infirmière du lycée, ce salaud.

– Mais il est fou ? Et s'il se fait prendre ?

– T'inquiète, ils sont discrets, d'ailleurs il ne m'en a parlé que tout à l'heure parce que je les ai surpris en train de discuter dans un couloir vide, du côté des classes de seconde au dernier étage.

– Putain, s'il tombe sur un pion…

– Haha, ou pire encore, sur Slimani, je te dis pas le sale quart d'heure qu'il passera, et même si Farouk a fait du judo, je crois pas qu'il fasse le poids devant le barbu !

Autour d'eux, la gargote se vidait.

– Bon, faut remonter, il se fait tard là.

– Moi je sèche, dit Nawfel, je file au port récupérer de la marchandise, j'ai déjà les certificats médicaux pour justifier mes absences de cette semaine et celles de la semaine prochaine !

Nawfel ne se contentait pas de l'argent de poche de son père, il avait monté une belle combine avec des douaniers pour récupérer de petites quantités de marchandises saisies et les refourguer aux vendeurs à la sauvette à Belcourt et à El-Harrach : parfums, chaussures, tabac, bijoux fantaisie… « Ce n'est pas avec l'argent de mon saint père que je vais me payer mes soirées en boîte ! », disait-il à moitié sérieux.

Sidali remonta vers le lycée accompagné d'Amin. Ce dernier devait meubler sa journée comme il pouvait, en attendant les cours du soir et Kahina. Souvent, les amoureux séchaient les cours pour aller se poster sur le pont enjambant l'autoroute menant au palais des expositions, avec la baie et les lointaines lumières d'Alger en arrière-plan, serrés l'un contre l'autre, accoudés au parapet du pont. Il était alors trop tard et il faisait trop sombre pour s'aventurer dans le bois des Pères blancs.

Sidali et Amin ne prêtèrent pas attention aux deux voitures garées chacune d'un côté de la large rue, portières ouvertes, ni aux hommes qui écoutaient de la musique à l'intérieur. Souvent des jeunes se postaient devant les deux lycées pour draguer à bord de leur voiture. L'attention des deux amis était plus attirée par la Peugeot 505 break blindée du commissariat du quartier qui faisait sa ronde habituelle et descendait vers eux. Dès que le véhicule des policiers, vitres baissées et canons de kalachnikov dehors, ralentit à leur niveau pour appréhender le dos d'âne, des tirs nourris éclatèrent des deux côtés de la rue en une longue rafale. Les deux amis se plaquèrent au sol, Sidali se protégeant la tête de son cartable et Amin, de ses mains. Un crissement de pneus se fit entendre, puis des râles, des cris. Les deux lycéens levèrent lentement la tête et virent à leur gauche la Peugeot 505 criblée de balles, des bras pendant par les vitres. Ils ne bougèrent pas, ne sachant si la menace avait disparu ou si des balles allaient encore siffler au-dessus de leur tête. Ils entendirent les pas des témoins fuyant la scène, les cris horrifiés de quelques lycéennes de l'autre côté de la rue, une bicyclette et un homme appelant comme un forcené : « Salim ! » Se décidant à se relever, Sidali et Amin virent la portière arrière de la voiture de police s'ouvrir lentement et un corps en sang en jaillir, rampant de la banquette vers l'asphalte en poussant de faibles gémissements.

Au troisième étage du bâtiment A du lycée Abane-Ramdane, Farouk, appuyé sur une table, appréciait la fellation que lui offrait la jeune infirmière. Il avait bien verrouillé la salle de cours et savait qu'à ce moment-là tout le lycée était occupé à déjeuner. Soudain, le vacarme des rafales les arracha à leur intimité. Farouk se baissa par réflexe, puis, comprenant que les tirs venaient d'en bas, il s'approcha prudemment de la fenêtre en remontant son pantalon :

– Vite, sors d'ici, lança-t-il à la jeune femme sans quitter des yeux le carré de lumière d'où provenaient maintenant les cris.

Il vit tout : la voiture immobilisée, le corps qui rampait sur l'asphalte en direction de… Amin et Sidali qui se relevaient. Les gens couraient en tous sens. De loin, il comprit que ses amis n'avaient rien mais le flic continuait de se traîner vers eux.

Il courut dans les couloirs et les escaliers derrière l'infirmière et l'attrapa par le bras dans la cour.

– Il y a un mec blessé dehors, il faut le soigner !

– Va te faire foutre, hurla-t-elle en se dégageant et en poursuivant sa course vers l'infirmerie à l'autre extrémité du lycée.

– Salope ! cria Farouk avant d'être attrapé par le cou par un pion furieux.

En une prise, Farouk lui tordit le bras et le mit à terre, puis il s'échappa vers le portail à rebours du flux de lycéens paniqués qui fuyaient pour s'abriter dans l'arrière-cour de l'établissement. Arrivé au niveau du portail fermé, Farouk l'escalada alors qu'un vigile tentait de le rattraper et sauta de l'autre côté. Il aperçut Sidali et Amin qui cavalaient vers le haut de la rue maintenant déserte pour disparaître derrière un virage. Il les suivit et tomba nez à nez avec le 4 × 4 blanc à tourelle de l'antiterrorisme bondissant à toute allure.

Haletants, les deux lycéens arrivèrent à la hauteur de l'immeuble d'Amin et s'engouffrèrent dans sa cage d'escalier. Mieux valait pour eux ne pas se trouver sur le chemin des policiers. Lors d'attentats, quiconque se trouvait sur la scène du crime était un ennemi potentiel.

– Il faut que je monte rassurer ma mère, elle a dû entendre les détonations, viens avec moi, dit Amin.

La porte s'ouvrit sur des sanglots de panique : Hassniya tira Amin par le bras vers l'intérieur et ne remarqua même pas Sidali qui arrivait à sa suite.

– Tu n'iras plus jamais attendre tes copains devant le lycée, la voisine m'a dit qu'ils ont tué des policiers devant ! Tu étais où ?! cria-t-elle en le frappant sur la tête et le dos.

– Ça va *yemma*, on n'a rien. On était là, juste en bas !

La mère saisit le « on », elle vit enfin Sidali, qui gardait les yeux baissés, et elle lui enjoignit, sans se démonter :

– Sidali, appelle tes parents du téléphone de la maison.

Profitant de cette diversion, Amin entraîna son ami vers le téléphone trônant sur une console mauresque dans le salon.

– Si ton père savait… ! hurla Hassniya.

– S'il savait quoi ? Il n'y a rien à savoir, ils ont buté des flics en face du lycée, on n'y était pas, même toi à la maison tu es au courant. Laisse Sidali appeler !

– Allô, *yemma* ? Ne t'inquiète pas… Il y a eu un attentat devant le lycée mais je vais bien… Je suis chez Amin… Oui, oui, bien sûr que je vais faire attention… *Yemma*, il n'y a eu aucun lycéen touché… *Ih*, d'accord, je suis là et je ne descends que lorsque ça se sera calmé… Tout va bien, ne t'inquiète pas… D'accord je ne bouge pas et j'attends que *baba* vienne me chercher… À tout à l'heure…

Amin, à côté de son ami, entendit les cris provenant du combiné et il se dit que désormais c'était à eux de rassurer leurs parents, leur fournir des explications, les apaiser : « Ça va, ça va, calme-toi, je suis vivant et à l'abri... » C'était à eux de devenir adultes face aux adultes déboussolés. Perdus dans ce monde qui s'écroulait de partout. Leur monde. Mais un autre monde émergeait, nouveau et cruel. Un monde à eux, dont étaient exclus les adultes, qui n'étaient là que pour le compte à rebours de leur naufrage. Les adultes savaient que le temps qui leur restait ici-bas ne serait plus fait que d'angoisses et de sanglots. Leurs enfants savaient qu'ils étaient déjà dans l'au-delà. Ils n'étaient là que pour crever ou éviter de crever. Et alors quoi, ils devaient par-dessus le marché faire preuve de pédagogie ? Trop tard.

– Restez ici, clama la mère d'Amin, mangez et...

La sonnerie du téléphone la fit sursauter. Amin prit le combiné, devinant l'identité de celui qui était au bout du fil.

– Oui, on est à la maison... D'accord.

Il raccrocha après ce bref échange dénué d'affect. D'un regard, sa mère comprit que Zoubir venait d'appeler pour s'assurer que sa femme et son fils allaient bien. Appel expéditif, mots précis, voix grave et autoritaire, sèche, des cris en arrière-fond et des crépitements de talkie-walkie.

Amin et Sidali s'affalèrent dans le canapé du salon, en proie au contrecoup de l'attaque, comme si les éclaboussures de sang et les impacts de balles sur la tôle les avaient poursuivis jusqu'à ce salon. Sous les yeux de Hassniya, les deux adolescents redevenaient des gamins apeurés par l'obscurité.

– *Yemma*, ils les ont tous tués !

Amin avait parlé d'une voix blanche, comme s'il venait juste de faire connaissance avec la peur, la mort. Hassniya, qui tremblait de tout son corps, tourna les talons et trouva refuge dans la cuisine, accablée par la fragilité des deux gamins et par sa propre incapacité à les réconforter. En passant au niveau de la porte d'entrée, elle la verrouilla.

Sidali, pétrifié, se tenait la tête entre les mains.

– C'est la merde maintenant dans ce quartier. C'est arrivé jusqu'ici. Fais gaffe au lycée ! Le travail de ton père va te condamner à mort. Ferme ta gueule, tout le temps. Merde, et il est passé où le Farouk ? s'inquiéta Sidali.

– Peut-être qu'il est resté au lycée… J'ose pas appeler ses parents, on va les inquiéter.

Ils macérèrent dans leur inquiétude un long moment. Puis la porte d'entrée s'ouvrit à la volée et Zoubir déboula dans le salon comme un bison en furie. Sans un regard pour Sidali ni pour sa femme, il apostropha Amin :

– Viens !

Ils sortirent et descendirent en silence les escaliers. Zoubir était habillé en civil, comme à chaque fois qu'il rentrait chez lui. En bas, devant la cage d'escalier, était garée sa Renault 25 occupée par deux gaillards patibulaires dont les têtes, tels des périscopes inquiets en plein océan hostile, balayaient du regard les alentours. Les porte-flingues de la DCSA étaient eux aussi en civil, mais la discrétion qu'exigeaient leurs déplacements en plein jour était mise à mal par leur allure de militaires à l'étroit dans leur tenue de ville.

– Un indicateur a dit à la police que vous y étiez avec Sidali. Tu n'as rien à me dire ?

Amin regarda son père avec colère. Puis il réalisa que dans ce contexte son père était en mission, et que lui aussi subissait son époque.

– Ça s'est passé très vite, pas eu le temps de voir…

– Il y avait ces deux voitures, et des mecs, c'est ça ?

– On ne les avait même pas remarqués en remontant au lycée. Je ne me souviens même pas de la marque des voitures. Je n'ai pas vu la tête des mecs.

Zoubir respira à fond, exprimant son impatience. Sous son visage de marbre, des volcans de colère explosaient. Non seulement à cause de l'endroit inédit de l'attentat, Lavigerie, et de la présence de son propre fils sur les lieux, mais aussi parce que la tuerie des cinq policiers donnait pleinement raison aux théories d'Aybak.

– D'accord, tu iras seul au commissariat déposer ton témoignage. Je me suis mis d'accord avec eux, ça va bien se passer. Ils ne t'emmerderont pas. Ce soir pas de cours, compris ?!

– Mais *baba*… protesta Amin en pensant à Kahina.

Zoubir aboya l'ordre :

– Non c'est non !

– Chef ! appela un des sbires du colonel posté dans la voiture.

D'un mouvement de la tête accompagné de la kalachnikov qui pointait son canon à travers la vitre, il indiqua une voiture qui s'approchait d'eux. Zoubir scruta le conducteur un moment avant de répondre d'un hochement à ses hommes.

Farès se gara en face du véhicule de Zoubir et de ses sbires. Il verrouilla sa Honda Civic grise de fonctionnaire en gardant un œil sur les trois hommes qui l'examinaient méchamment.

– Bonjour Zoubir, dit-il sèchement au colonel sans tendre la main.

– Bonjour, répondit Zoubir.

Amin réalisa que c'était la première fois depuis des décennies qu'ils s'adressaient la parole.

– Je vais monter dire à Sidali que tu es là, tonton.

Pendant qu'Amin gravissait l'escalier en courant, les deux anciens camarades de la guerre de libération se retrouvèrent seuls.

Zoubir se dirigea vers sa voiture sans un regard pour Farès qui porta son attention au loin, comme pour s'extraire de cette scène. Ce dernier s'éloigna de quelques pas vers l'entrée de l'immeuble et alluma une cigarette. Derrière lui, la voiture démarra sur les chapeaux de roue.

Farès suivit du regard le bolide qui dévala la rue en trombe avant de disparaître en contrebas, sur la route qui menait à la Moutonnière. Il resta immobile un moment, pensant à ce qu'il aurait pu dire à son ancien camarade de lutte :

« Plus de trente ans qu'on ne s'est pas croisés et voilà que mon fils, accompagné du tien, se réfugie chez toi. Quelle ironie ! Je ne te pardonnerai jamais d'avoir voulu m'assassiner, moi, ton compagnon sur le champ de bataille. Tous les deux, nous avons perdu notre innocence pendant la guerre, quand les jeunes appelés français, qui avaient à peine notre âge, se faisaient décapiter sur le sable de la plage Mazella, là, juste en contrebas. Aujourd'hui encore, je ressens la haine qui t'habite, le regret que tu éprouves à m'avoir épargné dans l'abri d'El-Harrach. L'abri dont tes hommes viennent de murer l'entrée, suspectant les terroristes d'y avoir trouvé une planque. Bien sûr que tu connaissais cette planque, Zoubir ! Je suis curieux de savoir quel a été ton sentiment en procédant à la fermeture de l'abri à l'aide de briques et de ciment ! Curieux de savoir si tu as pensé, et comment tu y as pensé, à cet épisode entre nous dans l'abri à l'époque. Sache que ce n'est pas un mur de briques qui stoppera l'histoire de nos faits d'armes les plus dégueulasses, ni cette haine qui est encore si présente aujourd'hui, alors que nous faisons face à ce déferlement de violence qui nous emporte tous : toi, moi, nos enfants, et même Hadj Brahim à qui j'ai rendu visite récemment. Il est très malade, tu sais. Mais il refuse de suivre les lourds protocoles des soins. Je sais qu'Amin lui a rendu visite il y a quelque temps, je sais même que nos deux fils sont allés voir Roger pour remonter à l'origine de notre lien. Hadj Brahim ne comprend pas ce qui se passe, il fait des cauchemars chaque nuit, il se sent humilié par les deux camps : le tien et celui des terroristes qui sont entrés en guerre sans préavis, en détruisant le peu d'idéal qui lui restait. Alors Hadj Brahim veut – et peut-être que tes services secrets le savent – “faire quelque chose”. Il a entendu parler de civils qui prennent les armes à Bouira, en Kabylie, dans la Mitidja aussi, de vieux maquisards de la révolution armés par l'État. Il n'aimait pas l'idée d'être subalterne de l'État qu'il refuse de reconnaître depuis quarante ans, mais il me dit que “le pays est plus grand que ces mafieux” et il réfléchit à la meilleure façon de riposter, juste pour ne pas rester les bras croisés alors que le naufrage est imminent. Il compte bien appeler ses anciens compagnons d'armes, on parle de groupes de patriotes un peu partout dans le pays, anciens moudjahidines reprenant les armes et “traquant le sanglier” dans les maquis qu'ils connaissent si bien… Hadj Brahim veut donc… »

– *Baba !*

Plongé dans ses réflexions, Farès n'avait pas vu Sidali sortir de l'immeuble et se diriger vers lui d'un pas vif. Père et fils s'étreignirent rapidement en un geste spontané, puis, retrouvant leur pudique réserve, ils montèrent en voiture et Farès mit les gaz.

20

Plaqué à plat ventre dans le coffre du 4 × 4, le canon d'une kalachnikov pointé sur sa tête, Farouk entama sa descente aux enfers dans le blindé qui roulait à toute allure, accusant chaque violente manœuvre du conducteur. Il gardait les yeux fermés et entendait les cris des occupants du 4 × 4 en même temps que les indications crachées par la radio : « Aurès 12, véhicule suspect au Caroubier… Négatif, chef, appel radio de Hussein Dey, véhicule suspect… Putain de salauds il faut tous les crever !… Oui… Oui, Boualem, je t'écoute, ils sont où les gens du POC, merde ?… Sont tous morts !… Non, un survivant, évacué à Belfort… Faut tous les buter… Hey, Chrétien, arrête de gueuler et passe-moi la radio… Et lui là, qu'est-ce qu'il a à nous mater comme ça, arrête, arrête… (L'arrêt brutal envoie une décharge dans le ventre de Farouk, une porte claque, des injures fusent de l'extérieur du véhicule.) *Aya* monte, Chrétien, on n'a pas le temps ! On rentre, il n'y a rien, le POC arrive à Lavigerie… Enculés de militaires, toujours en retard !… Ta gueule, Chrétien ! Pas le moment ! Aurès 12, position ? On rentre, il n'y a rien, les enculés ont disparu ! »

Enfin, le 4 × 4 sembla s'immobiliser pour de bon. On ouvrit le coffre et des bras vigoureux s'emparèrent de Farouk. Il comprit désormais où il se trouvait, et il se vit déjà perdu. La Montagne. Le commissariat de La Montagne, autrement appelé commissariat de Bourouba. L'endroit d'où on ne revenait jamais. « Avance pédé ! », lui lança un des policiers. Farouk habitait juste à côté, il connaissait bien, de réputation, ce commissariat transformé en unité antiterroriste ; les pires attentats ciblant les forces de l'ordre avaient eu lieu ici, transformant El-Harrach rive gauche en un véritable champ de tir où les policiers tombaient comme des mouches. Le commissariat, à l'épicentre de ces quartiers hostiles, était devenu un camp retranché d'où partaient les expéditions punitives après chaque assassinat, et où les effectifs revenaient diminués. On le bouscula vers l'intérieur, le policier en faction lui cracha l'ordre de vider ses poches. Carte d'identité, cent dinars, et des clés.

– C'est quoi ces clés ? hurla le flic.

Farouk toussa pour gagner du temps. Mais quel temps allait-il gagner dans l'éternité de la garde à vue arbitraire ?

– Les clés de chez nous, répondit-il à l'agent en civil qui examinait sa carte d'identité avec une suspicion très professionnelle.

Derrière lui s'affichaient les avis de recherche des terroristes du quartier.

– Bachdjerrah, petit pédé ! On va te montrer qui nous sommes !

Un policier de près de deux mètres, en tenue de combat bleu nuit, au visage émacié et au menton taillé dans la haine, s'approcha de lui, pistolet à la main, et le prit à la gorge en appuyant le canon de l'arme entre ses yeux.

– Tu y étais, tu y es, alors tu vas le payer !

Farouk se retrouva ensuite jeté dans une cellule d'à peine dix mètres carrés où s'entassaient une vingtaine de personnes, éclairée par une minuscule ouverture grillagée au niveau d'un plafond noir de suie. Sur deux bancs et une armoire défoncée couchée sur le côté se tassaient comme ils le pouvaient des hommes, jeunes et moins jeunes. Quand le policier le poussa sans ménagement à l'intérieur, il perdit l'équilibre et trébucha, s'effondrant sur le premier groupe situé près de la porte en fer.

– Oh là, jeune homme, doucement !

Il allait s'excuser mais la vue de l'étroite cellule et de sa taciturne population lui coupa le souffle et la parole. « Putain, ils m'ont mis avec "eux", les terros, je suis mort si quelqu'un me reconnaît », paniqua-t-il intérieurement.

– Mais je te connais, toi, lança une voix singulièrement bon enfant au fond de la salle.

Le temps que ses yeux s'habituent à l'obscurité du réduit, il reconnut Salah, le récidiviste voleur à la tire de son quartier.

– Pourquoi ils t'ont embarqué ? C'est un fils de *bon* famille, lui !

– Et nous on est quoi ? Des enfants de putes ? lâcha une autre voix.

Un vieux se leva, bousculant le tas humain compacté sur l'un des bancs.

– Il n'y a que des gens embarqués ici, lui ou un autre, il n'y a pas de règle, tu marches dans la rue et la patrouille t'embarque, *hakda* ! Assieds-toi là, tu dois être fatigué, qu'est-ce qui s'est passé ?

Farouk se trouva difficilement une place sur le banc bondé.

– Rien, attentat à Lavigerie, je sortais du lycée et je suis tombé sur eux.

– Aïe ! Nous au moins c'était juste des rafles dans le quartier, dit un autre.

– Ah non, moi c'est *lagrandeli*, la main dans le sac au marché de Bachdjerrah, précisa Salah.

Le vieux à côté, en bleu de Chine délavé et pieds nus posés sur ses chaussures, se présenta comme étant le prévôt de la cellule, le « délégué » des internés et le doyen.

– Tu as l'air d'être un fils de bonne famille, tu ne moisiras pas ici, murmura le prévôt à Farouk.

– Bah ! Je suis là depuis vingt jours déjà, moi aussi je croyais ne pas trop rester ici, lança un osseux trentenaire recroquevillé sur le sol. J'allais à mon chantier à El-Harrach, je venais de dépasser le pont blanc quand j'ai entendu des coups de feu, puis des gens couraient de partout, moi j'ai couru comme tout le monde et là je suis tombé sur eux, et voilà. Ma famille ne sait pas que je suis là, j'ai un vieux et une femme…

Puis s'adressant à Farouk directement en se tordant le cou :

– Tu leur diras, hein ? Je te donnerai l'adresse ou le téléphone de la maison et tu leur diras quand ils te relâcheront.

– Oui, concéda Farouk sans y mettre la moindre conviction.

« D'où je connais ce connard ? pensa-t-il. Peut-être qu'il ment, très probablement, c'est normal pour sauver sa pauvre peau. Moi je ne dis rien à personne, je veux sortir de cet enfer maintenant. »

– Tu as un peu d'argent sur toi ? On fait la collecte pour le soir, un policier ramasse l'argent en fin de journée et nous ramène du sucre en poudre et du lait, on n'a droit qu'à ça. Ça aide à tenir. Parce qu'il faut éviter de dormir la nuit aussi…

Farouk appréhenda la suite de l'explication.

– Parfois, les Ninjas de la patrouille de nuit débarquent dans cette salle très tard la nuit, souvent ivres ou drogués, je ne sais pas, mais déchaînés et vas-y les coups de pied dans le tas, les coups de crosse sur la gueule, le tabassage aveugle… Il n'y en a qu'un qu'on reconnaît, il enlève sa cagoule pour qu'on l'identifie bien, Chrétien, lui c'est un salaud, un malade, un fou furieux… Il finira mal.

Le prévôt murmura la dernière phrase si bas que Farouk eut du mal à l'entendre. Il ne répondit pas, se contentant d'économiser son énergie pour affronter l'insupportable : rester enfermé ici à la merci de ses codétenus et de policiers enragés.

– Sans parler de la « chambre à coucher », renchérit le trentenaire dont l'odeur nauséabonde empestait la petite cellule sombre.

– Arrête de lui faire peur, intervint tout bas le prévôt.

– Avant l'interrogatoire, ils commencent par te foutre à poil dans le bureau du chef et si tu persistes à nier, ils te mettent sur un lit et là...

– Personne n'a vu ça, modéra le prévôt.

– Personne n'en est revenu, argua le trentenaire qui se mura ensuite dans un lourd silence.

La porte s'ouvrit violemment, bousculant un groupe tassé devant l'entrée de la cellule. Le policier qui l'avait « accueilli », pistolet à la main, cria en désignant de son index :

– Toi et, là-bas, toi, sortez !

Il avait pointé du doigt Farouk et Salah, le petit voleur à la sauvette.

– Que Dieu soit avec vous, mes fils, susurra le prévôt alors que Farouk enjambait maladroitement cette humanité captive.

– Descendez, enfoirés !

Farouk et Salah empruntèrent un escalier puant menant vers... « Où ? », s'inquiéta Farouk qui imaginait déjà une salle de torture, le « lit » du commissariat ou, pire encore, les cachots du sous-sol dont Salah lui avait révélé l'existence en sortant de la cellule. Marche après marche, Farouk voyait se dissoudre sa vie, son histoire, son avenir, il imagina la panique de ses proches, le chagrin de sa mère. Il voyait sa vie s'arrêter là, brutalement à dix-huit ans, brisée sur la pierre suintant la peur et la colère de ce commissariat sordide.

Ils débouchèrent, le policier fermant la marche, sur l'arrière-cour du commissariat, ceinturée par un haut mur coiffé de fil barbelé, où était garé un fourgon bleu et blanc de la police, les portes arrière grandes ouvertes.

– Emportez ces caisses au troisième étage, ordonna sèchement le policier.

Soulagés, les deux jeunes découvrirent à l'arrière du fourgon des caisses de conserves, du pain, des palettes d'eau et de bières. Ils commencèrent à porter les lourdes caisses une à une. En passant devant l'un des murs de l'enceinte, Farouk entendit un murmure à ses pieds. D'une ouverture grillagée à même le sol, un doigt jaillit, ainsi qu'une voix :

– Mon frère, s'il te plaît, que Dieu te garde tes parents.

Farouk feignit de n'avoir rien entendu, craignant les représailles du policier qui les escortait vers l'escalier. « Le cachot », pensa Farouk avec un frémissement qu'il dut contrôler. Viol, cachot, torture, cellule, corvée, sucre en poudre : l'horizon de sa vie lui semblait se rétrécir et le monde extérieur, s'annuler. Au troisième étage, ils longèrent un étroit couloir vers un bureau vide de tout mobilier et entreposèrent les premières caisses.

– Allez, maintenant vous connaissez le chemin, faites vite ! Et après vous retournerez à votre place !

« Notre place ! Ma place ! Comme si j'étais déjà condamné à y rester, dans cette cellule. Ma place dorénavant, comme si cela allait de soi. Je ne vais pas m'en sortir de sitôt. Ce flic, là, il décide de ma place. Ma place ! », rumina Farouk dont les épaules s'affaissèrent instinctivement dans un douloureux fatalisme.

En remontant le couloir, Farouk aperçut à travers la porte entrouverte de l'un des bureaux deux gaillards en tenue de combat endormis sur des chaises, la cagoule relevée sur le front. Plus loin, il aperçut deux jeunes poussés par un policier armé d'une kalachnikov. Les deux malheureux affichaient toute la peur du monde sur leur visage. L'un d'eux avait un œil au beurre noir et un hématome sur la tempe.

– Je vous jure au nom de Dieu que je n'y suis pour rien, criait le gamin blessé.

– On va te montrer qui est vraiment ton Dieu, pédé va ! lui lança le policier derrière lui en lui assénant un coup de pied qui le projeta à terre, barrant le chemin à Farouk et Salah.

Les deux compères sursautèrent.

– Qu'est-ce que vous êtes en train de regarder, mesdemoiselles ?! leur aboya le policier.

Une porte s'ouvrit, découvrant un gros rouquin à la moustache fine et en costume gris.

– C'est quoi ce bordel ?! cria-t-il.

– Désolé, commissaire, c'est rien, répondit le policier en agrippant le jeune à terre et en le forçant à continuer sa marche.

– Qu'est-ce que vous foutez là ? continua le commissaire en sortant de son bureau, s'adressant à Farouk et Salah.

Les deux jeunes hommes se regardèrent, ils ne savaient vraiment pas ce qu'ils « foutaient » là justement. Le gros rouquin s'approcha d'eux. Il avait les yeux enflés, des yeux d'insomniaque ou de drogué. « Putain c'est leur chef », s'inquiéta Farouk. Il se pointa devant eux puis cria vers l'escalier :

– Salim !

Le gardien des deux mômes remonta l'escalier quatre à quatre :

– On les a embarqués avec Chrétien, celui-là était sur les lieux de l'attentat de ce matin à Lavigerie. Ils chargent les provisions, commissaire.

Le commissaire s'approcha de Farouk.

– Qu'est-ce que tu fais dans la vie ?

– Lycéen, murmura craintivement Farouk.

Le commissaire braqua ses yeux rouges vers le policier.

– Ils nous ramassent des lycéens maintenant ? *Wechbih* Chrétien, il a pété les plombs ?! Relâche-le.

Farouk n'en crut pas ses oreilles. Il combattit fermement la bouffée de soulagement qui l'envahissait.

– Mais Chrétien a dit… commença le flic.

– Tu te fous de ma gueule, Salim, on est en train de discuter au café, là ?! Foutez-moi le camp !

La porte claqua bruyamment derrière le gros rouquin, juste le temps pour Farouk d'apercevoir une personne se tenant à l'intérieur de son bureau. C'était quasiment impossible mais il était certain de connaître cet homme. Cette calvitie naissante, ce menton volontaire et sec, cette main osseuse… Il était sûr de l'avoir déjà vu, mais dans un tout autre contexte.

– Et ma carte d'identité ?

Le policier de la réception considéra Farouk un moment, puis explosa :

– Et tu veux qu'on te torche le cul aussi ?! Reviens demain la récupérer.

Alors que la journée s'affaissait sur elle-même en un funeste crépuscule, Farouk quitta le commissariat aussi vite que le lui permettaient ses jambes tremblantes, n'arrivant pas à croire qu'il était libre. Libre. Comme une révélation nouvelle. Comme si le compteur de la vie allait redémarrer à zéro, loin de l'obscurité et de l'horreur de ces murs humides. N'ayant pas ses papiers d'identité, il évita scrupuleusement les nombreux points de contrôle des gendarmes et des policiers entre Bourouba et Bachdjerrah. Arrivé au quartier, il monta chez lui en courant, comme si le policier aboyeur était encore à ses trousses. Il trouva sa mère et son père morts d'inquiétude.

– On t'a cru mort dans l'attentat ou disparu à jamais ! Ton père a fait le tour des commissariats et des hôpitaux d'El-Harrach, pleurait sa mère, affalée sur la chaise de la minuscule cuisine.

Farouk la consola puis appela ses amis. Sidali puis Amin. Colère. Soulagement. Inquiétude…

– Heureusement que tu t'en es sorti…

– Oui, Amin, c'était moins une, enfoirés de flics... Dis-moi, je crois que j'ai aperçu ton père là-bas... En fait, j'en suis presque sûr...

Amin raccrocha en soufflant. À quoi bon cacher la vérité à Farouk, c'était un ami, une personne de confiance. Et s'il avait reconnu son père dans ce commissariat... Il reprit le combiné et composa le numéro de Kahina.

– Kahina. Tu as vu la catastrophe ?

– Mon frère m'a interdit d'assister aux cours ce soir. Ah, toi aussi ?

– J'y étais...

– Oh mon Dieu ! Ça va ? Tu n'as rien ?

Ils parlèrent longtemps, malgré les regards réprobateurs de Hassniya.

Le lendemain matin, à 8 heures, Idir, le père de Farouk, se présenta au commissariat avec son fils pour récupérer sa carte d'identité et pour déverser sa haine sur ces policiers qui avaient kidnappé son fils, et qui auraient pu, en toute impunité, ne jamais le relâcher. Idir enrageait, ses mains tremblaient de colère.

« Et voilà à quoi nous en sommes réduits, nous faire humilier dans les locaux sordides d'une flicaille haïe ! Ici, mes diplômes, mes années de service au ministère, mon éducation, l'éducation que j'ai donnée à mon fils, mes années de volontariat dans les champs du socialisme spécifique, mes nuits à étudier en entendant les terribles quintes de toux de mon père se crevant au boulot pour nous assurer l'école et les lendemains... Tout cela, et encore plus, ne vaut rien ici, face à la brutalité d'un État et au regard méprisant de ce flic derrière son bureau qui me nargue comme si je n'étais rien ! » Les mots s'amoncelaient dans sa bouche face au préposé à l'accueil qui bâillait.

– Vous n'avez pas autre chose à foutre que de kidnapper des innocents ? lâcha Idir à la figure du policier qui farfouillait dans un casier en bois plein à ras bord de papiers d'identité, autant de traces des nombreux internés emmurés dans le commissariat.

– Tenez vos enfants, et on sera loin d'eux ! répliqua l'agent en lançant sur la table la carte d'identité de Farouk et ses clés.

Idir ramassa le tout en secouant la tête d'un air excédé.

Une semaine plus tard, le commissaire rouquin de Bourouba reçut un coup de tournevis dans le cou, un coup fatal porté par un suspect non menotté dans son propre bureau. Le commissaire s'était assoupi en plein interrogatoire et les deux autres flics enquêteurs avaient tiré trop tard. Trop de nuits blanches, disaient les rapports, la famille, les collègues, les murs, et tout Alger qui sortait sa nuit noire comme une arme.

1962

« Je sais que c'est toi
qui nous as vendus. »

21

– On les tue ?

La question ricocha comme une balle folle contre les murs humides de l'ancien abri antiaérien de la rue Bugeaud à El-Harrach.

Hadj Brahim respira profondément en regardant l'entrée de l'abri, vers l'obscurité des premiers cinquante mètres sous la voûte souterraine. La faible lumière jaune de la lampe à gaz n'éclairait que leur réduit au fond de l'abri, creusé sous les escaliers menant au quartier de Belle-Vue. Hadj Brahim scrutait cette obscurité comme si elle pouvait lui offrir une réponse à la question fatale. Puis il porta son regard noir sur les deux hommes haletant après les coups, à genoux et attachés les mains dans le dos, face au mur suintant l'humidité. Il palpa en même temps son MAT 49 accroché à son aisselle.

– Dis, Hadj ?

L'ombre de l'homme qui revenait à la charge se détachait sur le mur au-dessus des trois prisonniers. Son chapeau travestissait sa silhouette. Une tête plus arrondie, monstrueuse, comme une projection de l'ange de la mort au-dessus des captifs qui attendaient leur sentence.

Son ombre le faisait paraître plus grand, lui qui était tout juste sorti de l'adolescence, la voix encore mal assurée, lui qui réclamait la sentence de son chef de cellule.

Agacé, Hadj Brahim regarda l'autre en face. Un gamin, ce Zoubir. Face à lui, le vétéran de la Seconde Guerre mondiale, de la campagne de Monte Cassino, le tout premier à avoir monté des cellules de tueurs FLN à El-Harrach. Un soldat. Mais un soldat dans une armée d'ombres.

Dehors, la ville vivait. Ou presque. L'après-midi battait son plein. Dans le chaos et la colère. Assurément, les paras étaient partout.

Les ambulances. Les cris des femmes. Les habitants des quartiers européens, échauffés par la terreur, criaient vengeance. Peut-être, comme d'habitude, des cireurs de chaussures ou des porteurs seraient lynchés. Des gamins. Eux aussi, Hadj Brahim les comptait. Eux aussi le hantaient. Mais c'était la guerre. Rien de tout ce vacarme n'atteignait le silence glacial de l'abri scellé, dont des « frères », fonctionnaires de la commune, avaient filé le double des clés aux combattants du FLN. Ces « frères », des anciens de Monte Cassino aussi, recrutés par la municipalité pour leurs faits d'armes. Ils aidaient comme ils pouvaient, par conviction ou par peur, Hadj Brahim n'en avait cure maintenant. Fini les scrupules. Il pensait aux feux de barrage de mortier sur le front italien. Il pouvait même entendre le fracas des projectiles fendant les lignes alliées. Et il se rappelait bien comment, alors qu'il était éclaireur, il avait caché à son capitaine français l'imminence d'un tir allemand, juste pour le voir se désintégrer sous un projectile de mortier ennemi. Ennemi ? Ennemi de qui ? C'était la conscription obligatoire pour défendre ceux qui les humiliaient chaque jour. Il n'y avait pas plus aléatoire, plus souple et compréhensif qu'une ligne de front.

Hadj Brahim sentit que le jeune homme s'impatientait. Mais dans tous les cas, ils étaient bien obligés de rester cachés au moins une journée dans l'abri. L'attentat dans le café avait eu lieu ce matin, exécuté par le groupe des Italiens, les *t'layen*. Il faudrait attendre au moins quarante-huit heures pour récupérer les Citroën Traction puis rejoindre Palestro.

– Assieds-toi là-bas, de l'autre côté, ils ne vont pas s'enfuir.

Hadj Brahim indiqua au jeune homme un coin où une vieille caisse en bois de la Croix-Rouge avait été oubliée. L'autre obtempéra, donnant ainsi un précieux répit à son chef qui n'avait pas dormi depuis deux nuits. Ce n'était pas l'insomnie qui lui rongeait les os, mais cet ordre de tuer des « frères ». Hadj Brahim avança vers les deux prisonniers puis rebroussa chemin de quelques pas vers le centre de la caverne semi-obscure et froide, si lointaine du soleil et des perquisitions des paras. Il se dirigea vers le jeune homme qui ruminait son impatience et s'assit à côté de lui.

Long moment de silence où on regardait ses chaussures et le destin en face.

En face, tournés vers le mur, les trois hommes frissonnaient. De froid. De peur. Le juge dans le dos et le mur devant. Il y a quelques heures ils étaient des « frères », des *fedayin*, le bras armé de la cellule d'El-Harrach, derniers survivants de la déroute après la sanglante bataille d'Alger. Farès, Aliouet et Zoubir ; c'est ce dernier qui, à présent, voulait liquider ses deux acolytes, et pensait qu'il serait bien de les buter, là, maintenant. Les trois hommes, commandés par Hadj Brahim, formaient le groupe des Italiens. Des tueurs algériens blonds, avec imperméable, costard et chapeau, roulant en Citroën Traction Avant rutilante, choisis et entraînés par Hadj Brahim, père et chef. L'idée était toute simple : perpétrer des attentats plus facilement en se faisant passer pour des Européens.

Ça avait bien marché. Jusqu'à ce matin.

Il fallait bien faire quelque chose. Les venger. Le dire ainsi. Même pas s'en convaincre. Qui ? Les dix cadavres du bus de la cité La Glacière à Maison-Carrée – El-Harrach.

22

– Il faut les venger, nous ne sommes plus rien au niveau de l'effectif, l'Organisation n'existe presque plus, nous n'avons plus de munitions, que quelques vieux pistolets, mais il faut les venger.

Hadj Brahim écoutait calmement le jeune Zoubir au café de La Rotonde en plein centre d'El-Harrach, face aux palmiers du square et à la mairie aux murs fiers et blancs.

– Vois avec Roger et…

Le vieux combattant arrêta l'élan du jeune d'un mouvement sec de la main et regarda autour de lui. De paisibles tables les entouraient, occupées par des Européens plongés dans leurs journaux annonçant en manchette le massacre de La Glacière, et, dans un coin près de la porte du café, d'antiques maquignons devisaient sur les bénéfices du dernier marché hebdomadaire de bétail.

– Calme-toi. Je sais. À La Glacière, le peuple croit qu'on l'a abandonné. Ils n'ont pas vu un seul de nos hommes depuis des mois. L'OAS et l'armée, à coups de couvre-feux et de descentes, ont ruiné tout l'espoir de la population du quartier. Je sais tout cela.

Zoubir écoutait en serrant fort sa tasse de café, à la faire imploser entre ses doigts effilés et nerveux. Une barre taciturne joignait les sourcils de Hadj Brahim. Voilà trois longues années, depuis l'effondrement de l'Organisation à la suite de ce que la presse des Européens appelait « la bataille d'Alger », qu'il n'avait plus eu aucun contact avec les hommes de la wilaya IV[1], ni avec les militants des autres quartiers algérois. La police et l'armée imposaient maintenant partout leur présence ; le désarroi ravivait le terreau des indics. De son côté, inlassablement, l'OAS concrétisait sa devise : frapper où elle voulait, quand elle voulait, qui elle voulait. La veille, dix ouvriers des cités PLM et La Glacière avaient été abattus de sang-froid dans leur bus par un tueur de l'OAS qui avait vidé son chargeur tranquillement entre deux barrages de gendarmes et qui s'était fondu sans encombre dans les paisibles quartiers européens de Maison-Carrée. Hadj Brahim savait pertinemment qu'il ne pouvait laisser passer un tel acte. Quitte à agir seul, sans l'aval d'un commandement qui d'ailleurs était aussi fantomatique que le reste de l'Organisation dans l'Algérois. Le jeune Zoubir, dans son complet gris mal coupé, les cheveux châtains gominés, qui sentait le parvenu, le gamin du bidonville d'El-Merdja qui se la jouait citadin pour passer – presque – inaperçu dans les rues du centre européen de la petite ville, regardait ses godasses mal cirées en serrant les dents.

– Je te recontacte bientôt. Vas-y en premier.

Zoubir Sellami, à peine la vingtaine, chétif, regard de braise, se leva et termina son café debout, puis rejoignit le marché couvert.

Hadj Brahim quitta La Rotonde, une boîte à chaussures sous le bras, et bifurqua vers la rue Arago qui remontait du centre-ville jusqu'au quartier Belfort. Il oublia la foule matinale et les appels des vendeurs ambulants misérables éparpillés sur les trottoirs. Il n'avait pas fermé l'œil de la nuit, se levant plusieurs fois pour s'accouder à son balcon qui donnait

1. Région militaire de l'Armée de libération nationale couvrant l'Algérois et le centre du pays.

sur le quartier pauvre de Sidi-Embarek, rue Gallieni, parallèle à la rue Arago, dont il venait maintenant d'entamer la montée. Il escalada cette rue large encadrée par les pavillons européens à tuiles rouges, d'où on apercevait plus en haut l'imposante caserne du 45e régiment de transmissions dont les hauts murs barbelés emprisonnaient le vieux bordj turc carré, unique construction d'avant les Français qui avait donné son nom à Maison-Carrée. Toute la nuit, il échafauda la riposte tant réclamée par le jeune Zoubir et, assurément, par tout le monde du côté de PLM, La Faïence, Djenane Mebarek, Dussolier, Sainte-Corinne… toute la rive gauche de la ville, le versant arabe installé au-delà de l'oued El-Harrach. Mais aussi du côté du bidonville El-Merdja, derrière le parc Boumati à la sortie de la ville vers Beaulieu, où vivaient Zoubir et sa fratrie de prolétaires osseux sous l'autorité du Borgne, l'alcoolique patriarche, trimeur à la briqueterie Altairac. Une riposte. Oui. Mais en ces circonstances de délabrement de la zone FLN algéroise, en l'absence de chaîne de commandement et avec tous ces commandos OAS qui tenaient la ville européenne – et osaient même frapper en plein quartier arabe –, sans oublier l'étau des forces de l'ordre de plus en plus étouffant, c'était tout simplement du suicide. En plus, le Front allait-il donner son aval alors que bruissaient les rumeurs de négociations à venir ? En même temps, ne pas agir, c'était aussi signer l'acte de décès définitif de ce qui restait de l'Organisation à l'est d'Alger. Il attendit vingt-quatre heures qu'un émissaire de la wilaya IV se manifeste après avoir posté un SOS dans l'ultime boîte aux lettres clandestine, près du marché des bestiaux dans un hangar désaffecté. Mais rien. Silence radio du maquis et de ses chefs. Probablement tués ou, au mieux, repliés vers la Kabylie, relativement indemne après les grands coups de boutoir des paras.

En ancien caporal, il pesait les risques d'une opération : ils étaient énormes. Mais l'absence de réaction aurait été plus grave encore. Le dilemme l'avait empêché de dormir, et au petit matin, il avait pris sa décision. La rencontre avec Zoubir n'était qu'un argument de plus pour appuyer sa décision, si besoin était. En buvant son café, en dégustant la galette préparée tôt par Nouria, sa femme, il dessina mentalement le plan de l'attentat, fixa la cible et le commando de tueurs. Il lui restait maintenant à choisir les armes. Pour ça, il avait la bonne adresse… à laquelle il se rendit sans plus tarder. Devant lui, au sommet de la rue Arago, à un angle du carrefour de Belfort, se nichait Le Cercle. La terrasse et la salle étaient presque vides et il aperçut Roger Trois-Doigts derrière le zinc, qui lisait son journal posé sur le comptoir.

Hadj Brahim respira un bon coup et entra sous le regard soudain inquiet que lui jeta le tenancier par-dessus ses lunettes en demi-lune. Regard qui allait furtivement de la gueule de Hadj Brahim à la boîte à chaussures sous son bras.

Dès la fin de la Seconde Guerre mondiale, la bonne société de Belfort s'était méfiée de « l'étrange » M. Roger Marbeuf. Belfort, ses squares tranquilles, son Institut d'agronomie dont la bonne réputation avait gagné la métropole, ses pavillons bourgeois d'anciens colons reconvertis dans les négoces portuaires et l'industrie, son église du Sacré-Cœur et son très « comme il faut » lycée de filles, ses ruelles proprettes tout en hauteur surplombant avec dédain le reste de la ville… Belfort avait donc accueilli avec une extrême suspicion ce gaillard ténébreux à la gueule de gitan, portant des habits à la mode et amputé de deux doigts – l'auriculaire et l'annulaire – de la main droite. En ces temps troubles après la défaite allemande, les Européens d'Algérie avaient en majorité plus de sympathie pour le maréchal Pétain que pour « cet arriviste » de général de Gaulle. Sans parler des massacres de Sétif qui avaient réveillé la peur atavique de ces « bons Arabes si ingrats ». C'est dans ce climat mitigé, entre fête de la Victoire, peur de payer pour le soutien à Vichy et angoisse de la colère indigène, qu'avait débarqué Roger un beau matin. Il s'était installé un mois dans une pension à Beaulieu, le joli quartier résidentiel, avant de se lancer dans les affaires en rachetant à la famille Luca le café Le Cercle. Il paraît qu'il avait de la fortune, l'animal. Héritage ou magot de braquages ? Pas clair. Le peuple sage et méfiant de Belfort, lors des apéros crépusculaires, fomentait mille théories sur sa biographie, rassemblant les bribes d'informations circulant dans le microcosme européen. Il se disait juste que Roger avait fait la campagne d'Italie dans une unité d'artilleurs d'Afrique du Nord alors qu'il n'avait jamais mis les pieds dans aucune colonie de l'Empire. C'était déjà un grief que de fricoter avec les Arabes, même face à l'ennemi ! Les gens savaient qu'il descendait d'une lignée de braves paysans aveyronnais forcés d'émigrer vers le sud, trimant dans les ports méditerranéens. Ils savaient aussi qu'il avait perdu ses deux doigts lors d'une manœuvre sur un port en déchargeant un bateau justement venu d'Alger. Sa fameuse boutade « l'Algérie m'a déjà marqué » servait toujours à établir des ponts avec ses interlocuteurs de Belfort, qui accueillaient la phrase et le clin d'œil se voulant complice par un léger hochement de tête. Aussi léger que le crédit qu'ils donnaient à sa douteuse biographie.

Malgré ses tentatives d'approche, le monde des Européens de Maison-Carrée lui était quand même tacitement hostile. Mais sa bravoure lors d'une énième inondation de la partie basse de la cité, victime des humeurs de l'oued El-Harrach, ses donations à l'Église et ses invitations plus que généreuses les jours de fête à son bar qu'il décorait à la gloire du Racing Club de Maison-Carrée firent un peu fondre la glace. D'autant qu'il respectait la distance avec les Arabes, sauf avec ce fils de facteur de Belle-Vue, ce Hadj Brahim, le seul Arabe, avant les « événements », à venir prendre l'anisette dans son coin avec son journal du soir, son ancien « frère d'armes », selon Roger, qui s'excusait presque devant les clients européens mécontents. Ces petites marques d'intégration lui avaient permis d'emménager sans histoires dans un appartement au-dessus de son établissement, de faire marcher son affaire et d'avoir la paix. Relativement. Relativement, parce qu'un gars parachuté de la sorte à Alger, sans racines fiables, n'était pas clair. Parce que l'absence d'épouse et de famille nourrissait la méfiance. « Qui voudrait d'un éclopé doublé d'un pauvre déraciné ? », rétorquait-il aux interrogations du voisinage si pointilleux sur la moralité. Plus de femmes à proximité, avait décidé Roger Malbeuf dans sa nouvelle vie à Belfort. Les femmes, ç'avait été son métier. Sa matière première. Avant.

Roger Trois-Doigts avait fui Marseille, n'y laissant que deux doigts à défaut de sa peau. Peu de refuges à l'horizon quand on fausse compagnie au milieu après tant d'années de bons et loyaux services.

Petit nervi des ruelles labyrinthiques du Panier, le vieux quartier populaire de Marseille, Roger était devenu, dès la vingtaine, membre des réseaux de prostitution des nouveaux maîtres de la ville, les frères corses Guérini, Antoine, Pascal et Barthélemy, dit « Mémé ». Tendre et violent, conciliant et coléreux, Roger tenait ses filles pour le plus grand bonheur des chefs voyous. Tout allait bien sous le soleil de Provence : l'argent coulait à flots, le code d'honneur entre malfrats désamorçait les querelles et, quand elles étaient gentilles, les filles offraient des bonus au jeune maquereau. Mais tout cela avait volé en éclats en même temps que la paix. L'occupation allemande avait bouleversé le petit monde des malfrats marseillais, de guerres de territoires on était passé à la guerre tout court. Le camp adverse, celui des chefs historiques du milieu marseillais Carbone et Spirito, s'était engagé dans la collaboration avec les Allemands. Tandis que Mémé Guérini décapitait les collabos, Antoine et Pascal avaient monté une filière de fuite des clandestins vers la Corse et l'Afrique du Nord. Pris dans l'engrenage de la nouvelle guerre, où les canonnades allemandes rasant le Vieux-Port avaient remplacé les duels au cran d'arrêt, Roger avait tenté de sauvegarder son petit monde tranquille. Or les sanglants règlements de comptes entre les deux clans désormais politiquement adverses et les représailles nazies l'avaient emporté loin dans la tourmente de l'époque. Lié par serment aux Guérini et soutenant pour leur compte une belle grappe de prostituées du Panier, il s'était ainsi ajouté au butin réclamé par le clan Carbone avec l'aide de la *Kommandantur*. Tombé dans un traquenard, torturé, mutilé (il y laissa dans l'arrière-salle d'un bar ses deux doigts), évadé par miracle, il avait rejoint les réseaux clandestins gérés par Mémé Guérini avant de trouver la seule cache idéale, lui donnant de surcroît l'occasion d'une belle vengeance : la campagne d'Italie, aux côtés des Alliés. Il y avait découvert une guerre moins barbare que les coups tordus des Allemands et des collabos à Marseille, malgré les massacres de la conquête, de la Sicile à Caserte, durant deux longues années de feu et de sang. Il avait noué des amitiés au front auprès des Sénégalais, Marocains, Tunisiens, Algériens et autres tirailleurs de l'Empire. Roger vit que là aussi, loin du racisme banalisé à Marseille, les « indigènes » étaient les plus exposés dans l'industrie de la guerre. Pas de repos ni de rations alimentaires réglementaires, et toujours ces réflexes de Blancs désobligeants qui reprenaient le dessus, alors qu'ensemble ils combattaient ce qui devait être l'ennemi commun. Roger ne s'était pas étonné d'entendre parler de certains « Arabes » passés chez l'ennemi. Il n'avait pas osé répliquer : « Et vous ? Vous avez vu comment vous les traitez, ces Arabes ?! » C'était la même prudence qu'il affichait à Belfort face à ses clients et à ses voisins européens. Mais il n'en pensait pas moins.

Lors d'une des crues hivernales et meurtrières de l'oued El-Harrach, il était tombé sur Hadj Brahim, ce gaillard de son âge, tranquille, qui risquait sa vie à plonger dans les coins les plus périlleux de la traverse pour sauver d'autres vies, européennes ou arabes, à la tête d'un petit groupe de jeunes des quartiers pauvres de la rive gauche qu'il commandait comme un général. Il n'avait pu l'inviter à la réception organisée par les bonnes gens du quartier en son honneur, mais ils s'étaient croisés le lendemain, après la fermeture de l'établissement, et ils avaient pu échanger leurs souvenirs de la campagne d'Italie. Roger avait parlé librement pour la première fois depuis son arrivée en Algérie. Ç'avait été un soulagement. Il lui avait raconté toute son histoire d'une traite : Marseille, les putes, les deux doigts, ses parents disparus trop tôt, la boue de la guerre… Hadj Brahim lui avait révélé son engagement chez les scouts musulmans, ses colères face au déni de dignité, le policier qui avait giflé son père en sa présence et le regard de ce dernier qui l'avait marqué à tout jamais : « Ce n'est pas une question d'Arabe et d'Européen, c'est une question de dignité. » Mais Hadj Brahim ne lui avait pas révélé – encore – son engagement au Parti du peuple algérien, sa volonté de créer des groupes armés, ses plans de braquage de la poste de Maison-Carrée pour la cause, sa mise au vert après le démantèlement de l'Organisation spéciale, la cruelle désillusion après les massacres de Sétif et son désir d'en découdre une fois pour toutes pour ne plus croiser le regard abattu de son père.

Roger avait presque deviné tout cela dans les silences de son ami. Son premier ami depuis très longtemps.

23

L'entrée de Hadj Brahim dans le café Le Cercle attira le regard désapprobateur des quelques habitués européens. Regards hostiles envers l'Arabe qui s'attabla dans un coin discret, et regards courroucés envers Trois-Doigts. La tension était accentuée pour ce dernier : la visite matinale de son ami, boîte à chaussures sous le bras, n'augurait rien de bon au lendemain d'un énième attentat antiarabe. Roger lâcha son journal et se dirigea vers Hadj Brahim.

– Alors, tu vas me déboucher cette chaufferie ?! Je t'attends depuis des heures !

Le ton se voulait hautain, la voix assez audible pour être entendue de tous et rassurer les autres clients.

Hadj Brahim se leva et suivit Roger dans l'arrière-salle sans un mot.

– Putain, les salauds, depuis ce matin je me tape leurs cris de joie après l'attentat d'hier. Fumiers ! attaqua Roger dès qu'ils se trouvèrent isolés derrière la massive porte en bois.

Hadj Brahim s'assit sur une caisse de vin dans le réduit à l'odeur de renfermé. Son ami qui suintait l'angoisse par tous les pores enchaîna :

– Il paraît que le tireur est un ancien légionnaire, un Slave, et qu'il s'est barré tranquillement après l'attentat en se réfugiant en plein centre-ville.

– Ça gronde en bas, lâcha Hadj Brahim en fixant le gaillard.

– Ah ça, ça ne m'étonne pas ! Et bien sûr, toi tu veux foncer dans le tas la tête la première, alors que la ville est aux mains de l'OAS et des flics.

– On n'a pas le choix, Roger.

– Merde, murmura l'ancien malfrat en ôtant une brique creuse du mur, libérant un renfoncement.

Un petit coffre y était incrusté. Roger en tira une boîte à chaussures identique à celle, vide, qu'avait apportée Hadj Brahim.

– Les dernières, grimaça Roger. Sortons, faut pas tarder.

– *Sahit.*

Roger revint derrière son comptoir et fit mine de poursuivre la lecture de son journal. Mais ses pensées étaient loin des faits divers et des résultats des courses, son inquiétude était maintenant à son paroxysme. Il savait que Hadj Brahim allait tenter le tout pour le tout, n'avait-il pas osé venir le voir en plein jour ? L'affaire devait être urgente. Suicidaire même, pensa Roger. Il avait remis à son ami un Colt .45 et une grenade du vieux stock américain datant du débarquement des Alliés en Afrique du Nord. Depuis l'engagement de Hadj Brahim, et contre l'avis de tous ses camarades, Roger avait été intégré à l'Organisation : cache d'armes et renseignements.

Ponctuel, le commissaire Hubert Clément commanda son premier café de la journée au comptoir du bar de L'Oasis, près des HLM, à 7 h 45, en dépliant son journal. Cinq clients s'appuyaient sur le vieux comptoir en zinc et six autres partageaient les tables de la petite salle. Quand Farès et Aliouet foncèrent dans le café armes au poing, ils ne virent pas tout de suite que les clients et Clément cachaient leurs pistolets sous leurs vestes, parés pour l'attaque. Ils n'avaient pas non plus remarqué qu'une Citroën Traction, conduite par le jeune Zoubir accompagné de Hadj Brahim sur la banquette arrière, mitraillette MAT 49 sur les genoux et grenade à la main, était arrêtée à quelques mètres de l'entrée du café, moteur tournant. Les clients du café dégainèrent. Ainsi que le commissaire Clément, passé dans le camp des ultras et précieux complice des commandos OAS. Inutile de disposer de preuves de son implication dans le massacre du bus. Il suffisait à Hadj Brahim de trouver une cible, un symbole de la complicité généralisée avec l'OAS pour agir. Mais il avait conscience des lacunes de son plan. Il avait décidé de ne pas engager directement Zoubir dans le commando des tireurs parce que ce dernier était par trop enthousiaste et emporté. Un risque de plus pour une opération trop vite montée dans un contexte défavorable. Autre faiblesse : Aliouet. Un des rares membres de l'Organisation à avoir échappé avec lui au rouleau compresseur des paras après la chute de la Casbah, épicentre de la bataille d'Alger en 1957. Mais voilà, malgré l'engagement sincère d'Aliouet, jeune boulanger d'El-Harrach centre, et son activisme armé depuis le début, en 1954, il y avait un hic. Hadj Brahim avait de sérieux doutes sur la disparition de son unique fils de dix-sept ans, Rezzaq. Aliouet soutenait que son aîné avait fui Alger pour Constantine en vue d'une meilleure vie avec ses nouveaux beaux-parents. Mais quelque chose en Hadj Brahim refusait cette explication. Manquant de temps et d'effectif, il avait engagé Aliouet tout en se ménageant une étroite – et risquée – marge de manœuvre. D'où la voiture postée à proximité. D'où la grenade défensive américaine, fatale en espace clos. Hadj Brahim pouvait toujours compter sur Farès mais l'attentat était déjà un risque à tous les niveaux. Une fois encore, Hadj Brahim n'avait pas le choix.

Farès et Aliouet se trouvèrent l'espace d'une interminable seconde face aux canons des « clients » du café. C'était la fin. Ils ne pensèrent à rien. Ni à une trahison, ni à ce qui avait foiré dans l'organisation de l'attentat. Zoubir lança la Citroën Traction à pleins gaz, escaladant le trottoir pour bloquer l'entrée du café, Hadj Brahim ouvrit la portière arrière où s'engouffrèrent Aliouet et Farès. Les policiers visèrent les portières mais avant leur premier coup de feu, Hadj Brahim tira une rafale de son vieux MAT 49 trente-deux coups, balayant l'espace restreint du comptoir, avant de jeter la grenade quand Zoubir démarra en trombe vers la cache, l'ancien abri souterrain de la rue Bougeaud. Fracas. Pneus hurlants. Yeux révulsés de Farès et d'Aliouet. Jurons de Zoubir au volant. Calme détermination chez Hadj Brahim qui déjà pensait à l'après. La vieille grenade défensive américaine explosa trois secondes après la fuite. Le MAT 49 et la grenade auront fait six morts, dont le commissaire Clément. Hadj Brahim visait très bien.

24

Dans la semi-obscurité de l'abri désaffecté, Hadj Brahim se leva et alla s'agenouiller devant Aliouet. Il lui murmura à l'oreille :

– Ton fils est chez les paras. Ils sont venus le prendre il y a quinze jours. Ils sont venus à minuit, ils ont cassé ta porte et l'ont pris dans un sac porté par le seul bras d'un des paras, tellement qu'il est petit, Rezzaq, ton fils. Je sais qu'ils ont débarqué de nuit. Je sais qu'un para géant l'a kidnappé et l'a pris sous son bras dans un sac de jute comme un vulgaire bout de viande. Je sais qu'ils te tiennent. Je sais que c'est toi qui nous as vendus. Tu as mis en danger la dernière cellule active de l'Organisation.

À côté, Farès entendait le murmure et la voix calme et presque détachée de Hadj Brahim, ainsi que les sanglots étouffés d'Aliouet.

De l'autre côté de l'espace réduit, le jeune Zoubir se leva. Hadj Brahim, sans tourner la tête, lui enjoignit l'ordre de se rasseoir d'un geste sec de la main. Aliouet sanglotait, la bouche de Hadj Brahim tout près de son oreille. Les paras, les policiers et les Européens grouillaient à proximité de l'abri. Hadj Brahim se mit derrière l'homme ligoté, détacha son couteau de son mollet droit, agrippa Aliouet par les cheveux et lui trancha la gorge d'un coup, faisant jaillir le sang sur le mur. Farès était tout près, à genoux, lui aussi ligoté.

Le chef du groupe se leva et regarda Zoubir horrifié. Horrifié et déçu de voir son rival, ce petit bourgeois de Farès, s'en sortir. Il haïssait Farès : il était son opposé. Instruit, d'une famille aisée, affable, belle allure de jeune premier. Son engagement inconditionnel dans la cause faisait de lui un homme irréprochable.

Hadj Brahim abandonna le corps convulsé à terre et se leva.

Seule l'image de sa femme et de sa maison qu'il devait abandonner s'imprima sur sa rétine. Il n'avait toujours pas le choix.

– Détache Farès et attendons le soir pour rejoindre Palestro en voiture. On n'a plus rien à faire ici.

1994

« Il faut faire
quelque chose. »

25

– Il est bien ce Aybak, il me rappelle ma jeunesse dans les services spéciaux, mais Zoubir ! Il m'agace. Trop militaire. Quant à Qaher, c'est un flic, dans le sens le plus plat du terme, ce qui me donne envie de vomir.

Dans le salon du yacht amiral au milieu de la baie d'Alger, le général Structure dégustait son thé matinal face à son collègue, le général Sanctuaire, momifié dans un fauteuil en osier, le teint gris, le visage à moitié caché par son appareil d'assistance respiratoire. Posé sur une console à portée de main, le poste radio crachait non-stop les échanges entre tous les postes de commandement.

– Ses propositions… à Aybak… sont très intéressantes… mais il nous faut… moduler encore plus… notre dispositif… En somme… Aybak réfléchit… Zoubir frappe… et Qaher ramasse la merde…

– Si tu veux, oui, soupira Structure, dissimulant son dégoût pour le raisonnement de son binôme, qui parlait difficilement à travers l'appareil respiratoire, la voix reproduisant le rythme de la pompe à oxygène branchée sur sa bouche et son nez, voix caverneuse, d'outre-tombe.

Structure posa sa tasse de thé et ouvrit le dossier posé sur la table.

– Oui, facile à dire, mais tu vois, moi j'ai toutes les peines du monde à convaincre l'état-major et la présidence à chaque engagement militaire. Tiens, hier, après l'attentat contre les policiers à Lavigerie, j'ai dû batailler avec la première région militaire pour libérer des troupes et entamer un ratissage à Alger-Est. Et ils ne me posent jamais les bonnes questions, sur les règles d'engagement, par exemple, en milieu civil ! Non, jamais ! Tout ce qui leur importe c'est « comment ça va être perçu par nos partenaires étrangers ? » ! Putain, deux ans de combats et ces messieurs ne veulent pas admettre qu'on est juste en… guerre. Faut pas effrayer nos partenaires étrangers, me disent-ils ! Merde à la fin, c'est nous qui gérons nos alliances et nos ennemis, ici et à l'étranger !

– Ajuste-moi l'oxygène… Là… La touche verte…

Structure se leva et considéra un moment les différents boutons et différentes vannes de l'appareil. Il trouva la valve et l'ouvrit jusqu'à ce que le Moribond lui signifie d'arrêter d'un geste impatient de son bras criblé de perfusions.

– Tu t'énerves et ton corps te suit, attention, général !

– Ils… ces salauds sont des carriéristes… ils n'ont pas les mains… dans le cambouis… nous avons monté une machine… et elle doit fonctionner…

– Calme-toi, j'ai pas envie que tu clamses là maintenant, nous avons tellement à faire : la bulle subversive explose, des couvre-feux sont instaurés par les tangos dans la Mitidja et à Aïn Defla. Le maquis ne nous pose aucun problème, mais c'est dans les villes que la situation m'inquiète.

– Ce nouveau… ce nouveau groupe ?

– Oui, dans le maquis on a beaucoup tiré profit des guéguerres MIA-GIA, on les a un peu aidés avec le Labo qui fabriquait de faux communiqués des uns contre les autres. Ça a décimé ferme ! Quarante cadavres de terros à Chréah qu'on a ramassés sans tirer une seule balle.

– Le Labo… encore une idée… idée brillante… de ton protégé… Aybak !

– Oui, il suffisait de relancer les repentis qu'on avait sous la main et de travailler avec de bons infographistes. Le reste, c'est comme un poison distillé dans un corps. Ça a très bien marché.

– Parle-moi… de ce nouveau groupe…

– C'est dans le rapport que m'a remis Aybak avant-hier, vingt-quatre heures avant l'attaque de Lavigerie. Nous n'avons aucun communiqué et les interrogatoires poussés n'ont rien donné, mais je fais confiance à l'intuition d'Aybak. Ces salauds veulent rééditer une sorte de « bataille d'Alger », en s'appuyant sur des réseaux invisibles, des gens non répertoriés au FIS ou ailleurs, des sous-marins fantomatiques en milieu urbain. Un vrai cauchemar. Toutes les zones calmes d'Alger-Est, Beaulieu, Belfort, Lavigerie, El-Harrach centre, Bab Ezzouar… Tous ces quartiers tranquilles, habités par des cadres, contrôlés par des commissariats de quartier très compétents – en apparence bien sûr, tu les connais les flics, ils fricotent trop avec les civils, c'est pour ça qu'ils tombent comme des mouches –, ces quartiers étaient une base de repli et de réorganisation idéale pour lancer la prochaine guerre…

– La prochaine… la prochaine guerre ? s'étouffa Sanctuaire.

– Oui. C'est le nouveau défi. Heureusement, avec le projet d'Aybak que nous avons défendu au Haut Conseil de sécurité l'hiver dernier, celui de fédérer plusieurs services policiers et militaires en unités légères, mobiles, nous avons pu limiter les dégâts. Mais le danger est là. En parallèle, certains au commandement pensent qu'il faut commencer à armer des civils…

– Armer les civils ?… Et qui pense à ça ?

– Tout le monde et personne, comme d'habitude, lâcha Structure avec légèreté, comme s'il parlait du temps.

– Oui… et cette nouvelle guerre…

Sanctuaire suffoqua, le bip de son appareil s'affola en alarmes stridentes. Structure appela l'infirmier militaire, un lieutenant, qui déboula en uniforme, se précipita sur les boutons de l'appareil d'assistance respiratoire et régla quelques mesures, la main posée sur le cœur du Moribond.

– Je vous avais dit de ne pas le stresser ! objecta l'infirmier sans regarder Structure.

– Tu te fous de moi, lieutenant ?! On est en guerre !

Structure abandonna le général éternellement agonisant aux soins de l'infirmier et grimpa sur le pont arrière du yacht, découvrant face à lui la lumière qui inondait la cascade en pierre d'Alger.

Même l'air marin n'y faisait rien, Structure suffoquait sur ce navire, dans cette baie pourtant ouverte sur l'horizon. Il devait supporter ce cadavre, être sous ses ordres alors qu'il était mort et non enterré… Il le supportait lui et les autres à l'état-major, à la présidence, ces conseillers militaires carriéristes, caractériels, ces salauds qui avaient gagné leurs grades sans aucune victoire, sans faire une seule guerre. Or, lui, la guerre, il la faisait, en deux ans il était plus monté en grade qu'eux en quarante ans. Parce qu'il se battait. Contre eux tous en définitive, les bureaucrates médaillés pour rien et les terros qui lui donnaient du fil à retordre. Tellement d'énergie à leur faire accepter l'évidence même : restructurer les services et les forces de frappe, réaménager radicalement la sécurité des frontières face aux Libyens et aux Marocains, batailler avec leurs partenaires coréens, sud-africains et russes pour alléger les brigades et les muer en divisions, assouplir la chaîne de commandement et former de nouvelles troupes spéciales en moins de deux ans puis les ventiler sur tout le territoire. Tout ça, Structure l'avait accompli, sa femme ne l'ayant que rarement vu durant neuf longs mois, le temps d'une gestation. Et ce Moribond, cette momie pharaonique qui s'appropriait sans vergogne ses exploits. Moribond avait quatre enfants, dont trois étudiaient aux États-Unis et un quatrième en France dans un lycée catholique privé à Marseille. Et lui, Structure ? Eh bien lui n'avait qu'à crever au boulot et à porter toute cette merde. Récurer leur merde. La ressentir partout en lui. L'autre jour, Sanctuaire avait même osé lui demander : « Combien y a eu de pertes lors des interrogatoires ? », et Structure avait repris du whisky pour affronter cette énième effronterie, avant de répondre, alors qu'il avait les statistiques quotidiennes en tête : « Je ne peux pas préciser. Beaucoup ? Peu ? Les nôtres sont à bout, en face aussi. Des gens crèvent, c'est comme ça. Et je ne vais pas jouer la nounou dans les salles d'interrogatoire. » Il avait compris à la question sibylline de Sanctuaire que c'était à lui, à l'avenir, de tout porter. Nom de Dieu, comme si la question était là. C'était donc à Structure, l'opérationnel, d'assumer les conséquences de la lutte, c'était lui qui devait présenter les bilans des pertes devant l'état-major ou les autorités civiles qui préféraient ne pas trop savoir. C'était lui le fusible qui sauterait en temps voulu, quand tout ce sang menacerait d'éclabousser ses chefs. Demain, dans dix ans, pour l'histoire, ou dans les rapports du Département d'État des États-Unis d'Amérique ! Il refusait de jouer à ce jeu-là, aux joutes politiciennes du Moribond pour garder son pouvoir, sous son coussin de cadavre. La puissance. Le pays tout entier. On avait fait de lui une machine, durant des années. Un patriote. Pas une pute des politiques, de ces civils qui, répétait-il, les avaient mis dans la merde jusqu'au cou malgré leurs avertissements. Il pensait « nos avertissements », mais il n'oubliait pas, pour sa survie, que les premiers à les trahir avaient été leurs chefs glorifiés. C'est pour cela qu'il avait choisi de prendre Aybak sous son aile, cet officier fougueux et froid. Les années de formation en URSS n'avaient pas forgé dans son âme un idéologue mais une machine à réfléchir. En fait, il se pouvait qu'il devienne, à terme, son plus dangereux ennemi, tant sa compétence forçait son admiration, et lui ouvrait toutes les voies pour balayer ses chefs. Mais, la guerre ayant imposé sa logique de merde, Structure soutenait Aybak, le protégeait ; il avait pu construire tout un arsenal avec ses propositions, ses théories, jamais contredites. Il se souvenait de ce projet déposé par Aybak sur son bureau il y avait un an et demi et qui avait changé la face de la guerre : créer un commandement unique pour des services policiers et militaires qui étaient à l'époque hétérogènes. Bizarrement, et peut-être pour titiller la curiosité de Structure, sachant sa passion pour les arts antiques de la guerre étudiés à Moscou et à Paris, Aybak avait osé introduire dans son rapport une savante et lourde digression sur l'avantage tactique d'Alexandre le Grand sur les armées perses ! Rien que ça ! Il était bien évident que Structure ne pouvait montrer cela à ses collègues majoritairement incultes des services ou de l'état-major. Mais cette audace l'avait intéressé. En somme, Aybak développait deux convergences opérationnelles : en premier lieu, Alexandre le Grand avait eu le génie de réformer son armée en mobilisant des troupes très hétérogènes – fournies par différentes cités grecques, thessaliennes, thraces… –, non seulement par souci d'intégration politique mais surtout pour tirer profit de chaque spécificité du corps combattant, et former ainsi une armée nourrie des spécialités de chaque élite militaire. « Choisir ce qu'il y a de meilleur dans la police, l'armée, la gendarmerie et les services spéciaux, mettre tout ça dans une seule unité opérationnelle, commandée par un seul état-major mixte », expliquait Aybak dans son projet dactylographié et relié avec soin. D'où la naissance du « Poste opérationnel de commandement », le POC. Mais la plus importante des idées d'Aybak avait été d'adapter la tactique du Macédonien. Tactique qui consiste à organiser ses troupes sur le champ de bataille de manière inédite, surprenante, pour désarçonner l'ennemi. Là, les faucons du commandement de l'infanterie l'avaient adoubé. Chez les paras de Biskra, la devise n'est-elle pas « Jaillir là où on nous attend le moins » ?

Il savait qu'il pouvait compter sur Aybak et son équipe, les Qaher et Sellami, pour mener la guerre sur deux fronts : la lutte antiterroriste, non officielle puisqu'ils combattaient une « subversion » dans le cadre du maintien de l'ordre, et la guerre contre ses propres chefs qui le pressaient comme un citron et le sacrifieraient dès que le vent tournerait.

– Mon général, il va mieux.

L'infirmier coupa net les pensées de Structure qui ne voyait plus Alger en face, plongé dans ses parallèles entre plans de bataille antiques, brouillons d'organigrammes élaborés dans le secret paranoïaque des bureaux capitonnés du ministère de la Défense, et ses guerres multiples aux fronts ouverts, comme ici sur le yacht du Moribond.

– Excusez-moi d'insister, mais, s'il vous plaît, mon général, faites attention : quand son rythme cardiaque s'accélère, il est tout de suite dans le rouge, le cerveau n'est irrigué qu'artificiellement et…

– OK, lieutenant, coupa Structure en empruntant l'escalier qui séparait le pont du salon, je vais lui chanter une comptine !

26

– Le nœud, c'est cela l'objectif prioritaire.

– Oui, c'est ton obsession, que tu as réussi à coller aux gens du « yacht », rétorqua Zoubir avec une pointe d'ironie.

Dans la pénombre de la cour centrale de leur caserne fortifiée, Zoubir et Aybak marchaient côte à côte en fumant.

– C'est très agréable sur ce yacht, poursuivit Aybak sans relever l'observation de son collègue. La vue sur Alger depuis le milieu de la baie est très belle, et tout a été prévu pour nos chers chefs : cuisine équipée, serveurs, trois secrétaires et deux aides de camp, stations radio… Tu savais que le mot « yacht » venait du néerlandais *jacht*, qui veut dire « navire de guerre » ?

– Et tu crois que ça les aide à faire oublier à l'état-major leur putain de paranoïa ?

Aybak sourit.

Les deux chefs des services secrets et d'actions, les généraux Structure et Sanctuaire le Moribond, avaient décidé, à l'apogée des violences, d'établir leurs quartiers sur le yacht amiral du commandant de la marine au large d'Alger. Ils se sentaient à l'abri des potentiels attentats, mais surtout des possibles complots au ministère de la Défense ou ailleurs dans les arcanes de l'État. Leur isolement leur fournissait toute latitude pour superviser les opérations et pour gérer la guerre. Le haut commandement militaire y voyait une énième originalité des deux cerveaux des services. Aybak, chargé de briefer cet état-major marin, prenait chaque semaine un hors-bord de la marine, conduit chaque fois par un pilote différent.

Zoubir s'arrêta pour rallumer sa cigarette puis regarda le ciel. La lune arrondissait délicatement sa courbe gâchée par des nuages épars. L'humidité hivernale lançait de hardis assauts sur les hauteurs d'Alger depuis la baie noire. Elle pénétrait partout, glaçait les os et les articulations, desséchait le tabac de leurs cigarettes, agaçait Zoubir, ravivant sa vieille blessure au genou héritée des opérations commandos de la guerre de libération à El-Harrach. Mais l'agaçait moins que le ton doctoral d'Aybak.

– Je n'oserai pas critiquer tes méthodes, tu es l'un des meilleurs officiers de renseignement que j'aie rencontrés et j'ai appuyé ta nomination à ce poste de grand coordinateur, mais tu adoptes exactement les méthodes de Qaher et de ses flics cow-boys que tu critiques. Tu tapes dans le tas. Fort. « Battre l'herbe pour effrayer la couleuvre », comme disent les Japonais. Tu finis toujours, heureusement, par désarçonner les réseaux armés des tangos. Tu as réussi à casser trois tentatives de formation de réseau à Alger-Est, tu as récupéré de la supermatière en renseignement pour tous les services, et Structure pense même – je l'y ai encouragé – à te monter en grade. Ça sonne bien : « général Zoubir Sellami » !

Zoubir laissa passer la boutade et coupa :

– Mais ?

Aybak reprit la marche autour de la hampe du drapeau en allumant une deuxième cigarette.

– Structure et Sanctuaire pensent qu'on doit capitaliser sur les résultats, ils pensent que ça va durer, qu'il faut lire les bilans opérationnels non comme résultats, mais comme bases de travail pour les prochains mois, les prochaines années peut-être…

– Permets-moi de te couper encore une fois, mais c'est sur tes conseils qu'ils pensent ça, à moi tu peux le dire, on n'est pas en réunion générale de l'état-major à Tagarins !

– OK, OK, concéda Aybak, j'ai proposé une piste de travail, je t'avais déjà averti sur le cas de ton district, là où tu habites. Endroit calme, habité par des cadres qui, en 1990, ont élu un maire laïc alors qu'on est juste au nord d'El-Harrach, fief de nos amis barbus. Je ne vais pas te faire un dessin, c'est un quartier que tu connais mieux que quiconque. Au début, il y a juste quelques mois, j'avais peur que ce quartier présente une base arrière idéale pour les terros, mais aujourd'hui que ça barde chez toi, ça confirme une de mes théories. Regarde, Zoubir, il y a eu des assassinats dans ton voisinage, on a même essayé de te tuer en bas de chez toi ! De base arrière, El-Harrach Nord est devenu un champ de bataille, pour la simple raison que nos amis de La Montagne, la BMPJ de cow-boys détraqués, ont réussi à déstabiliser les réseaux harrachis qui se sont repliés vers Lavigerie, ton quartier, ou ailleurs, dans des endroits aussi calmes.

Zoubir ruminait, Aybak avait raison. Il en était à sa deuxième opération de « nettoyage » dans son district nord, tout près de chez lui : accrochages, découvertes de caches d'armes, arrestations musclées de membres de réseaux de soutien ou de suspects, par dizaines… La zone devenait de plus en plus dangereuse et les tangos avaient même osé s'attaquer à lui, devant chez lui.

Aybak poursuivit :

– Il y a un centre, un nœud de réseaux qui a été forcé de revoir à la hâte ses plans, ses frappes, grâce justement à tes coups de pied dans la fourmilière. Tu vois ? Ce que tu as réussi à décimer à El-Harrach s'est vite régénéré à Lavigerie ou à Bab Ezzouar. Il y a un réseau qu'on n'a pas pu atteindre parce que le nœud, le centre de décision et de liaison de cette toile d'araignée, nous échappe. Nous nous sommes beaucoup adaptés à leur logique, mais je crois qu'eux, en face, ont fait de même. J'ai reconstitué tous nos bilans sur place et j'ai modulé un calcul précis. Ces enfoirés ont un rythme régulier, clair, qui ne peut être décidé par leurs chefs dans le maquis. Ils s'adaptent trop vite. Commandos volants, un coup par semaine, armes légères, vols de scanners-radio, frappes étudiées, organisation du repli, rien que l'opération dont tu as été la cible nous renseigne sur leur capacité opérationnelle, supérieure à ce qu'on connaissait jusqu'à présent quand ils butaient des flics. Le réseau a migré et a gagné en puissance de feu. Quelqu'un l'a décidé, l'a planifié, pour répondre à tes coups de boutoir, un centre de décision mouvant et réactif, déconnecté du maquis, intelligent, ton vrai cauchemar !

Zoubir ravala sa hargne et répliqua :

– Qu'en dit Qaher ?

– Qaher est mourant.

Zoubir s'immobilisa. Son premier réflexe fut de casser la gueule à ce tout-puissant Aybak qui savait tout, qui avait l'oreille de Structure, qui remettait en question sa stratégie de frappe, qui savait que Qaher était mourant alors que lui était maintenu à l'écart des secrets d'alcôve.

– Qaher est fort, très fort, il gère l'ingérable, une meute de flics surexcités qui tirent sur tout ce qui bouge, qui collectionnent les bavures sans se couvrir comme nous. C'est une question de discipline.

Aybak s'arrêta un moment de parler, regarda le sol.

– Qaher est en phase terminale, un cancer de la prostate, lâcha-t-il en jetant rageusement sa cigarette. Il a pissé dans son pantalon la dernière fois au bureau. Et là il me l'a dit, il ne voulait en parler à personne. Qaher veut aller jusqu'au bout, mais…

Aybak lança son bras en un geste de défaitisme violent et ajouta :

– Mais ce putain de bout du tunnel on ne le voit pas, on ne le verra peut-être jamais…

Zoubir dépassa Aybak et se dirigea vers l'entrée du bâtiment gris, plantant là son collègue.

– *Qawwad !* Va te faire foutre, Aybak !

27

Lointain bruit sec. Comme une benne de camion qui retombe subitement. Amin posa sa tasse de café et sortit sur le balcon, laissant sa mère seule à la petite table de la cuisine. Rien d'anormal dans le quartier. Ça paraissait venir de loin. Il tendit l'oreille pour récolter un indice, des bruits de course ou des cris quelque part. Par l'expérience acquise ces deux dernières années, Amin était certain qu'il s'agissait d'une explosion. Le bruit sec qui tonnait, l'air comme aspiré d'un coup, l'absence soudaine d'oiseaux dans le ciel. Parfois, l'odeur. Quand l'explosion avait lieu à proximité, l'odeur de métal, de plastique et de chair brûlée empestait l'air, agressait les poumons et l'imagination. On imaginait les corps calcinés en quelques secondes par le souffle infernal.

– *Boumba*, dit Amin calmement et gravement à sa mère encore à table.

Une troisième tasse vide signalait le passage très matinal du père qui prenait toujours son petit déjeuner debout, le talkie-walkie posé sur la table vociférant ses litanies de guerre. Hassniya détestait ce rituel et préférait se recoucher après avoir préparé le breuvage de son mari.

– Que Dieu nous préserve, lâcha presque mécaniquement sa mère qui avait revu à la baisse son dispositif de protection maternelle depuis les bombes et les assassinats, les rafles et les bavures, se contentant d'être rassurée par le fait que : 1/ l'explosion paraissait lointaine ; 2/ son fils se trouvait à la maison, en face d'elle, en chair, en os et en pyjama.

Pour son mari Zoubir, elle avait déjà épuisé son stock de crainte, de paranoïa et de pleurs en secret. Elle n'avait plus d'inquiétude. Elle avait expiré toutes ses peurs durant les deux années précédentes. Il n'y avait plus rien à racler, tout avait été dilapidé au cours de ces dernières années d'horreurs.

À peine Amin se rassit en face du regard vide de sa mère qu'un second et puissant écho parvint à leurs oreilles.

Comme si El-Harrach subissait un bombardement.

À 7 heures du matin, une voiture garée explosa rue Ahmed-Hamidouche, près du carrefour derrière la Daïra, à quelques dizaines de mètres du petit commissariat de quartier, soufflant au passage le carrefour et toute une partie de la vieille bâtisse qui abritait au coin un café, criblant de morceaux de métal brûlant les murs du collège Laverdet en face.

Vingt minutes plus tard, à deux cents mètres du premier attentat, l'explosion d'une camionnette piégée réduisit à l'état de gravats la centrale téléphonique de la ville et l'ancienne salle de boxe, là où s'étaient rencontrés il y a plus de cinquante ans Farès et Zoubir.

L'explosion créa comme une rupture dans l'espace et le temps. On se l'imaginait ainsi. Une rupture. Quelque chose qui se casse dans le fil de la vie, dans le cheminement que trace la mémoire. Elle brise la ligne du temps comme elle brise les os. L'explosion a une odeur de baptême, une régénération. On efface tout dans la violence extrême de quelques secondes pour tout recommencer. La bombe est l'ultime mode de communication. *Boumba*. Comme pour dire : « Je ne mets pas une bombe pour vous parler, mais pour tuer, et ainsi vous parler à travers ceux que j'ai tués. Au travers des murs que j'ai abattus, avec ce souffle qui a raté vos enfants qui allaient partir à l'école ou au collège, à Laverdet, à Boumati ou ailleurs, juste à la portée de la charge de l'explosif artisanal, fait d'engrais ou de tubes d'acétylène, de dynamite volée dans les mines… »

Zoubir, excédé, enfila son gilet pare-balles en criant dans le talkie-walkie :

– Fermez-moi tout ce putain de secteur ! Rien à foutre des ambulances et des civils ! Fermez, nom de Dieu ! Et je veux deux unités de paras en hélicos maintenant sur Bachdjerrah et Boumati pour encercler la ville ! J'arrive, merde, ouiiiiiii bordel !

Aybak le regardait d'un air amusé.

– C'est presque une bonne chose !

Zoubir pivota sur lui-même en posant violemment son talkie-walkie sur la table, à le faire éclater.

– Tu déconnes ?!

– Pas le temps de déconner, Zoubir, mais en commettant des attentats d'une telle envergure, ils se grillent ; chaque bombe laisse un maximum de pistes pour nous, on n'a plus qu'à se baisser pour ramasser les indices. Ça veut dire qu'ils partent, c'est leur baroud d'honneur en quelque sorte, de telles opérations exposent leurs cellules à El-Harrach, leurs planques, leurs réseaux de logistique, leurs plans de repli… Ils frappent un grand coup puis s'en vont !

– Libère-moi deux unités de paras stationnées à Douaouda. Ton accord, c'est tout ce que je veux entendre pour l'instant…

Aybak sourit en lui tournant le dos, parlant tout bas : « Finalement, ce Zoubir manque cruellement de discernement, et c'est pas en déboulant à El-Harrach avec ses gros sabots qu'il aura des résultats. Au maximum, il coincera deux ou trois seconds couteaux, pas plus. »

Dès que Zoubir quitta le bureau en courant, le gilet pare-balles à moitié enfilé, emportant armes de poing et kalachnikov,

Aybak appela l'officier radio et transmit l'ordre d'engager deux unités de parachutistes stationnées à Douaouda et demanda ensuite à entrer en liaison avec le yacht.

– Oui mon général… C'est un bordel incroyable… Zulu va faire le ménage… Exactement, cela confirme ce que je vous ai déjà dit… Oui, bien sûr, on fera le nécessaire, El-Harrach sera ratissé dans moins d'une heure, Zulu connaît très bien, il est de là-bas… Oui, deux unités, les hommes de Québec et des flics enragés lancés partout… C'est fait… À vos ordres… les rafler tous, bien sûr que toute la ville est complice de ces salauds… Oui, bien sûr qu'on sera sans pitié… On va nettoyer sec… Briser les os, oui… Mes respects, mon général.

Aybak devina que Structure était certainement gêné par les questions pressantes de la momie vivante, l'autre chef des services, Sanctuaire.

Amin attendit le début de l'après-midi pour tromper la vigilance de sa mère, courir à travers Belle-Vue puis les hauteurs d'El-Harrach, en évitant soigneusement les contrôles fréquents et nerveux des militaires et des policiers, et rejoindre l'épicentre de la dévastation matinale. De nombreux badauds s'étaient amassés autour des bâtisses criblées de débris. Bombes soigneusement réalisées – les artificiers de Zoubir l'analyseraient – avec des plaques d'acier qui brûlent en quelques microsecondes pour orienter la charge, condensent la hargne du gaz qui veut absolument se libérer en une violente et aveuglante déflagration, projetant colère et morceaux métalliques d'une dizaine de centimètres de diamètre, fauchant dans leur fatal envol vies, murs, espace, souffle, matinée et paix fragile. Amin bifurqua à gauche du carrefour et tourna en rond. Où allait-il retrouver Kahina alors qu'il était censé ne pas connaître son adresse ? Arrivé en bordure du square Ben-Badis, le magnifique square dont la plaque annonçait la date incroyable de son inauguration, 1881, avec son vieux kiosque d'orchestre et ses palmiers l'ombrageant, il aperçut Kahina assise sur l'un des bancs massifs. Elle se tenait la tête entre les mains et se laissait réconforter par une autre fille, qui l'enserrait de ses bras. Amin reconnut Farida, qu'il avait vue plusieurs fois venir la chercher en voiture à la sortie des cours du soir et que Kahina lui avait présentée comme étant une voisine, amie d'enfance, aujourd'hui élève à l'école de police. Amin jalousait son attitude protectrice à l'égard de sa bien-aimée, et l'autre le lui rendait bien en lui claquant à la figure la portière de sa petite voiture dans le soir humide face au lycée, ne respectant même pas – au regard d'Amin – la délicate phase de séparation avec Kahina. Et ce geste-là, ce bras de Farida autour des épaules de Kahina, était d'une telle sensualité, il les enfermait dans une telle intimité qu'Amin resta interdit à l'entrée du square, caché par les grillages verts.

Amin resta là, oubliant l'apocalypse autour d'eux qui poussait les Harrachis à se barricader chez eux en attendant que l'ouragan Zoubir passe avec ses hommes, ses rafales tirées en l'air, ses 4 × 4 lancés à toute allure et ses passages à tabac dans les fourgons stationnés juste sous leurs fenêtres. La violence pour Amin, ce jour-là, tenait à ce bras féminin autour des épaules de son amour, au milieu du square baigné de silence, à une rue de l'impact, à une rue du domicile de Kahina. Plus que les coups de crosse, que la perspective du cachot, que la déflagration mutilante, la tendresse du bras délicatement posé sur les épaules de sa bien-aimée était la pire des violences. Ce bras nonchalamment posé mais surtout, cette imperceptible caresse des doigts sur une épaule. Une caresse.

Un coup de gyrophare le fit sursauter et l'exposa en pleine lumière : le bras ne se retira pas à sa vue, et le regard de Kahina remonta lentement, une éternité le martyrisant alors qu'il était plein d'inquiétude et de doutes.

– Ça va, Kahina ? bredouilla-t-il.

Kahina leva ses yeux amandes. Amandes sanguines, rougies à cause des pleurs, du sang qui s'affole et qui semble vouloir jaillir comme d'un volcan austral.

– Tu m'as retrouvée ?

Était-ce un reproche ? Un piège ? Amin ne savait plus. Il était envahi par la jalousie et ne ressentait même plus de détresse face à la bombe. La belle Farida, garçonne aux seins saillants sous un pull violet, se tenait immobile et dardait sur lui un regard plein de défi. C'est en tout cas ainsi qu'il l'interprétait. Tous ses doutes se cristallisaient autour de ce pressentiment d'infidélité qu'il nourrissait de colères sourdes, et qui maintenant prenait corps. Ce satané bras blanc annulait toutes les morts et mutilations du matin car, là et pour la vie, le mutilé c'était lui, Amin, et la mort était en lui comme un poison qui menaçait son amour, sa naïveté.

– Je… Je…

Son regard allait de Kahina, qui le fixait, à l'autre dont les yeux se chargeaient d'une franche et explicite hostilité.

– Je ne savais pas où tu habitais… J'étais si inquiet ! Je me disais, je descends et je tourne dans le quartier, je ne sais pas, je ne pouvais pas rester sans te chercher et te voir, avoir de tes nouvelles, le téléphone chez toi sonnait dans le vide…

Kahina lui lança un regard inédit, mêlé de colère et d'ironie.

– Tout le monde est sorti chercher son frère, lâcha Farida sèchement. Ils le croyaient à la salle de sport à côté de la bombe des PTT.

La haine s'installa. Une haine prétexte, confluent de tous les ruisseaux qui irriguaient sa paranoïa d'adultère, ses doutes sur ce frère barbu si discret, la présence si intime de cette Farida, la guerre, la bombe, les bombes, les assassinats de plus en plus rapprochés, le pays tout entier qui plongeait la tête la première dans la violence de tous les jours, suintante, qui imprégnait même la peau.

– Il va… bien ?

La question ressemblait à une accusation. La question était une accusation. Amin ne pouvait s'en empêcher. La ligne de front d'une nouvelle guerre commençait à se dessiner là, dans ce jardin tranquille face à ce bras et à cette caresse. Les cœurs, les yeux et les intentions s'étaient mués en artillerie et en tranchées.

– Heureusement qu'il s'est absenté ce matin, il avait des papiers à récupérer à la mairie…

Farida tirait à la mitrailleuse lourde. Amin lui promettait une sanglante riposte. « C'est ce que je vais vérifier, mes deux poules », ricana-t-il intérieurement, avec toute la haine fraîchement acquise qui faisait son lit dans un continent de colère, comme le relief d'un volcan. « Tous des traîtres, tous des assassins, tous complotent contre le pays et notre peau. »

– Je ne sais même pas où tu habites, c'est normal ça ?

Il fallait bien tenter quelques balles contre le camp ennemi, pour tester la portée et les dégâts.

Kahina le fixa un moment, Farida ne regardait qu'elle et maintenait son bras autour de son amie, ses doigts cessèrent leur caresse, mais restèrent là, sur l'avant-bras, comme une frontière, un barbelé le long d'une frontière. Et ce regard encourageait Kahina à franchir un gué. Amin le ressentit puis prit en pleine gueule :

– Et moi, je sais ce que fait ton père ? En fait je le sais, tu m'as menti. Tu me l'as caché. *Wech*, moi aussi je suis une terroriste ?

Ainsi la ligne de front se fixa définitivement sur le champ de bataille des uns et des autres et il ne s'agissait plus de tirs d'ajustement.

28

– *Hadarat*, je peux te parler ?

L'adjoint du colonel avait du mal à le rattraper, trottinant comme il le pouvait après les rapides enjambées de son supérieur allant d'une salle d'interrogatoire à l'autre, sollicitant les multiples communications radio pour faire le point avec les différents commissariats et les différentes gendarmeries d'Alger-Est.

– Zoubir, une minute, il faut que je te parle, ton fils m'a appelé avant-hier.

Dans le couloir menant au bureau des trois chefs, alors que Zoubir courait à droite et à gauche, heurtant d'autres officiers militaires et policiers de retour de la zone de ratissage à El-Harrach, il s'arrêta net et les feuilles du dossier qu'il portait volèrent.

– Quoi ? cria Zoubir.

Le capitaine Saïfi se baissa pour ramasser les comptes rendus des interrogatoires et quelques plans d'El-Harrach mais la poigne de Zoubir le releva brutalement.

– Quoi ?!

Zoubir regarda autour de lui, relâcha son adjoint aux yeux globuleux.

– Attends, dans le bureau, suis-moi.

Heureusement le bureau était vide. Aybak venait de partir au port d'Alger pour rejoindre Structure et Sanctuaire le

Moribond, Qaher faisait des rondes en hélicoptère au-dessus d'El-Harrach depuis des heures, coordonnant ses hordes lâchées sur les civils : « Tous complices », avait décrété Structure.

– Il t'a appelé pour… ? Et pourquoi tu ne m'en as pas parlé avant, capitaine ?

Zoubir posa le dossier sur son bureau, se redressa et croisa les bras sur son torse.

Le mot « capitaine » dans leur échange soulignait la distance, la colère. Saïfi déglutit difficilement.

– Heu… voilà, il voulait… Amin m'a appelé sur la ligne du standard, tu sais, le numéro que, apparemment, tu lui as laissé s'il y a urgence…

Derrière sa posture de statue de dieu de la guerre, Zoubir masquait une grande inquiétude : voir son fils faire irruption, même de loin, dans ses affaires ici au centre principal des opérations, le CPO, ne lui disait rien qui vaille.

– Je n'ai pas eu l'occasion de t'en parler avec le bordel de ces derniers jours, voilà : il voulait avoir des informations sur un certain Bachir Merrad, il m'a demandé que cela reste entre lui et moi, que c'était une affaire de… une affaire de fille…

Zoubir resta de marbre, se demandant bien ce que foutait cette affaire de fille dans les dédales de sa caserne fortifiée.

– Alors j'ai cherché comme ça, sans trop me prendre la tête, il m'a juste dit que sa copine, d'El-Harrach, lui cachait l'identité de son père et que cela l'intriguait, qu'il craignait une mauvaise surprise…

Le colonel-père fronça encore plus ses sourcils ombrageux, l'intrigue pénétrait maintenant chez lui, dans la chair de sa chair. Pourtant il avait prévenu son fils.

– Et alors ? s'impatienta-t-il.

– Eh bien ce Bachir Merrad est un ancien flic décédé il y a une dizaine d'années alors qu'il était à la retraite. Mais le plus intéressant est qu'il a été mis au placard et rétrogradé : il était apparemment impliqué dans l'attentat contre Boumediene en 1967, au palais du gouvernement, il était de garde et il a été puni comme tous ses collègues…

– C'est tout ?

– Non, ça, c'est ce que j'ai dit à Amin, mais j'ai découvert autre chose en cherchant un peu plus dans les fichiers. Il a deux enfants, Kahina qui a à peu près l'âge de ton fils, je présume que c'est elle la… enfin tu vois ce que je veux dire…

– Abrège !

– Le problème qui se pose, c'est le frère, Mehdi. J'ai trouvé une fiche sur lui et des photos où on le voit barbu et en qamis dans plusieurs marches du FIS à El-Harrach et à Alger… Il est apparemment classé élément inoffensif. Lors des grandes rafles de 1992, les flics d'El-Harrach l'ont arrêté dans le quartier, lui ont cassé la gueule et l'ont fiché. Depuis il se tient à carreau et s'occupe des jeunes dans une salle de sport, c'est un karatéka médaillé…

– La salle de sport rasée ce matin, précisa Zoubir.

Et déjà s'inscrivaient dans sa tête des ramifications soupçonneuses entre le jeune karatéka, l'attentat, la haine du système quand on est le fils d'un flic maltraité par sa hiérarchie. Et il s'inquiéta : son fils mêlé à tout ce faisceau d'indices.

– Tu me le mets sous surveillance.

– Ton fils ?

Zoubir leva les bras en l'air en un mouvement de colère.

– Oui, et ce Mehdi, là, et sa sœur du coup, discrètement, je ne veux pas qu'Aybak mette son sale nez là-dedans ! *F'hemt ?!*

29

Thé et gâteaux pour fêter le retour de Halim de Tindouf.

Sidali accompagnait ses parents chez sa tante Zoulikha à Belfort, le soir des attentats à El-Harrach et des rafles menées par Zoubir Sellami. Les discussions ne tournaient qu'autour de ça. Halim, le cousin gendarme, venait de rentrer d'une mission à Tindouf, dans le grand Sud, où le Polisario[1] comptait ses réfugiés et ses hommes en armes. Halim, la trentaine baraquée, parti depuis six mois, venait de rejoindre Alger après une longue séparation. Grand et massif, beau brun, les Ray-Ban qu'il n'enlevait jamais faisant presque partie de son visage carré. Halim, un gaillard de deux mètres, restait une force de la nature – même si sa mère le trouvait trop amaigri par le travail aux frontières ouest. Elle était transportée par ce retour qui, croyait-elle, était le résultat des milliers de prières adressées à Dieu et de son pèlerinage à La Mecque cette année, payé par Halim. Elle avait récupéré son fils chéri le bras dans le plâtre. Un accident de voiture, expliqua Halim pour ne pas effrayer sa mère. Il ne fallait surtout pas l'inquiéter, la ramener à cette blessure dans le ventre, quand une balle tirée par un des complices de l'islamiste Bouali lui avait déchiré les

1. Mouvement politique et armé du Sahara occidental créé pour lutter contre l'occupation espagnole, opposé depuis 1975 au Maroc.

entrailles au milieu des années 1980, une histoire peu connue dans le cercle familial et que Sidali avait découverte un jour à la plage en apercevant la longue cicatrice, comme une trace de morsure, et qu'il avait questionné Halim.

Autour de Halim, dans le salon de la maison de la tante Zoulikha, la famille élargie s'agglutinait sur les canapés. Halim y allait de ses blagues, tenant par le bras Sidali qu'il chérissait depuis son enfance.

– Tu sais ce que veut dire « Tindouf » ? « Tout Individu Normal Devient Obligatoirement Un Fou » ! La première des choses que tu vois en entrant dans la ville de Tindouf, c'est un abattoir à chameaux ! À te dégoûter à vie de là-bas !

Et les tantes, les cousines, les cousins et la mère de Halim riaient tout en rendant grâce à cet Allah qui leur avait ramené Halim. Mais dans son coin, Farès, le père de Sidali, ne riait pas. Quelques jours avant, Sidali avait surpris une discussion entre son père et sa mère alors qu'il révisait ses maths dans sa chambre.

– Ils le ramènent ici, ils les rappellent tous au nord, ils ont besoin de toute la chair à canon disponible. Bordel ! Ma sœur est contente de l'avoir si près d'elle, pas moi. Dans le Sud, il ne se passe rien, il était pénard, tranquille, loin de la guerre. Ici, ils rappellent toutes leurs forces pour mener leur guerre de merde. Ah ! c'est beau ce que font les amis du colonel Zoubir !

– Arrête, avait répondu Wassyla, la mère de Sidali, tu ne sortiras jamais de ça. Zoubir n'est pas la cause de tout, ni de cette guerre ni du reste, à part ce qui vous lie. Halim est là, près de sa mère, tu la connais, elle n'a que lui, c'est la prunelle de ses yeux, *memmou âyniha*, tout ce qui lui reste depuis la mort de ton oncle, *didi* Mohamed !

– Et tu ne crois pas que ça fait beaucoup, que ça fait trop ?! Merde il a trente ans et déjà, en 1984, il a reçu cette balle qui lui a déchiré le ventre à Blida ! On le croyait mort à l'époque !

Ici, à Alger, les flics, les appelés et les gendarmes tombent comme des mouches ! Tu penses qu'il aura une seconde chance ? Excuse-moi, mais moi, là, maintenant, je le crois pas, merde ! C'est ce Zoubir qui l'a ramené pour sa guerre, c'est lui ! Il nous devra son sang si jamais… C'est lui qui gère maintenant les services opérationnels. C'est lui !

Une porte avait claqué violemment. Sidali avait retrouvé sa mère avachie sur le canapé de leur minuscule salon.

– Ton père est descendu faire des courses, lui avait-elle dit, surprise par l'apparition de son fils alors qu'elle s'abandonnait à des cauchemars tout éveillée.

Sidali n'avait rien dit. Il s'était installé près d'elle et l'avait serrée dans ses bras. Elle s'était mise à pleurer.

Halim, qui n'avait pas enlevé sa tenue de gendarme, adressa un clin d'œil à Sidali, son cousin préféré. Halim le défendait dans les bagarres de collège en empoignant ses agresseurs par le cou et en les soulevant du sol. Cette performance musclée calmait les plus agressifs des enfants d'El-Harrach et les bandes du quartier. Halim quitta le salon après des sourires échangés avec tout le monde, un baiser sur le front de sa mère et une tape sur l'épaule du taciturne Farès, qui maudissait encore son ancien camarade Zoubir et peinait à cacher son amertume. « Chair à canon, notre propre chair et la chair de notre chair. » Sidali suivit Halim dans sa chambre décorée de posters pieux par sa mère, il le vit enlever sa tenue de gendarme, vérifier la présence du pistolet Makarov en haut de l'unique armoire dans son sachet noir.

– Je sors un moment.

Sidali comprit que Halim avait besoin de fumer un joint avec ses amis du quartier, ses amis d'enfance qui voulaient aussi fêter son retour à Belfort. Halim ouvrit son armoire et en sortit une belle tunique sahraouie bariolée.

– C'est pour toi, tu peux t'en servir comme pyjama ou vêtement d'intérieur.

Sidali prit la tunique et apprécia sa coupe et ses couleurs vives. Il remercia son cousin avec effusion.

– Allez, au dîner.

Halim sortit et Sidali rejoignit les convives au salon qui maintenant commentaient les bombes, les rafles, la guerre et ce qu'écrivaient les journaux. Dans un coin, il voyait son père adossé sur des coussins avec d'autres oncles ou cousins, muet. Il reprit sa place, juste à côté de la tante Zoulikha qui le prit dans ses bras et, s'adressant à Farès :

– Tu dois songer à marier mon beau neveu, c'est un homme maintenant !

Farès se força à sourire sans rien dire, sa femme pria en son for intérieur pour que Dieu maintienne en vie toute la famille loin de la guerre là-dehors et partout.

Sidali allait reprendre du thé quand deux coups de feu secs avaient retenti, précédés d'une brève rafale. Sans réfléchir, il enjamba la table assiégée par les mines surprises des convives et se rua dehors en gardant prisonnier un cri que sa bouche refusait de projeter : « Halim ! » Il dévala les marches deux par deux et se retrouva dans la rue où des passants couraient dans tous les sens. Sur le trottoir adjacent au bâtiment, le corps de Halim était effondré dans une position inhabituelle. Désarticulé. Les savates se trouvaient loin du corps. Sidali ne chercha pas à voir son visage et retourna en courant vers l'appartement, jaillissant dans le salon face à l'assemblée figée par le choc. Il se rua dans la chambre du jeune homme et se saisit du Makarov, en haut de l'armoire. En repartant, il croisa le regard effaré de son père qui, de ses bras, tentait de retenir la mère de Halim. Sidali reprit l'escalier et brandit l'inutile Makarov dans la rue, sans jeter un regard au cadavre de Halim. Mais tout signe de vie avait quitté la rue. Seuls persistaient dans le décor ce corps criblé de balles, et Zoulikha effondrée au-dessus de son fils, le foulard et le cœur défaits. Farès se tenait debout près d'elle, regardant non pas le cadavre de son neveu mais son fils, à quelques dizaines de mètres au milieu de la rue, l'arme à la main, haletant, les yeux rouges exorbités, cherchant où loger les balles de la vengeance. Leurs regards se croisèrent, la colère armée du Makarov et le fatalisme dévasté. À compter de ce moment et pour toujours, la mort et la vérité des hommes se nichèrent en Sidali.

30

Un léger vent dessina la douce chorégraphie des feuilles et des branches des antiques pins maritimes au-dessus de leurs têtes. Au Papass, les sentinelles végétales offraient leur bruissement mélodieux autour du groupe qui attendait le retour de Farouk de la distillerie, située à la sortie du bois. Sur les trois marches en pierre se serraient Sidali, Amin et Nawfel, qui disposa à côté d'eux de petites tasses pour le thé. Silencieux, leur regard hagard tourné vers des portions de la baie délimitées par les arbres. Chacun serrait les dents, de rage, d'impuissance à soulager la souffrance de Sidali, souffrance contagieuse, car tous avaient enfin compris que l'assassinat, la perte d'êtres chers ou de proches seraient désormais leur lot quotidien, que leur jeunesse avait volé en éclats sans même qu'ils s'en rendent compte et que la vie n'était plus qu'un douloureux sursis.

Sidali enrageait intérieurement. Il accablait le monde entier. « Ils étaient où, ces enfoirés, quand la voiture s'est arrêtée, que des mecs bien habillés ont demandé à Halim s'il était bien Halim, à lui qui fumait son joint tranquillement avec pour seule perspective immédiate le dîner familial. Ils étaient où quand il a répondu ingénument : “Oui, c'est bien moi Halim.” Ils étaient où quand les vitres arrière de l'Alpha Romeo se sont baissées, quand est apparu le canon de l'arme automatique qui a tiré la première rafale ? Et quand par la vitre avant, sûrement depuis la place du mort, une *mah'choucha*, le fusil de chasse à canon scié, est sortie, ravageant en deux coups sa tête, ils étaient où tous ces gens ? »

Farouk revint avec une bouteille de vin rouge sans étiquette, achetée deux cents dinars à un des jeunes habitants de l'ancienne ferme mitoyenne du bois, qui trimait à l'usine de vin. Sans dire un mot, Nawfel distribua les tasses de thé subtilisées à sa mère le matin et Farouk les remplit du breuvage à la robe grenat, puis il alluma une cigarette.

– Passe-m'en une, demanda Sidali qui ne fumait pas.

Et d'autres mains encore se tendirent vers le paquet froissé de tabac noir, des Nassim au filtre blanc. Ils portèrent les tasses à leur bouche presque tous au même moment et le vin viola par son âpreté leur palais et leur gorge, mesurant sa brutalité aux violents remous qui secouaient leur être. Les tasses se vidaient en silence, cul sec, laissant place aux bouffées de nicotine noirâtres comme leurs âmes.

– Il faut faire quelque chose.

Qui l'avait dit en premier ? Tous ? L'un d'eux en demandant une autre rasade ? Aucun d'eux ? Une idée qui flottait comme un nuage orageux au-dessus d'eux ?

Amin ?

Sidali ?

Nawfel ?

Farouk ?

Une idée tellement enfouie en chacun d'eux, partout autour d'eux, qu'il était difficile d'en identifier la source. Mais l'affirmation « il faut faire quelque chose » se fragmentait en autant de volontés dans l'âme de chacun, sous les pins maritimes chantant en un concerto le dialogue avec ce vent d'après-midi méditerranéen. « Il faut », comme un sursaut juvénile face au massacre de leurs proches et de leur jeunesse perdue à jamais ; « faire », un verbe vague pour dire la volonté de sortir de la passivité qui les bouffait autant que ces morts ; « quelque chose », parce qu'on ne savait pas encore quoi.

Sidali toussa puis se leva. Les yeux rouges qui ne voyaient que le cercueil de Halim, son visage qui jaillissait du linceul blanc, au cimetière, vision d'horreur malgré les rafistolages des médecins de l'hôpital de Belfort pour atténuer les dégâts causés par les tirs à bout pourtant… Il se leva avec cette image plein la tête et dans toutes ses veines, et marcha en avant. Il se retourna face à ses amis.

– Nos parents avaient notre âge, vous savez ?

« À quelle époque ? Quand ? Quoi ? », les questions se bousculèrent dans leurs têtes imbibées du mauvais nectar national mais ne se matérialisèrent pas en paroles. Tous attendirent juste que déferle comme une vague la douleur de Sidali.

– Un jour, face à la merde, ils ont décidé de ne plus rester les bras croisés. Nous avons été élevés dans ça ! On ne peut pas être lâches, nous devons faire quelque chose. Quelque chose. *Lazem !* Mon père avait à peine dix-sept ans quand il s'est engagé, quand il a égorgé des appelés français.

Amin regarda ses pieds. Il connaissait bien cet engagement qui avait dresser des frères contre leurs frères, son propre père contre le père de Sidali, cet engagement qui avait happé son père adolescent dans la guerre et la révolte, la révolte contre les Français mais surtout contre sa propre famille, son entourage, son équipe de boxe qui avait refusé de boycotter les compétitions en France, contre le monde entier et son Dieu paternel, pour quitter le lycée, abandonner la boxe et « faire quelque chose ».

Farouk, qui tenait la bouteille maintenant à moitié vide, resservit ses compagnons et se dirigea vers cette stèle de colère qu'était devenu Sidali.

– Là on nous frappe, on nous gifle, on nous humilie et on nous prend nos proches. Mon père et ses frères sont rentrés très tôt dans le combat, et c'est par dignité qu'ils ont tout abandonné si jeunes pour combattre.

– Combattre ! reprit Amin.

– Nous en sommes, qu'on le veuille ou non, les héritiers, ajouta Nawfel calmement en allumant une autre cigarette. Ma famille à Oued Souf a risqué sa peau et ses propriétés en convoyant des armes de Libye et de Tunisie pour Benboulaid. Ils savaient qu'ils avaient tout à y perdre, mais ils l'ont fait. Mon arrière-grand-père et mon grand-père ont de tout temps été humiliés par le bachagha, l'administrateur, mon père a dû se révolter tout jeune contre son propre père…

– Ma mère a entraîné toute sa famille, lâcha Farouk, le jour où un riche colon a giflé son père devant elle, elle avait vingt ans.

– Nous aurons bientôt vingt ans, poursuivit Amin. Il faut faire quelque chose.

Le vent, soudain, souffla plus fort, il fit trembler les ombres et les branches des pins maritimes.

– Des listes.

– Des listes de quoi ?

– Des listes, et au max un flingue.

– Un flingue ?

– Des listes ?

– Oui, comme eux, ils ont des listes avec nos noms, nous on fera aussi des listes.

– Des listes ?

– Un flingue.

– Pas pour tuer, une balle dans le genou de ceux qu'on connaît déjà.

– *Kabouss ?* Un flingue ?

– Comme ça on va leur niquer leur Dieu *ouled leqheb* !

– Mais attends, ça demande une organisation !

– Justement, on la monte, là maintenant !

– Une OPM, comme du temps de nos parents…

– Une organisation politico-militaire…

– Sans sigle, sans nom, sans code… pour être le plus anonyme et le plus clandestin possible, un fantôme qui frappe et qui fait mal…

– On le trouvera où le flingue ?

– T'inquiète…

– Je l'aurai… Je le choperai à mon père, il a même oublié son existence… petit pistolet, discret…

Le vent harcelait maintenant les branches et la douce mélodie se mua en symphonie, en requiem.

– Des listes ?

– Oui, des listes. Avec une hiérarchisation des cibles du plus suspect au moins suspect, ils font la même chose…

– Et créer un cercle de feu autour de nous pour nous protéger, contre eux et les autres, les autres que je connais, les services nous feront la guerre… sans pitié…

– Et c'est eux la prochaine cible…

– Les casser…

– Casser ceux qui nous ont ramené ça, ceux qui ont joué avec le feu et nos vies, ces enculés de salauds…

– S'occuper d'eux ensuite…

– Les buter…

– Oui, facile, avec leurs convois qui font autant de bruit, des tireurs bien placés dans un virage et quand le convoi ralentit…

– Pas ceux de l'antiterrorisme, mais leurs chefs, les planqués…

– Oui, s'occuper après de ceux qui nous ont volé tout ce temps… qui nous ont gâché ce qu'on devait vivre… nous ont gâché la vie, ces enfoirés…

– Voleurs… Assassins… *chwaker taâ zebbi*…

– Des listes ?

– Oui, une OPM et chacun de nous s'occupe d'une région, on connaît tous plus ou moins des mecs du FIS, les mecs pas clairs… Certains, on les a pratiqués quand ils passaient chez nous, à El-Harrach et ailleurs, nous menaçant…

– Pas seulement, leurs frères et sœurs, leurs amis, qui sans aucun doute sont avec eux…

– Qu'est-ce que les flics ont et qu'on n'a pas ?

– On y est… On est partout avec eux, regardez Mokrani, Salim, il paraît qu'il a rejoint le maquis… Il ne t'avait pas condamné à mort ? Moi il m'a promis la potence…

– On vit là, avec eux, avec nos ennemis qui nous ont condamnés à mort…

– Oui, on peut démarrer avec ça… j'en ai un tout chaud… c'est pas normal qu'il se soit absenté de la salle de sport le jour des bombes à El-Harrach…

– Ce pays n'est pas à eux… une balle dans le genou, ça suffit…

– Chacun prend un secteur… l'organise… avec un réseau d'informateurs… on centralise l'info et on agit ensuite…

– Personne ne soupçonnera des lycéens, des lycéens tranquilles… des enfants de bonne famille…

– Non, personne… Ils sont loin de pouvoir l'imaginer… nous serons l'arme parfaite…

– Le lendemain de l'enterrement, nous sommes restés avec mon père et ma mère au côté de ma tante Zoulikha… Elle vient de perdre la raison, elle est devenue folle, complètement. Elle parle à Halim tout le temps comme s'il était là, c'est impressionnant… Souvent, elle me prend pour lui… Le lendemain ç'a été pire que le jour de l'enterrement. J'ai fui les délires de ma tante. Dans la rue, à l'endroit où il a été tué, j'ai remarqué un truc… C'est ce jour-là, le lendemain de l'enterrement, que j'ai décidé de ne plus parler à mon père. J'ai fui la maison de ma tante et sur le trottoir j'ai trouvé… je me suis penché…

Le vent baissa d'intensité. Les amis inclinèrent la tête. Il n'y avait que cette voix. Celle de Sidali qui avala d'une lampée le contenu de sa tasse rougie par le tanin.

– Et c'est ça, je l'ai ramassé… Même pas la taille d'un caillou, c'était…

Sidali perdit la voix, s'approcha du groupe et sortit de sa poche un mouchoir roulé en boule qu'il déplia, dévoilant, dans la paume de sa main tendue, quelque chose qui ressemblait à un morceau de dent cassé.

– C'est un fragment du crâne que les mecs de l'identité judiciaire n'ont pas vu…

Les amis se resserrèrent en silence autour de la main brandie de Sidali. Puis la litanie reprit :

– Des listes, apprises par cœur, pas de papiers, rien, nous serons leur cauchemar et nous nous déploierons… partout…

– Des listes et un flingue pour dire qu'on est là… Non, pas une balle dans le genou… dans la tête entre les yeux et un message écrit, une signature pour être au milieu de tout ça…

– Et un serment…

Ils se levèrent et sur les trois marches ils versèrent *dam essbaâ*, le « sang du lion », le vin qui restait au fond de la bouteille. La quantité qu'ils avaient consommée n'avait pas réussi à les enivrer, tant ils étaient déjà emplis de vengeance et de colère. Ils jurèrent : « *Khawa f'dem !* »

« Frères de sang ! »

L'armée impérieuse naquit ainsi, anonyme et juvénile, étincelle de colère dans l'ombre de la vallée de la mort où Il n'est plus avec nous, comme l'articulation rageuse de toute une vie à supporter le massacre en courbant l'échine, comme un cri ou un ultime coup de feu, un point final à leur mort-vie.

Ainsi naquit l'armée impérieuse, à l'ombre des pins maritimes et des eucalyptus, dans cette banlieue punie depuis des siècles, haïe par le Centre des commandements au-dessus des collines d'Alger, au loin, où se dessinait, haut dans le ciel, le visage déçu des dieux galonnés. Elle naquit ainsi, l'armée impérieuse et anonyme, dans la chaleur humide d'un printemps plein de sang. Dans l'extraordinaire débauche de meurtres éclatant dans chaque recoin du pays chéri. Du pays payé cher, des rues de l'enfance plus petites, maintenant que, jeunes hommes, ils toisaient le monde du haut de leurs certitudes et de leurs faits d'armes passifs. Spectateurs aguerris des attentats quotidiens, meurtris, morts, mortifiés et mille fois mourants sous le soleil matraquant des kalachnikovs officielles ou non. Armement acharné, sans nom, sans raison mais, finalement, déterminé à les détruire dans ce qu'ils étaient, dans ce qu'ils seraient. Demain ou tout à l'heure.

Dans ce qu'ils seraient, éternelle chair à canon ou hommes ? Penseraient-ils au sang toujours ainsi, comme un vulgaire liquide gratuit ? Ou comme ce qu'ils devraient léguer à leurs enfants ? Leurs enfants… ? Mais leurs enfants étaient mort-nés. Morts. Le massacre s'arrêterait-il à eux ? Étaient-ils condamnés à barrer la route de la progéniture à laquelle ils ne légueraient que ce sang ? Tout ce sang partout les éclaboussant ? Étaient-ils condamnés à arrêter la ligne du sang, le sang de l'héritage et le sang des massacres, à eux-mêmes ? Ils devaient ou bien se couper les couilles, là maintenant, ou bien agir pour préserver les bras qui porteraient leurs enfants. Le sang était là, enfin. Le sang n'était pas seulement celui des assassinats. Le sang était en eux aussi. Il leur sautait à la gorge et se réclamait d'eux. Alors ils le donneraient, ce sang. D'une manière ou d'une autre. En se sacrifiant dans des opérations assassines ou en le léguant à leurs enfants, s'ils s'en sortaient vivants. Mais ils ne voulaient plus le garder enfoui en eux, poison coagulant. Le choix était là. Le choix, c'était cela. Car le sang devait aller quelque part. Ne plus rester en eux.

Ainsi naquit l'armée impérieuse.

31

– Sidali a trouvé l'arme.

Amin lâcha à voix basse la phrase qu'il ruminait durant le trajet de la maison à la foire, où il devait retrouver Farouk et Nawfel au bar sans enseigne de Roger Trois-Doigts, incrusté au rez-de-chaussée d'une des ailes du pavillon central du palais des expositions, édifice de dimension soviétique, monstrueux ensemble de rectangles bétonnés beiges. Nawfel, Farouk et Amin, autour d'une table crasse constellée d'auréoles, regardaient fixement leurs verres de bière dont la mousse avait disparu depuis un moment. Le bar de Trois-Doigts se composait de deux salles. Dans la première trônait le comptoir qui voyait faire escale des clients de passage ; c'est là que Roger, enveloppé d'un tablier sale, se positionnait en mirador, surveillant les clients et le va-et-vient de sa serveuse unijambiste (à la suite d'une gangrène mal soignée) et légèrement borgne, dotée d'une tignasse cramée à l'eau oxygénée et d'ongles sales au bout de doigts noueux. Mais elle était aux petits soins avec les clients de la deuxième salle, derrière un paravent en bois au vernis terni par les années et l'humidité de la baie toute proche. Trois-Doigts, plus par crainte que Zoubir Sellami apprenne que son rejeton fréquentait son trou à rats que par sympathie pour « des jeunes qui boivent alors que les barbus sont partout à nous buter », concéda au groupe d'amis une place derrière le paravent, à l'abri des regards, tout en priant tous les dieux pour que son audace ne vienne jamais aux oreilles de ses deux anciens camarades de combat. Quelques policiers et parfois des professeurs d'université, ainsi que de vieux compagnons d'armes de l'ancien truand marseillais, qui garderaient avec malice le secret des jeunes amateurs de bière, occupaient cet espace réduit interdit aux ivrognes de passage ou aux alcooliques habituels, fanatiques appliqués du pastis matinal. Des photos jaunies de l'ancien Belfort tentaient de décorer les murs hauts de la salle, ainsi qu'un poster encadré du Vieux-Port de Marseille datant des années 1930 qui donnait une touche exotique et surréaliste à ce repère de corsaires urbains. Les six tables métalliques étaient assez éloignées les unes des autres pour permettre la confidence et les envolées lyriques que facilitait l'alcool. Deux baffles, reliés à la chaîne hi-fi du comptoir par des fils qui serpentaient tout au long des murs, dispensaient invariablement du chaâbi mélancolique, parfois même du Trenet ou du Piaf, selon l'humeur de Roger et la réception du public enivré. Les cendriers sur les tables avaient été spécialement importés par Trois-Doigts depuis Marseille : en porcelaine bleu foncé avec le label gravé « Loto ». Farouk écrasa sa cigarette dans le précieux cobalt. Roger répétait sans relâche que la moindre éraflure sur ses cendriers, sa madeleine de Proust, entraînerait les pires sanctions. On n'avait jamais su lesquelles tant les clients étaient soucieux des avertissements de Trois-Doigts, même à un degré avancé d'ébriété.

Amin jouait les durs. Sans convaincre. Farouk le considéra par-dessus la fumée de la cigarette agonisante qui lui brûlait les yeux.

– Ça veut dire…

Farouk coupa Amin en achevant dans le cendrier le reste de la braise ridicule, d'un geste patient mais décidé :

– Ça veut dire *makach* marche arrière. On y va.

Mais aller où ? Vers l'assassinat, mes frères, se disaient-ils tous les trois au fond d'eux-mêmes. Oyez, oyez le crime ! Enfin nous avons les moyens de parler la langue de ceux d'en face. De leur rendre la pareille. Vers ce fameux « faire quelque chose » ! Vers la vie en donnant la mort. Les buter, ces salauds qui nous gâchent la jeunesse, la vie, la vue, la famille, le lendemain.

Vers la vengeance, mes frères. Vers nous-mêmes, pour pouvoir nous regarder dans le miroir ! Rien que ça. Un flingue ? Une mitrailleuse, qu'il nous faudrait, mes frères, pour faucher au plus vite le plus grand nombre. Qui ? Il y a des listes, mes frères. Des suspects classés selon nos degrés de suspicion. Degrés de suspicion alimentés par un incroyable réseau d'informateurs monté en peu de temps dans tout Alger-Est. Amis, voisins, camarades de lycée, cousins et cousines, tantes et oncles, sondés avec une fausse naïveté sur Untel qu'on n'a plus vu dans le quartier depuis un moment ou sur l'autre, là, qui avait affiché des sympathies pour le FIS mais qui jouait les tranquilles depuis les grandes rafles de janvier et de février 1992.

Sidali, Amin, Farouk et Nawfel s'étaient nourris de petits soupçons par-ci, d'un nom qui circulait par-là pour lister vingt personnes autour desquelles ils concentrèrent leurs investigations, amassant le maximum de renseignements chacun dans son quartier. Sans laisser aucune trace écrite. Ils s'étaient passé des livres sur le Mossad et des romans d'espionnage… Mais surtout ils se servaient de la formidable paranoïa ambiante pour adopter la posture la plus clandestine possible. « Dieu sait combien de services et de sous-services, des deux côtés, chercheront à nous buter », susurrait Amin en pensant à son père et aux engueulades nocturnes qu'il crachait dans son talkie-walkie.

Pas de listings écrits, donc, tout dans la tête. Verrouillé. Il faudrait, pour les en extraire, les protocoles de torture ou d'intimidation les plus élaborés ; ceux qui étaient chers à Zoubir et ses acolytes. Alors, ayant lu attentivement des bouquins sur la bataille d'Alger, ils s'accordèrent vingt-quatre heures si jamais l'un d'eux tombait aux mains des forces de sécurité avant de balancer. Le temps de fuir vers Annaba puis la Tunisie, *via* la seule frontière ouverte. Ils avaient mémorisé horaires et changements d'itinéraires, et s'étaient fait faire de fausses cartes de lycéens par un infographiste déniché par Nawfel dans l'entourage professionnel de son père. Chacun, sans même se consulter au préalable, avait choisi pour prénom d'emprunt celui de son père. Tout fonctionnait, restait à trouver l'arme…

En claudiquant, la serveuse s'approcha de leur table pour débarrasser les verres de bières quand elle s'immobilisa, manquant tomber tant son arrêt brusque déséquilibra sa précaire démarche. Un crissement de freins, des portières qui claquèrent violemment, des pas rapides, décidés et lourds plongèrent l'après-midi ensoleillé dans la nuit du danger imminent. Les jeunes lycéens se regardèrent, inquiets, puis observèrent la table voisine où deux flics quadragénaires en costard plongèrent la main sous leur veste. Cran de sécurité enlevé et balle engagée. Bruits de chaises, la voix de Roger Trois-Doigts conciliante, suppliante : « Y a rien, y a rien, allez-y. – On t'a rien demandé », lui rétorqua sèchement une voix forte qui préfigurait l'autorité et la brutalité officielles. Roger ravala ses mots et tenta, malgré sa carrure, de se faire tout petit. Il connaissait la violence depuis plus d'un demi-siècle, il savait qu'il fallait laisser la vague passer, la laisser faire tant qu'il n'y avait aucune raison vitale pour s'interposer. Loin des regards des flics, qui s'étaient répandus dans l'espace du bar comme une tache d'encre sur une feuille de papier, il garda ses poings serrés et nerveux bien cachés derrière le comptoir. Entre le paravent et le mur glissèrent des silhouettes massives en tenue de combat sombre, cagoulées, kalachnikov en bandoulière et Beretta pointés sur les clients.

– On ne bouge pas, lança le premier spectre guerrier avant de positionner ses hommes. Papiers sur les tables, mains en évidence.

Propos clairs, voix calme. Les deux flics attablés montrèrent leur carte. Le plus grand des spectres encagoulés eut un haussement d'épaules et une question qu'il formula brusquement :

– En service ?

– Et après ? répliqua l'un des deux policiers attablés, indigné.

Le spectre jeta sur la table les deux cartes professionnelles, barrées des officiels traits vert et rouge, et poursuivit son inspection.

– Vous avez quel âge ? beugla-t-il sur les lycéens.

Un autre géant menaçant se posta derrière lui et lâcha :

– Au moins ils boivent un coup au lieu de poser des bombes.

Amin vit sa carte de lycéen scannée par les deux trous qui servaient d'yeux au géant et anticipa sa réaction.

– Sellami ?

– *Enâam hadarat*, oui, son fils.

Le géant chuchota à l'oreille de son collègue qui manifestait toute son hostilité au groupe de jeunes.

– Hmmm, OK, dit le géant en renonçant à fouiller les cartables et les poches des lycéens.

Hostilité ou peur ? Amin n'aurait su trancher entre les deux. Son père détestait tellement les policiers, les « chiens de la route », comme ils les appelaient, lui et ses collègues des services secrets militaires. Les spectres s'en allèrent en faisant attention à ne pas bousculer la serveuse restée paralysée au milieu de la salle. Amin les regarda se retirer comme reflue la vague destructrice d'un fulgurant tsunami. Il capta une phrase échangée entre les deux policiers des forces spéciales de Qaher : « On les avait déjà sur le dos, et maintenant même leurs bâtards de rejetons de merde, *ya din rebbi el kelb*, ils sont partout ! » La nuit se retira du bar de Roger Trois-Doigts et l'assemblée retrouva un semblant de quiétude. La serveuse, superbement ignorée par les Ninjas coléreux, reprit le fil de son service, débarrassant les tables et notant les commandes. Les deux flics attablés demandèrent l'addition en échangeant des regards de gêne alors que les lycéens commandèrent une deuxième tournée.

– Bande de pédés ! lança Farouk.

– Pas autre chose à foutre que nous faire chier ?! appuya Nawfel en rangeant ses papiers dans la poche de sa veste.

Ils regardèrent furtivement Amin qui, pour ne pas attirer l'attention du groupe sur son père, le seigneur de guerre, leur saigneur potentiel, dit tout bas en attrapant son verre :

– On a l'arme. *Makach* marche arrière.

Les autres acquiescèrent. Roger remit Hadj el-Anka. Farouk tendit l'oreille et ferma les yeux en tirant sur sa cigarette. Roger en alluma une, accoudé sur son comptoir, dans cette position qu'il tenait depuis la guerre d'indépendance, depuis si longtemps. Le sang avait reflué de ses grosses joues et le contraste entre la rougeur de la rage contenue et ses cheveux gris peignés en arrière diminua légèrement. Il fixait le paravent fatigué, comme si son regard pouvait transpercer le bois pour épier les trois jeunes hommes. Ils n'étaient plus adolescents dès lors qu'ils avaient franchi la porte de son troquet sans enseigne, le pas décidé, trahissant une appréhension certaine. Ils venaient d'ailleurs toujours à trois ou à quatre, comme pour se donner du courage, pour franchir le pas de la transgression, Roger trouvait cela touchant au début, quand ils ne pouvaient même pas finir leur bière et prétextaient des urgences imaginaires qu'il considérait avec un sourire amusé et bienveillant. Puis, avec les violences, quelque chose d'essentiel s'était imposé à lui : ces jeunes qui venaient boire un verre chez lui le revigoraient. Quand il caressait d'un regard aveugle, bloqué par le paravent, cette douceur du temps que leur jeunesse lui renvoyait, cela lui faisait du bien. Ça le réconciliait avec lui-même lorsque, trop souvent, il plongeait la tête dans la mer de sang qu'était devenu ce pays d'adoption, le sien par la féroce force des choses. Ça le changeait des vieux alcooliques telle la bande à Nacer, l'ex-caïd du quartier dans son éternel bleu de Chine qui n'avait plus rien de bleu et qui, parfois, pouvait se permettre une dizaine de tournées dans son bar. Accoudé sur le comptoir, Roger traîna ensuite son regard fatigué, un regard qui se comportait comme un chien errant, entre la salle, le paravent et, caché sous le comptoir, le tiroir en bois où dormait son vieux flingue .7.65, sa petite boîte de balles en carton beige avec une inscription en anglais qu'il ne comprenait pas, son chiffon de nettoyage et l'huile qui allait avec : cadeau de Zoubir, il y avait si longtemps, si longtemps qu'on aurait dit un mythe théologique, comme Babylone ou la débâcle d'Adam dans l'Éden. « Ils te refusent la nationalité, père Roger, mais tu as quand même droit à ça. » Zoubir, alors flic, dans son uniforme bleu nuit mal taillé, à l'époque de la nouvelle indépendance jouissive, lui avait rapporté la grosse boîte métallique comme une excuse de la part de Hadj Brahim. Ce dernier voulait rattraper la cruauté d'Alger qui avait refusé la nationalité à un Françaoui alors même qu'il s'était rangé au côté du FLN-ALN. Ce flingue-là devint pour Roger Trois-Doigts une nationalité. « Tu sais Roger, ils ne comprennent pas », avait tenté de justifier le jeune officier de police. Et Roger s'était fait à l'idée, se contentant de ce cadeau clandestin qui était devenu, en ces temps de tueries généralisées, une assurance-vie. Roger, plus de cinquante ans de violence au compteur, acceptait le massacre actuel avec le recul que permettaient l'âge et les prémices d'un cancer silencieux.

– On te doit combien, *kho* ?

Les deux policiers qui étaient attablés derrière le paravent allaient partir, ils le sortirent de sa torpeur en joignant à la parole un petit coup sur le zinc. Roger, créature massive émergeant du comptoir à hauteur du ventre, gonflé par des siècles de bières et de stress, fit glisser d'un doigt nonchalant le petit carré de papier blanc déposé prestement par la serveuse, et annonça la note d'un ton indifférent. Le plus âgé des deux policiers de quartier, un rouquin rond et petit, en veste de cuir et en jean, chaussures de sport et yeux injectés de sang, posa l'argent sur le comptoir.

– Ben alors, Roger, ils t'ont fait peur les cow-boys, lança le rouquin avec un regard de malice et un sourire édenté vers son acolyte, la trentaine, chauve, plus grand, à qui la gabardine sombre et le regard fuyant donnaient l'allure d'un gars violent qui n'assumait pas sa brutalité.

– Rien à foutre de toi ou de tes semblables, réagit Trois-Doigt en rendant bruyamment la monnaie sur le comptoir. Hey, *win kountou ya kherfan ki kouna djezzara ?*

Où étiez-vous, agneaux, quand on était des bouchers ?

Roger regretta tout de suite sa repartie, car les yeux rouges en face lui rappelaient le regard des jeunes maquisards du temps de sa guerre, et ceux des petites frappes à Marseille qui se savaient condamnés par les règlements de comptes. Il y avait quelque chose de vide dans ce regard qui trahissait une peur qu'on voulait cacher à tout prix. « Nom de Dieu, pensa Roger, combien de flics abattus comme des chiens depuis deux ans ?! »

– On est les agneaux, on est les bouchers, lâcha le vieux flic, avec un regard morne, en se détachant du comptoir.

Et puis, la mort a eu raison.

Le cancer n'avait pas encore tué cruellement Roger, que deux ans plus tard, en mars 1996, le vieux flic rouquin serait abattu dans un taxiphone du quartier, à Lavigerie. Son corps resterait étendu là, dans le minuscule local déserté à la hâte. Balle dans la tête alors qu'il appelait sa mère à Djelfa, tombée malade. Personne ne saurait quelles avaient été ses dernières paroles. Le plus jeune, qui venait de franchir la porte du bar de Roger Trois-Doigts à la suite de son supérieur, serait criblé de balles de kalachnikov la même année, en juin 1996, quand un blindé de l'armée ouvrirait le feu par erreur, tard dans la nuit, sur la route entre El-Harrach et Bab Ezzouar, sur un 4 × 4 de policiers qui ne s'était pas signalé à temps au barrage militaire. Bilan : cinq policiers massacrés par des « tirs amis ». On dirait aux familles des policiers qu'il s'agissait d'une embuscade, Aybak lui-même appellerait les proches un à un, et on serait obligé de cacher les corps tant les gros calibres avaient haché grossièrement les cinq jeunes flics. Entre 1993 et 1997, dix policiers du commissariat de Mohammadia seraient tués, plus deux autres qui travaillaient ailleurs mais qui habitaient le quartier.

On est les agneaux, on est les bouchers.

32

– Putains de communistes ! Tu sais, c'est des salauds d'athées, croient pas en Dieu, ces fils de pute. Mais ça nous permet en même temps de baiser leurs sœurs plus facilement. C'est pas des hommes ! *R'khess ! Koffar !* Impies !

Farouk cracha par terre, il lâcha sa phrase comme on lance un appât dans un lac aux profondeurs obscures. Djamel opinait de sa tête cabossée sans voir que Farouk manœuvrait sec. La cité populeuse se drapait du crépuscule et tout un monde plongeait dans sa propre apocalypse en un concert de pas pressés. Les habitants de Bachdjerrah rentraient chez eux, se protégeant de la nuit, des descentes violentes des flics et des rondes surprises des terros habitués du quartier, dont certains étaient leurs enfants. Des murs jaunis par la lumière blafarde des quelques lampadaires encore miraculeusement debout suintaient la peur et l'appréhension. Les jeunes du quartier le plus chaud d'El-Harrach fumaient leur *zetla* en cachette. La férocité de l'État, sous forme de 4 × 4 rugissants et d'hommes cagoulés en uniforme vert ou bleu foncé, pouvait à chaque instant les débusquer.

– Je ne suis pas un terroriste, appuya Farouk, mais leur sang est hallal ! *Dam'hom h'lal !*

– Tu ne l'es pas, dit Djamel en soufflant un massif nuage de kif de sa bouche édentée, mais nous le sommes tous en fait. Comment ne pas être terro face à ces fils de pute de la *houkouma* ? Ce gouvernement qui ne nous donne rien, sauf des coups sur la tête ? *La dar la douar*, à quarante ans, je vis chez mes parents et je bosse comme un esclave, pour rien, heureusement il y a ça (il montra ostentatoirement le joint entre ses doigts aux ongles rongés) qui nous aide à tenir. Les salauds ! Qu'est-ce qu'ils nous ont laissé ? Rien. Juste crever, *ouled leq'heb*. Ils nous appauvrissent, puis ils veulent nous humilier, heureusement le FIS leur a niqué la gueule, on a pris notre revanche, nous le peuple…

Farouk sentit qu'une brèche s'ouvrait. Le gars se lâchait, donnait libre cours à sa colère, à sa frustration. Farouk connaissait bien Djamel, une des figures du quartier. Maigre, grand, brun, les cheveux gominés, on aurait dit un danseur argentin déchu avec ses yeux noirs d'aigle, son nez aquilin et ses lèvres minces, et un cerveau sérieusement atteint par le shit qu'il pratiquait depuis son enfance difficile dans le plus populeux des quartiers d'Alger-Est. Une gueule de film noir des années 1940, dirait le père de Farouk, « en noir et blanc même quand tu le vois pour de vrai, le Djamel ». Une gueule, tout court, pensait Farouk.

– J'aime pas les terros, mais regarde ce qu'on subit ! Y a qu'à prendre le maquis et *khlass* !

« Vas-y mon coco, tu me plais », ruminait intérieurement Farouk.

Le shit aidant, Djamel éructait sa haine et sa vie en phrases cycliques et revenait toujours au même point de colère. Farouk nourrissait en petites remarques et en piques le frénétique tourbillon de paroles et de rancune. Comme il l'avait lu dans les livres de techniques d'espionnage qu'Amin avait « empruntés » à son père, le moindre contact social, amical ou familial était une source, un matériel. Les gens changeaient de statut, ils devenaient des pièces à assembler pour compléter un puzzle d'informations. Il savait que la plupart des jeunes montés au maquis étaient des amis de Djamel, d'anciens petits de Bachdjerrah, sans plus d'histoires que quelques vols à la tire et de la consommation de cannabis, comme le joint de ce soir. Mais ils étaient tous chauffés à blanc par la montée du FIS, son discours contre la *hogra* de ce gouvernement de nantis, qui deviendrait vite un gouvernement d'impies. Farouk en connaissait quelques-uns. L'avantage, avec ce paumé de Djamel, c'est qu'il fréquentait ses anciens compagnons des soirées enfumées.

Campés là, dans un angle mort de la cage d'escalier de manière à rester invisibles aux forces de l'ordre habituées à fondre sur le quartier de nuit, les deux voisins bavardaient tranquillement. Djamel était en verve, façonnant et enchaînant les joints avec une dextérité d'orfèvre, faisant jouer rapidement ses longs et minces doigts pour réduire en poudre verdâtre le carré de *zetla* avec la faible flamme de son briquet et traiter la fine feuille de tabac en même temps.

– Dieu me pardonne, je vais arrêter cette merde et commencer à faire la prière. Pourquoi continuer à être hors de la voie de Dieu alors que les gens tombent comme des mouches ? Je ne peux pas faire face à Dieu un joint à la main, il faut que je me rattrape avant que la mort m'attrape. Cet État a fait de nous des mécréants, sans vraiment qu'on en soit conscients… Les frères font peut-être du mal, mais ils nous montrent le vrai chemin. Dieu a interdit de tuer mais, *khouya*, ce gouvernement te pousse à commettre le pire…

– *Wech* Djamel, tu es devenu imam à présent… ?

La voix, faussement douce, avait sifflé dans leur dos, derrière la cage d'escalier, où une petite entrée était bloquée par les cageots d'un vendeur ambulant habitant l'immeuble. Le lourd silence qui suivit cette phrase terrorisa Djamel et Farouk, puis se meubla du bruit des cageots qu'on déplace et l'ombre de deux hommes de grande taille s'avança vers eux. Ils retinrent leur souffle, ayant reconnu la voix de Cow-boy.

– *Assalam alaykoum !*

La salutation, prononcée en arabe classique avec une intonation solennelle, quasi sentencieuse, ne ressemblait plus à une salutation. C'était une identité qu'on dévoilait, qu'on annonçait pour marquer son appartenance à l'autre monde, celui de la nuit et de la clandestinité, du maquis et du djihad contre les impies ou tout simplement contre les récalcitrants. Djamel fit disparaître aussi discrètement que possible son mégot entre ses doigts. La douleur de la fulgurante brûlure fut étouffée par la panique qui sourdait en lui.

On l'appelait Cow-boy dans le quartier, ce bougre d'Azzedine. Il était le fils du vieil Ali, l'éboueur, dont il cachait la profession à l'école, disant que son père était garçon de café. C'était moins humiliant pour lui, même dans cette école de quartier populaire. Rien ne disposait Azzedine à rejoindre les rangs du maquis. Après avoir été renvoyé de l'école, il avait trouvé une place d'apprenti mécanicien auprès d'un garagiste qui l'exploitait. De l'esclavage du matin au soir avec un misérable salaire. Alors Azzedine se débrouillait. Il chapardait ce qu'il pouvait : les porte-monnaie des vieilles dames dans les marchés d'El-Harrach, les câbles en cuivre près de la gare, des autoradios... De temps en temps un peu de revente de shit ou de vêtements tombés des camions du port, à Alger. Pas méchant, le bougre. Mais excité, révolté. Il buvait et se battait avec ses frères ou ses voisins, quand il déboulait ivre mort dans le quartier, comme une boule de feu, et que sa famille lui interdisait l'accès à l'appartement. Et sa mère se lamentait en criant sur ce fils qu'elle ne tenait plus, qu'elle n'avait jamais tenu. Et son père s'enfermait dans le salon en se bouchant les oreilles, rouge de colère et de honte. Et du jour au lendemain, voilà le FIS qui débarquait dans le quartier, avec sa mairie et ses marchés islamiques, et voilà qu'Azzedine renonçait à la boisson et au vol, troquait son éternelle veste en cuir noir contre la djellaba et s'indignait de son visage imberbe. On lui avait refilé un étal dans le marché installé par la mairie

FIS, on l'avait convaincu d'aller à la mosquée, on lui avait expliqué que son destin, contrairement à ce que lui faisait croire la fatalité ambiante, pouvait être pris en main. La transformation était passée presque inaperçue, diluée dans la mode de l'époque. Il lui arrivait même, alors qu'il ne connaissait que quelques sourates et deux ou trois légendes sur les combats saints en Afghanistan, de sermonner ses anciens complices, de leur promettre la potence en cas d'accession du FIS au pouvoir. Il gardait une haine tenace contre tout ce qui représentait l'autorité : son père qui s'humiliait et l'humiliait, et la police qui le maltraitait à chaque arrestation ou contrôle depuis son plus jeune âge. Cette haine avait pu s'épanouir au contact des barbus, décidés à en découdre avec un État *kafer* et injuste. C'était peut-être ce sentiment de pleine adhésion qui l'avait poussé dans les bras de la clandestinité une fois le FIS dissous et la chasse aux barbus ouverte avec la plus grande brutalité. On ne parlait pas de lui dans le quartier. Il n'était rien, alors qu'avait-il à perdre ? On savait qu'il avait choisi une autre voie que celle de ses nombreux copains qui avaient préféré se planquer et se raser la barbe devant le déferlement de violences policières. Les paraboles, interdites par les frérots un temps, avaient refleuri sur les balcons et les terrasses des bâtiments et on avait plongé la tête la première dans une guerre sans visages, pleine de nuits rouge sang et de rafles aveugles. Plusieurs fois des policiers avaient brutalisé ses frères et son père, débarquant tard le soir, les accusant de complicité avec le fugitif qui ne brillait nullement par des actions d'éclat, juste aperçu dans de faux barrages à la sortie est d'Alger, rackettant dès la fin du jour des automobilistes avec un petit groupe armé de fusils de chasse à canon scié, les fameuses *mahchoucha*.

Les deux gaillards se plantèrent devant Farouk et Djamel qui balbutièrent un *salam* hésitant, masquant mal leur peur qu'ils tentèrent de faire passer pour de la surprise.

Hochant la tête, Cow-boy, en jean et veste en cuir noir, s'approcha de Djamel.

– Quand est-ce que Dieu te guidera vers le bon chemin ?!

Ce n'était pas une question. Djamel rentra sa tête dans ses épaules, essayant de disparaître. L'autre gars, la main droite cachée sous sa *qechabiya* couleur terre, signalant qu'il tenait fermement une arme, s'écarta de quelques pas pour surveiller les environs. Djamel avait passé sa vie dans l'humiliation : petit, c'était la honte d'arriver à l'école avec des chaussures trouées et de ne pouvoir payer les moindres frais scolaires, ni cantine ni sortie. Plus grand, il avait été le petit voyou à la merci des flics, ces flics qui l'avaient choppé une dernière fois durant les manifestations du FIS pour lui faire passer le supplice du tiroir, inventé justement par un commissaire natif d'El-Harrach : coincer les testicules dans un tiroir ouvert puis le fermer brutalement. Et là, il avait à nouveau peur. Pas la peur du scandale quand il débarquait ivre dans le quartier et que les jeunes et les sages le calmaient. Non, là, il sentait la peur, la vraie, celle connectée directement avec la vie et la mort, celle qui faisait pisser dans son pantalon.

– *Inchallah*, bafouilla Djamel, alors que Cow-boy décela chez Farouk autre chose que la frayeur attendue.

Pourquoi son œil brille-t-il d'autre chose que de terreur ? se demandait le tango.

– Tu es le fils d'Idir ? Et ton grand-père est toujours contre la voie de Dieu le Très Haut ?

Ça sonnait faux dans la bouche de l'ex-voyou. Il proférait sa sentence religieuse comme s'il demandait une cigarette. Farouk ne pouvait s'empêcher de penser que ce n'était pas à cet ignare de lui parler théologie, et Cow-boy le voyait dans ses yeux. Et ça le rendait nerveux. Qui est ce petit merdeux que je n'impressionne pas ? Farouk préféra détourner le regard vers l'autre terro, nerveusement planté à l'entrée de la cage d'escalier, toujours aussi impatient de partir, sa *qechabiya* déformée sur le côté par un objet cylindrique. Un fusil ?

Cow-boy leur tourna le dos et rejoignit son acolyte inquiet. Sans un mot ni un regard pour ses anciens voisins. Les deux intrus disparurent derrière un mur longeant la cité.

Djamel poussa un soupir. Farouk alluma une cigarette.

– Il paraît qu'il vient de temps à autre rendre visite à sa mère, tu sais elle est très malade.

Djamel se donnait une contenance alors que Farouk voyait la peur suinter de son visage.

– C'est un *w'lid el houma*, un enfant du quartier, il nous aurait jamais fait de mal, ajouta Djamel comme pour s'en convaincre, regardant nerveusement à droite et à gauche, une main peignant frénétiquement ses cheveux gominés.

Farouk ricana.

– Je remonte à la maison, faut pas trop traîner apparemment.

– Mais, non, noooormal, il a l'habitude de venir chaque week-end pour sa mère *meskina*, elle a eu une attaque après une descente de flics en pleine nuit. La pauvre femme, ils n'ont aucune pitié ces fils de pute !

« Il a l'habitude… chaque week-end… » Farouk retint l'info et écrasa sa cigarette longuement sans regarder Djamel qui râlait : « Ils m'ont gâché mon *gosto* ! Je dois refumer pour revenir là où j'étais pénard avant qu'ils débarquent. » Mais, terrorisé, Djamel n'osa pas se rouler un autre joint. Il se contenta de poursuivre son pathétique guet, la peur à fleur de peau.

– *Ayya*, bonne nuit *kho*.

Farouk esquissa un mouvement de la main pour saluer Djamel. Ce dernier mit le temps pour saisir, puis d'un coup lança :

– Moi, ils me font pas peur, je les croise chaque vendredi avec un *garrou* qui sent à des kilomètres ; nous, rien ne nous effraie, ni eux ni les flics.

Djamel continuait à nager désespérément contre l'angoisse en bombant le torse, faisant mine d'être au-dessus de la déferlante rouge et noire qui inondait le pays et El-Harrach. Il devait enterrer cette frousse qui l'humiliait devant ce blanc-bec de Farouk, qui demain raconterait à tous les voisins sa lâcheté face aux deux terros du quartier qui avaient tous les droits sur lui. Droit de vie ou de mort.

« Chaque vendredi. »

Farouk remercia Djamel par un clin d'œil lumineux. « *Kh'lass*, ils sont morts », décida Farouk silencieusement, mais sa bouche disait à Djamel : « Prends soin de toi, à demain mon frère. »

Farouk emprunta l'escalier sombre, guidé par la faible lumière de son briquet, jetant des coups d'œil furtifs vers l'extérieur à travers les ouvertures de la cage d'escalier. Le quartier était plongé dans l'obscurité que n'arrivait pas à combattre la faible lumière des quelques lampadaires encore debout. Au loin résonnaient les ronflements de véhicules puissants patrouillant dans la nuit. Il ouvrit doucement la porte du domicile familial, y pénétra à pas de loup et atteignit sa chambre qu'il partageait avec son grand-père. L'aïeul fut réveillé par l'intrusion de Farouk qui lui adressa un sourire d'excuse.

– Faut pas rester si tard dehors, tu le sais bien.

– T'inquiète, j'étais juste en bas de l'immeuble.

Le vieillard se redressa en pestant contre son dos et ajusta la chéchia immaculée qu'il ne quittait jamais.

– Le risque est partout, mon fils.

Ça, c'est sûr, pensa Farouk avec un sourire caché derrière le pull qu'il enlevait.

Le lendemain matin, au lycée, Farouk rejoignit Amin et Sidali dans un coin calme de la cour :

– Contact établi.

Amin hocha la tête. Sidali regardait les alentours pour prévenir toute intrusion.

– On peut en manger un, continua Farouk, même deux ou trois.

Bien sûr que Djamel, seul témoin de la rencontre de la veille, devait disparaître, d'une manière ou d'une autre.

La troupe de la nuit s'en chargerait très bien. Ils ne faisaient pas dans la dentelle. La subtilité, ils ne connaissaient pas. Des noms, une description, un lieu, un horaire, le reste, c'était le bras faucheur de l'État vengeur, piqué dans sa fierté par ses propres enfants qui s'insurgeaient contre lui.

– On s'en charge ou on le vend ?

Sidali lança la question tout en regardant autour.

« Le vendre », c'était activer le protocole de contact avec les flics de la brigade mobile de la police judiciaire en piratant le code du père d'Amin. Il ne suffisait pas d'appeler anonymement le commissariat de la BMPJ pour balancer un tuyau. Il fallait le rendre plus crédible. Faire comme si ça venait de l'intérieur des services. Amin écoutait souvent son père parler et tentait de décrypter ses propos. Sous les codes d'usage, il y en avait un qui servait à désigner les « opérations ». Il fallait juste ajouter à l'information balancée aux flics le code « Mazeltov » puis une identification, « Rav Enkaoua ». Cette idée avait été soufflée au colonel Zoubir Sellami par le capitaine Ayyoub, attaché militaire à Amman, et dans les faits agent de liaison avec le Mossad durant plus de vingt ans. Il parlait parfaitement l'hébreu, aidé par une ascendance juive du côté de Tlemcen et d'Adrar. Quoi de mieux qu'une expression hébraïque et que le nom du grand rabbin de Tlemcen ? Impossible à deviner pour les limiers décodeurs des groupes armés islamistes, si loin de leur univers imaginaire.

Amin leva la main, c'est lui qui prendrait la décision. Les mecs étaient armés. Mais isolés, sans escorte.

Mais armés.

Et le frérot baraqué comme un taureau. Avec un complice aux aguets. Et ces patrouilles de flics…

Amin réfléchit vite et finit par lâcher :

– Mazeltov.

33

Les articulations de la main oublièrent le froid et s'agrippèrent à l'arme. Les yeux suivirent l'ombre du chef du commando à l'arrière de la camionnette. Tassé avec ses deux mètres de muscles et de matériel, il ne communiquerait que par gestes. Apnée. Silence. Muscles tendus. Armes huilées et chargées, balle engagée, doigts crispés. Respiration lente, profonde. Les nerfs de tout le corps à fleur de peau, prêts à cracher le feu de l'enfer. Le commando avait perdu un élément la semaine dernière. La cible allait le payer. Cher. Très cher.

L'information était vite remontée. Dès que le préposé aux appels anonymes du commissariat central d'Alger saisit les codes – qu'il croyait d'inspiration russe vu l'antisémitisme général et la proximité idéologique et opérationnelle des services et de l'armée avec Moscou –, il brancha directement l'appel sur le terminal du CPO. Zoubir Sellami reçut le rapport et se demanda, inquiet, qui étaient ces rigolos qui utilisaient leurs codes pour leur remonter des informations si précises. Ce n'était pas la première fois. Depuis plusieurs semaines, il recevait des tuyaux solides qui se soldaient par des bilans fantastiques : sept tangos éliminés jusqu'à ce jour. Du jamais vu depuis des mois. « Des mecs à vous ? Ou à un autre service souterrain inventé par nos paranos du yacht ? Des gens qui ont nos propres codes secrets ?! », avait demandé, suspicieux, Zoubir à Aybak. Avachi dans un fauteuil, celui-ci avait levé ses yeux rouges du rapport qu'il lisait : « Tant qu'on a des résultats, on s'en fout, ça retombera au final entre nos mains. » Zoubir n'arrivait pas à la même conclusion, il avait commencé avec une équipe technique restreinte à tracer les appels, tous émis de taxiphones, et à les géolocaliser depuis les premiers tuyaux. La triangulation des appels, jusqu'à présent, donnait une zone comprise entre Hussein Dey et Alger. Trop vaste. Mais il tenait à y voir plus clair. Qui était derrière tout cela ? Des services parallèles ? C'était la réponse qui s'imposait. Des milices montées par des civils ? Improbable. Il revoyait les années 1960 et le monopole de la violence qui éclatait en morceaux, créant mille guerres dans la guerre. Mais il avait suffisamment confiance en lui pour être certain d'avoir le fin mot de l'histoire. Bien sûr, il ne dirait rien à Aybak. Jusqu'à ce que la lumière soit enfin faite sur ces incroyables informateurs.

« Ça finit toujours ainsi de toute manière, ça retombera au final entre nos mains », concéda Zoubir à Aybak avant de convoquer le commando d'intervention sur son talkie-walkie.

La camionnette, maquillée aux couleurs des services de ramassage d'ordures de la mairie, était garée pas loin de l'immeuble de Farouk, dissimulée par le mur d'enceinte qui séparait la cité d'un dépotoir géant où poussaient de hautes herbes folles au milieu de déchets, de plaques de tôle et d'amas de terre. C'est de là que surgiraient les deux cibles, et la troisième fumait tranquillement en cachette dans une cage d'escalier, dans le champ de vision du chef du commando à travers la vitre sans tain.

Farouk, allongé dans la chambre qu'il partageait avec le grand-père endormi, faisait semblant de se concentrer sur ses révisions, tenant le cahier entre deux mains qu'il ne pouvait empêcher de trembler par moments. En bas, la tempête allait bientôt se déchaîner.

Des cris. Hurlements. Rafales courtes. Portes qui claquent et volets qui se ferment. Panique. Idir, le père de Farouk, déboula dans la chambre et éteignit la lumière, le visage défiguré par la peur.

Farouk ne dit rien. Fit mine de se lever. Le grand-père était déjà debout, en un sursaut. Les yeux interrogateurs.

– Attentat ? demanda le vieux qui laissa tomber sa chéchia, sans vraiment espérer une réponse.

De la fente entre deux persiennes, Farouk risqua un regard. Des silhouettes obscures se mouvaient rapidement entre les ombres de la cité. Grésillements de talkie-walkie. Deux Nissan 4 × 4 noires s'arrêtèrent en un fracas de pneus à côté de la cage d'escalier de son immeuble. Claquements de portières. Des ordres inaudibles.

– *Ayya*, on va s'occuper de sa famille… dit une voix en bas, autoritaire.

Mouvements, bruits de pas. Silence. Seules les lumières bleues et rouges des gyrophares assuraient l'animation en se reflétant sur les murs de la cité qui retenait son souffle.

Des pas précipités. Bousculades. Puis un cri strident. Une femme. Farouk reconnut tout de suite la mère de Djamel.

Tous tués.

– Tous tués ? demanda presque avec regret Amin à Farouk, au téléphone.

Plus tard dans la nuit, quand, fatiguée de retenir son souffle, la cité s'assoupit enfin, Farouk émergea de son sommeil en sueur, haletant, les membres tremblants, la gorge sèche, la tête en feu et les yeux abrutis par l'obscurité après la netteté lumineuse du cauchemar. Il respira profondément, regretta d'avoir oublié de prévoir une bouteille d'eau à côté de sa couche. Il se leva doucement et entrouvrit prudemment les persiennes comme si elles donnaient sur l'enfer. La lumière blafarde des lampadaires municipaux jeta un rayon jaune fatigué dans la pièce et il vit son grand-père dormir paisiblement, la calotte en travers sur la tête, avec un semblant de béatitude sur les lèvres, comme un sourire, nom de Dieu ! alors que dehors régnaient la mort et l'assassinat. La mort venait de partout et s'abattait sur tous, s'invitait en intime. Quelque chose de doux dans le visage du grand-père rassérénait un peu Farouk, mais il y avait ce cauchemar et ces tueries. Des gens qui finissaient sous terre après avoir été déchiquetés par les balles puis auscultés par le médecin légiste alors que la famille attendait au-dehors. Dehors où les flics regardaient les frères et les parents des morts avec toute la haine de la terre. Et lui, avec son cauchemar lumineux et sanguinaire, comme ce pays de pierre, de pierre et de soleil.

Farouk était étendu par terre, maintenu à plat ventre par un puissant genou qui lui perforait le dos, il devinait que la masse oppressante au-dessus de lui était Cow-boy bavant de rage. Il ne voyait que le sol maculé de merde et de pisse dont les effluves acides lui déclenchèrent des vomissements et des spasmes. La main puissante de Cow-boy lui tenait fermement le cou. Farouk anticipa la suite. La lame qu'il ne voyait pas était là, il la percevait avec d'autres yeux que les siens. Il allait se faire égorger comme un mouton. Une question de secondes. Puis un cri. Quelqu'un qui jurait. Le poids sur son dos s'évanouit et il se retourna en un réflexe de survie, pataugeant sur le sol souillé d'un endroit qu'il identifiait mal : une cave, un terrain vague, le parking de la cité… ? Il vit Cow-boy de dos, debout, la lame luisante à la main, il vit en même temps sa gorge tranchée sanguinolente et lui suffoquant, se tordant par terre dans les excréments et l'urine brunie par le sang qui giclait à chaque convulsion respiratoire. Mais il ne s'était pas fait égorger, et son bourreau lui tournait le dos, l'attention attirée par ce cri au loin. Un juron que Farouk avait déjà entendu, un ordre en forme de colère, impitoyable, qui mélangeait les codes langagiers blasphématoire, opérationnel et haineux : « *niklou rebbou* », « baise-lui son Dieu ». C'est ce qu'il avait entendu la nuit dernière quand la troupe spéciale avait achevé Cow-boy qui agonisait. Ce sont les derniers mots qu'avait entendus Azzedine avant qu'une balle ne lui fracasse le crâne. C'est vers cette voix de fin du monde que Cow-boy porta le regard en se levant et en libérant sa victime, alors Farouk s'aperçut qu'un flingue providentiel était posé juste à portée de main, englué dans un amas visqueux de merde verdâtre ; il tira deux balles dans le dos de Cow-boy qui se retourna vers lui, mais c'est son père Idir qu'il vit s'affaler à genoux, face à lui, avec un regard d'incompréhension. Il tira sur Cow-boy mais il tua son père. Farouk était paralysé dans son cauchemar, le pistolet en avant, par terre, appuyé sur ses coudes, les yeux fixant son père qui s'affalait dans les excréments. Il se réveilla en sursaut. Debout devant sa fenêtre à peine entrouverte sur le quartier désert, il tremblait de tout son corps.

34

Le vieux joueur de dominos frappa la table si fort avec sa paume qu'il fit sursauter Zoubir Sellami dont la main s'était machinalement dirigée vers l'intérieur de sa veste.

Il était au café du marché couvert d'El-Harrach, dont les fenêtres sans vitres donnaient sur la placette adjacente avec en son centre le kiosque antique du réparateur de montres et aux quatre coins de laquelle se répandaient des vendeurs de poules, de lapins, de dindes élevés dans les fermes de Meftah et Larbaa, mais aussi des vendeurs de cigarettes, des étals de vêtements d'occasion et de chaussures usées, et des vieux édentés qui proposaient de la chique verdâtre au poids, sous les platanes que les colonies avaient plantés là dans tous les sens du terme. Les passants encerclaient des embouteillages monstrueux sur la petite artère qui desservait le centre-ville entre la place du 1er-Novembre, la mairie, l'ancien square Altairac, du nom du fondateur de la grande briqueterie, et la poste plus loin, le collège Laverdet et la route vers Les Eucalyptus, Baraki et Larbaa, le fameux triangle de la mort, comme le qualifiait la presse.

Les retraités en bleu de Chine ou en vestes élimées, bérets gris ou chéchias blanches négligemment posés sur la tête, se taquinaient bruyamment autour de ferventes parties de dominos.

Le colonel Sellami revint vite de sa surprise en posant le regard sur le vieillard tout ridé, qui riait aux éclats de toute sa gencive où s'incrustait sa dose de chique, et faillit fracasser la petite table en bois en plaquant violemment la dernière pièce fermant le jeu. L'antique joueur narguait son duo d'adversaires comme un chef de guerre barbare exécutant la danse de la victoire face à des troupes en déroute, portant ensuite sa tasse de café à ses lèvres en un geste de défi, l'arrogance du vainqueur. Zoubir réprima un sourire, de peur d'établir un contact, même de loin, avec ce groupe de retraités agités autour de leur interminable partie de dominos. Il était là pour autre chose. Ici, dans ce marché centenaire où son propre père avait vendu du poisson durant toute sa misérable vie, il se drapait de son anonymat silencieux, pour prendre du recul, loin des états-majors de Ben Aknoun et de Béni Messous, loin des fortifications des Tagarins, loin de la Sécurité militaire dont la simple évocation glaçait le sang et faisait tourner le regard comme pour éviter une malédiction. Loin de ce Aybak surtout, ce général à l'allure métallique, comme de l'acier chauffé à blanc, l'homme des sales besognes, comme lui, certes, mais qui le dépassait dans son aptitude à sauter par-dessus les êtres et les morts et à servir à tout prix les fous furieux du yacht.

Derrière ses grandes lunettes de soleil qui cachaient la moitié de son visage fermé, Zoubir Sellami commanda un autre café serré et contempla l'endroit, l'intérieur de la salle de café et l'extérieur grouillant, cet environnement faussement tranquille où certainement se baladaient des informateurs des tangos, ou peut-être même des tueurs qui ne pouvaient deviner la présence d'une telle cible de choix. Lui, une proie facile ? Avec son Tokarev et sa connaissance de la guerre et de la mort, sa précision de tir et la balistique russe, ses yeux radars et son flair de tueur, il savait qu'il remporterait la manche. Zoubir touilla son café, dont chaque gorgée lui provoquait des palpitations douloureuses, se représentant mentalement le holster indétectable dans lequel reposait le Tokarev, balle engagée et sans cran de sécurité, et, dans sa sacoche en cuir, son talkie-walkie en position silencieuse pour ne pas attirer l'attention. Mais le massif flingue russe au repos, à quelques centimètres de ses mains expertes, ne lui conférait que peu d'assurance. Sa seule véritable protection restait son absolu anonymat. L'anonymat, cette vieille tradition paranoïaque de la « maison », consistait à ne laisser filtrer aucune image des responsables ou des agents hors des tiroirs scellés de la direction des ressources humaines de la Sécurité militaire. Tiroirs encastrés dans des armoires blindées, renfermant des tonnes de fiches et de dossiers de l'effectif général du renseignement et des opérations spéciales. Comme des chargeurs fournis en balles assassines. Zoubir pensait d'ailleurs souvent au claquement de la culasse d'un pistolet qu'on arme en ouvrant et en fermant ces tiroirs…

– Je t'ai tué là, tu es mort, tu es mort !

Zoubir sursauta à nouveau et esquissa un geste vers sa veste avant de se ressaisir en balayant l'endroit du regard. Personne dans le café n'avait remarqué son geste car tous les clients et même le serveur regardaient la table des joueurs de dominos où le duo vainqueur exultait, taquinant leurs adversaires aux gueules d'enterrement.

– On t'a tué, *elhadj*, faudra changer de ville !

Zoubir hésita à sourire, puis renonça et garda les lèvres serrées comme pour contenir son âme, de peur qu'elle ne s'échappe par sa bouche. C'est maintenant à son fils Amin qu'il pensait, car il redoutait que son rejeton soit, d'une manière ou d'une autre, empêtré dans une sale affaire avec cette fille (putain, son amoureuse, se dit-il, je ne l'ai pas vu grandir !) et son frère, ce karatéka suspect. Et sa femme, cette mère qui ne surveillait pas assez Amin, qui pourtant savait qu'on était en guerre, la preuve, son mari en faisait partie intégrante. Cette Hassniya qui ne surveillait pas leur fils, en son absence à lui. Lui, père absent occupé par un pays dont le sang giclait nuit et jour, comme une panse gorgée qui explose. Parce que là, c'était grave, inquiétant, et il devait sortir son fils de ce pétrin, sans laisser aucune trace, sans donner l'occasion à Aybak de se mêler de cette scabreuse affaire personnelle.

Il pensait donc à son fils, au débriefing détaillé que lui avait fait son adjoint, le capitaine Saïfi, concernant cette fille, son frère, son flic de père radié… Il ne pouvait pas s'enticher d'une autre fille, ce petit merdeux ? s'interrogea Zoubir en reposant violemment sa tasse de café qui éclaboussa la petite table ronde et métallique. Parallèlement, l'autre idée faisait insidieusement son chemin, revenant sans cesse depuis la discussion avec son adjoint. Oui, d'accord, il avait été absent, son fils avait grandi sans qu'il s'en aperçoive, mais était-ce une raison pour que ça lui explose en pleine gueule, là, comme ça ? « Qui m'a vu grandir, moi ? Mon père ? Ma mère ? Personne. On vivait, on draguait, on travaillait, on allait nager à Mazzella, on volait dans les casernes françaises, puis on a appris à tuer sans se faire tuer et, le soir, on rentrait chez nous au domicile pourri bouffer la merde de la misère indigène, mais tout se passait dans les règles ! On ne foutait pas nos vies en l'air comme ça, d'un claquement de doigts ! Et le monde continuait à tourner et ne nous a pas explosé en pleine face… »

Oui mais, lui-même, s'était-il occupé de son fils ? Cet intime étranger qui avait grandi loin de lui dans les bras de la guerre qui lui avait tout pris, le temps et le sang, la tête et les jambes ? Courir derrière tout ce merdier, ramasser la merde. La merde qui éclaboussait tout, les yeux aussi, et on ne voyait plus rien, ni le fils ni cette vie qui court aussi vite et aussi impunément. C'était Hassniya qui assistait aux réunions des parents d'élèves avec les enseignants, dont elle ne lui disait rien. Pas l'occasion. Alors que lui ne connaissait les enseignants du lycée que par les bulletins scolaires trimestriels, où ils gribouillaient des « observations » aussi vagues que les conclusions hâtives au bas des rapports sur les gars que son service expédiait dans des tombes anonymes très tard la nuit. Parfois après une bavure, d'autres fois après un interrogatoire poussé. Ils apposaient des mentions définitives, finales, que ses supérieurs du yacht regardaient négligemment en compulsant des centaines de rapports, comme la suite logique d'un exercice, la conclusion si banale et si évidente d'un conte, presque affligeante de monotonie : « disparu ».

Le colonel soupira profondément.

Zoubir avait délégué la vie et la moralité de son fils au corps enseignant, qui lui en révélait des bribes au travers d'un miroir déformant, à quelques occasions parfaitement rythmées. Il ne voyait quasiment plus Amin, il ne voyait que la nuit, la grande nuit. Celle qui avançait inexorablement. Celle qui rendait impossible le jour. La guerre réclamait plus que le sang versé. Elle réclamait la vie des vivants et de ceux qui allaient mourir. La nuit nationale, la nuit cosmique dans laquelle baignaient les guerriers aux avant-postes, pour satisfaire les gradés du yacht ou pour se regarder dans la glace sans trop de honte. Pas trop de honte. Même si les ambitions de certains, comme ce Aybak, imprimaient un autre calque sur la guerre. Pas de guerre propre. Mais on pouvait au moins éviter qu'elle ne soit que sale, non ? Zoubir n'avait pas les moyens de le concevoir ainsi. Il était au fond de cette mer rouge intérieure. Et les courants étaient si puissants qu'ils auraient pu faire danser une armada de *Titanic* échoués.

Son fils, donc, aussi anonyme que les suppliciés qui passaient par la machine rodée à la douleur, à la confession qui fuse comme un cri de libération, aux nuits blanches à calmer de jeunes recrues prises de crises d'angoisse, les nerfs cramés à force de gérer toute cette déferlante de sang et d'insomnies.

Les officiers étaient les papas, les mamans, les copains, les dieux, les prophètes de ces petites recrues tremblantes qui fonçaient à bord des blindés dans les ténèbres et la peur. Chaque membre de son équipe était prêt et entraîné, en théorie, pour tenir le coup, pour rendre les coups à la grande nuit qui les dévorait comme un fauve légendaire. Mais souvent ces jeunes se brisaient. Certains perdaient la raison, d'autres se tiraient une balle dans le pied, juste pour un certificat d'inaptitude, ou dans la tête, selon les mètres qu'il leur restait à parcourir avant l'enfer. Parfois, ils se rataient et c'était encore pire, un estropié de moins de trente ans, et puis on devait expliquer ça à des parents qui ne pourraient jamais comprendre la grande nuit. Parfois ils passaient par le tribunal militaire pour avoir triché, pour avoir amoché leur corps, propriété de l'armée nationale populaire. Double peine. Leurs parents, eux, ne voyaient pas la nuit, ils voyaient la beauté de leurs fistons sortis enfin du douar ou du quartier miteux pour accrocher des étoiles à leurs épaulettes et gagner de l'argent courageusement. Ils pourraient ainsi s'offrir un mariage à faire pâlir de jalousie les voisins et les cousins, et peut-être même offrir un pèlerinage à la vieille pas avare de prières pour son petit en tenue qui empourprait ses joues de fierté. C'étaient eux, ses fils, à Zoubir. Pas Amin. Le petit chanceux, protégé dans le carcan familial, dans les jupes de sa mère, un lycéen qui ne pouvait avoir d'histoires. Plus chanceux que Zoubir à son âge, quand il avait dû affronter la guerre en s'engageant sans jamais avoir le choix, avalant sa fierté devant l'Autre, bouffant les restes pour survivre et ne pas en rester là. Pour se tenir debout, et tenir à bout de bras sa colère qui tirait à bout portant dans les faubourgs d'Alger, pour redevenir un homme. Mais là, franchement, pensait Zoubir, Amin… franchement trop jeune pour tout, l'amour, la mort et le reste. Il ne l'avait pas vu grandir et s'était contenté de le léguer à sa femme, qui ne devait être que mère ; il l'avait légué au lycée avec ses profs si rassurants ; à l'ADN transmis depuis des siècles avec son génome de l'obéissance aveugle. Apparemment l'obéissance ouvrait bien grands les yeux, nourrie par la lumière de l'insolence et de la vie, et devenait désobéissance, ou tout simplement, ce que Zoubir refusait d'admettre, la volonté et les désirs de son propre fils qu'il ne voyait plus dans cette grande nuit aveuglant tout. En ne pensant qu'à la guerre, on ne pensait jamais aux vivants. On pensait à protéger de loin ses proches et à s'occuper intimement de ceux qu'on ne connaissait que par code ou par matricule. Les numéros d'écrou ou les indexations d'un rapport rédigé à la hâte par des sous-fifres hargneux et usés par la séparation d'avec leurs familles, et dont les nuits étaient remplies de descentes et de rafles dans les pires quartiers d'Alger, où Zoubir les envoyait à la chasse toutes les nuits de la grande nuit. Le féroce colonel avait cru que tout allait fonctionner ainsi, maman-lycée-éducation-famille-bulle… Une machinerie bien huilée ? Une bulle loin de la guerre et de lui-même, loin de Zoubir et de ses nuits ramassées en une seule et immense obscurité ? Zoubir se confondait avec l'obscurité, la guerre, avec les tangos eux-mêmes, à force de proximité, d'intimité, d'opérations, d'interrogatoires, de récupérations de familles entières du maquis, à force de porter des bébés arrachés à la vie sauvage dans la montagne pour les rassurer dans l'hélico, le regard posé sur une mère adolescente qui cachait sa honte et son visage derrière des mains déjà abîmées, l'âme aussi peut-être, mais Zoubir n'avait pas le temps, à ce moment-là, de sonder ces profondeurs alors que l'hélico décrochait violemment du haut d'une crête, à Médéa ou à Ain Defla. Il arrivait que les mères, si jeunes, lui confient leurs bébés. Il les prenait sans hésiter. Ne les regardait pas trop, humanité chétive et si frêle, blottie dans ses bras musclés aux nerfs tendus. Et avec sa vareuse kaki, il couvrait le bébé. Il y avait trop de gamins paumés dans cette guerre. Alors là, que son propre fils soit mêlé à tout ça, c'en était trop.

Dans ce café populaire d'El-Harrach, sa ville, Zoubir voulait réfléchir à froid comme un père et comme un responsable de la lutte antiterroriste. Il se calma. Repensa et analysa les révélations de son adjoint qui menait une enquête discrète, loin des yeux et des oreilles du paranoïaque et dangereux général Aybak.

La veille au soir, l'obscurité suintait toujours à travers les murs du bunker de Châteauneuf. Le siège du PCO sentait la nuit, la guerre et les doux effluves que s'obstinaient à répandre de magnifiques mimosas dans leur indécent épanouissement, dans le parc de la caserne. Zoubir se promenait au milieu de ces senteurs, serré dans sa parka bariolée aux couleurs du camouflage para, tête nue, la casquette sous le bras et les rangers cirés foulant le gravier du parc tranquille à cette heure. Saïfi l'avait rejoint pour marcher à ses côtés, évitant le regard dur de son supérieur, évitant aussi de lui faire face alors qu'il sentait la rage de l'inquiétude irradier du corps du terrible colonel. Saïfi avait commencé à parler, avec quelques hésitations d'abord, eu égard à l'objet de son enquête : le fils même de son supérieur. Pourtant, tout le monde savait, dans les services, qu'il fallait absolument séparer les deux vies, missions et familles ne faisant jamais bon ménage. Zoubir Sellami s'efforçait d'ailleurs tellement d'oublier le colonel en présence des siens que des pans entiers de son travail tombaient dans une amnésie volontaire, dont il avait construit les mécanismes des années durant. Et quand, malgré tout, le sujet revenait sur la table avec son épouse (elle disait parfois « tu rentres tard », ou « hier, ils ont montré à la télé un repenti d'El-Harrach »), il se contentait de parler du « travail », « au travail, c'est le travail, pour le travail », banalisant le colonel en lui, l'enfonçant dans un coin de son esprit comme on force un éléphant à entrer dans un petit placard.

Juste un « travail », un poste salarié par l'État. Peu importait qu'il fasse partie de l'élite cruelle d'un service secret en temps de guerre. Peu importait. C'était tout un travail de l'oublier. « L'oubli est une miséricorde », dit le Coran, se rappelait Zoubir quand flanchaient les mécanismes de l'amnésie. Il avait mis au point tout un rituel en rentrant chez lui. D'abord, garer sa voiture, les yeux rivés sur les trois rétroviseurs et droit devant, rester un moment dans la voiture phares éteints mais moteur en marche, sortir de la voiture dont la tôle ne protégeait pas des balles (il refusait les véhicules blindés, trop lourds à manœuvrer en cas d'attaque), atteindre la cage d'escalier et monter à pas de loup, le Tokarev brandi, balle engagée. Tout cela en déployant ses sens comme des radars, comme des détecteurs de mouvements. Enfin ouvrir la porte et s'éveiller à la vie. Le dîner était réchauffé, souvent, et sa femme se trouvait devant la télévision pour tuer le temps, l'ennui et l'attente. C'est là qu'en refermant la porte derrière lui, il glissait le Tokarev dans sa ceinture au bas du dos. Si en rentrant c'était son fils qu'il trouvait devant la télévision, le protocole était le même, avec une variante toutefois : le regard dur, presque coléreux, car le fils surprenait le père dans son purgatoire, l'entre-deux. Le fils était là au moment critique où Zoubir passait de la guerre à la famille et au dîner réchauffé, de la guerre à la banalité salvatrice d'une demeure où son corps et son cœur pouvaient abandonner à terre le gilet pare-balles physique et mental. Invariablement, ensuite, Zoubir posait son talkie-walkie sur le plateau de cuivre du salon, s'isolait dans la salle de bains un quart d'heure, enfilait son pyjama et chaussait ses pantoufles avant de se diriger vers la cuisine pour avaler son dîner. Il faisait ensuite sa dernière prière de la journée dans la chambre parentale, sans rien dire à Dieu. Puis il s'endormait en mettant en position silencieuse le talkie-walkie et en rangeant le Tokarev dans le tiroir de la table de chevet. Tout près.

Dans la moiteur de la nuit de Ben Aknoun, au fort du centre principal des opérations, au cours de cette promenade avec son chef Zoubir Sellami, le capitaine Saïfi, prudent, avait choisi de commencer par le pire :

– Je t'ai mis sur écoute, je veux dire chez toi.

– Mais, je suis déjà sur écoute…

Saïfi avait dégluti, et s'était dit qu'en fin de compte c'était la merde, dans le sens où son patron l'avait chargé d'une enquête illégale.

– Je veux dire, euh… ta maison est surveillée par la direction des services, selon le protocole, mais j'ai procédé à l'ancienne, j'ai branché tes fils en bas de l'immeuble à un vieux boîtier d'écoute pour ne pas être repéré par les autres gars de nos services… Tu m'as dit que j'étais libre de faire ce qu'il fallait, *hadarat*. Eux n'écoutent pas sérieusement, c'est juste en cas de doutes ou de soupçons de coup de chien… Je veux dire, euh, qu'ils n'ont pas écouté ce que moi j'ai écouté.

Zoubir avait respiré un grand coup, se préparant à accueillir la catastrophe.

– Bon, OK, et alors ?

La première étape passée, Saïfi s'était senti mieux. Il avait continué à voix basse :

– J'ai aussi filé ton fils pendant dix jours, comme tu me l'as demandé, ainsi que ses amis proches, surtout Sidali…

Le prénom de Sidali avait ricoché dans la tête de Zoubir, sur les parois oubliées du bunker d'une autre guerre.

– Oui, continue, dit Zoubir, maîtrisant sa tension et usant d'une voix monocorde et froide.

– Euh, voilà, *hadarat*, je te résume la situation ou je fais dans le détail ?

Zoubir s'était arrêté de marcher pour fixer son subalterne d'un regard noir. Un frisson de terreur avait traversé la colonne vertébrale de Saïfi qui avait compris qu'il devait s'activer et ne rien négliger.

– Bon, je crois bien que cela a commencé il y a quelques mois, bien avant les appels bizarres codés qu'on recevait, je crois bien, après les écoutes, que ton… que ton fils est impliqué dans cette affaire car il appelait ou recevait des appels de ses amis du lycée, surtout de Sidali, pour organiser des réseaux…

– Des réseaux ?

Saïfi voyait la tempête arriver. Mais il s'en était tenu à sa mission.

– Oui, bon, euh… voilà, *hadarat*, ils sont malins en fait, ils parlent de réseau d'entraide, de réseau pour organiser des cours de soutien… Ce genre de choses. Mais à plusieurs reprises, ils s'oublient et prononcent des mots codés, en hébreu notamment.

Zoubir avait respiré profondément. Ainsi, ce doute qu'il tenait à distance, cette configuration inquiétante des choses à laquelle il ne voulait pas croire, s'imposait. Tout en digérant les révélations de son adjoint, il réfléchissait, en parallèle, comme dans un autre compartiment de son cerveau, aux solutions rapides et radicales à adopter. Cette fois-ci, le père et le spécialiste des coups fourrés travaillaient ensemble, mettant de côté la colère du père et les agacements du colonel face à cette situation inédite, où sa propre vie intime était devenue un terrain d'opération.

– Ils sont quatre, ton fils, Sidali, et deux autres, Nawfel et Farouk.

– Je connais Sidali, mais les deux autres ?

– Nawfel habite El-Biar, fils d'un riche homme d'affaires sans histoires, l'autre habite Bachdjerrah, là où justement les hommes de Qaher de la BMPJ font des cartons fréquemment grâce aux appels codés depuis quelques semaines…

– Mais encore ?

Les deux officiers terminaient le premier tour de la cour déserte, où seuls se faisaient entendre le bruissement du gravier sous leurs rangers et leurs faibles murmures. La nuit s'appesantissait autour d'eux, et les effluves de mimosa et de terre étaient accrus par l'humidité. Zoubir, tout en réfléchissant et en écoutant le capitaine Saïfi, gardait un œil prudent sur la porte du bunker, guettant l'apparition d'un autre officier, ou pire, celle d'Aybak qui viendrait fourrer son nez dans cette affaire qui prenait des proportions plus que dangereuses, pour lui et son fils. Pour sa famille. Aybak profiterait de cette catastrophe pour plonger le colonel Sellami dans le pire des cauchemars.

– Ils se réunissent souvent dans un bois, pas loin du lycée…

Pas la peine de préciser à Zoubir qu'il s'agissait du bois des Pères blancs, jouxtant le centre de formation professionnelle, anciennement QG de l'organisation fondée à Alger par le cardinal Charles Martial Allemand-Lavigerie. Cette pinède discrète, refuge des amoureux et des alcooliques du quartier.

– À la sortie d'une de leurs réunions, qui ne dure qu'une demi-heure, je me suis fait passer pour un flic avec une fausse carte de police pour fouiller le cartable de Sidali quand il s'est éloigné du groupe… Je ne voulais pas m'approcher d'Amin qui pouvait reconnaître ma voix, mais je n'ai rien trouvé. Rien de compromettant. Je voulais savoir s'ils avaient des listes, des documents… C'était risqué mais je les suivais depuis un bon bout de temps sans résultats concrets.

Au grand soulagement du jeune capitaine, Zoubir n'avait pas bronché. Il avait outrepassé les consignes de son chef qui lui avait imposé une nette distance avec les suspects.

– Ils sont bons, colonel. Ils font comme nous, pas de notes, pas de paperasse, peu de contacts. Oui, comme nous en fait… Pas de traces… En conclusion, nos jeunes lycéens ont créé une sorte de réseau clandestin pour débusquer les terroristes et nous les balancer, pas bien méchant tout ça, sauf si les terros s'en aperçoivent, comme nous…

– Ils veulent quoi encore ? Passer à l'action ?

– En tout cas, vu comment ils se déplacent entre leur domicile, le lycée et le bois des Pères blancs, ils ne semblent pas porter d'arme... Mais j'ai quand même cherché plus loin, au cas où. La seule arme qu'ils peuvent se procurer, disons, facilement, est celle du père de Sidali, Farès. J'ai fouillé dans le répertoire des permis de port d'arme chez les flics, à la centrale, il a un .7.65 depuis 1985 en bonne et due forme, délivré par son boulot... Je présume qu'il l'a toujours, vu que le permis a été renouvelé cette année...

Zoubir avait stoppé sa marche. Présentée ainsi, la situation était à la fois grave et absurde. Pourquoi son propre fils s'engagerait dans une aventure si risquée ? *Wech bi rebbou ?*

– Dernière chose, mon colonel, ton... euh, Amin ne fréquente apparemment plus la fille dont je t'ai parlé... Kahina... euh, je les ai vus séparément plusieurs fois, comme s'ils s'évitaient. Ça peut être important...

Saïfi avait respiré un bon coup, il se sentait soulagé après avoir vidé son sac.

– Et maintenant, je fais quoi, *hadarat* ?

Oui, il fallait décider maintenant. Saïfi s'était immobilisé devant son chef qui s'était passé la main sur la tête en un geste de lassitude et d'inquiétude. Saïfi, désemparé devant l'attitude du colonel, avait regardé ses rangers.

Et maintenant on fait quoi ?

Maintenant ? Zoubir pensait d'abord qu'il devait casser la gueule à beaucoup de monde. Pour se défouler, pour soulager cette colère explosant en lui : Sidali qui avait dû entraîner son fils dans cette merde ; le père de Sidali qui apparemment ne savait pas tenir son fils et qui cinquante ans plus tard revenait l'emmerder ; son propre fils, Amin, qui méritait une bonne leçon bien musclée... Et lui-même, se punir pour ne pas avoir été là, pour ne pas avoir été un père. Ou peut-être aussi casser la gueule à tout le monde, au hasard, dans la caserne, dans la rue, dans un magasin, dans un hôpital, dans une mosquée... Comme ça, pour faire payer à tous toute cette guerre et la merde qui éclaboussait chacun d'eux, individuellement. Mais il s'était repris car Saïfi paniquait en silence devant le mutisme de son supérieur. Que faire maintenant ? Zoubir devait penser en professionnel et en père à la fois. Pas facile. Il ne l'avait tout simplement jamais fait. Là, il ne s'agissait pas de briser os, âmes et sphincters dans un but opérationnel. Non, il fallait en urgence préserver son fils avant que la machine ne se réveille et les avale les uns après les autres. Manœuvrer finement avant qu'Aybak ou un autre fouineur ne s'intéresse de près à ce beau bordel. Ce n'est qu'après qu'il casserait la gueule à tout le monde.

De nulle part était apparu Aybak, comme un spectre. Comme d'habitude. Sourire figé et mains gantées du cuir noir réglementaire, se frottant pour se réchauffer. Le capitaine Saïfi s'était figé en un garde-à-vous anxieux. L'attitude nerveuse de Saïfi n'avait pas échappé à Aybak.

– Repos, capitaine, on est entre nous.

Zoubir avait calculé à la vitesse de la lumière l'attitude à adopter face à Aybak et à son sourire narquois, glacial. Il ne voulait rien laisser transparaître de son agitation intérieure.

– Il fait frais ce soir, avait lancé le général Aybak, le regard scrutant les visages de deux autres officiers comme pour découvrir la raison de cette balade nocturne.

– Oui, et à part tes prévisions météo, Aybak, du nouveau ?

Zoubir avait lancé volontairement l'offensive pour ne pas se laisser démonter par l'intrusion du général.

Aybak s'était détourné et avait indiqué la porte du bunker d'un geste rapide de la main. Saïfi n'avait pu s'empêcher de penser aux images d'officiers nazis, aux gants noirs et à l'allure rigide, qu'il voyait dans les films.

– Qaher a du pain sur la planche, c'est la merde dans ton secteur, Zoubir, comme d'habitude… avait lâché Aybak tout en regardant du côté de la porte du bunker, leur tournant le dos.

Sellami avait signifié du regard à Saïfi de s'éclipser. Salut militaire, pivotement des pieds et pas en arrière pour quitter les deux hauts gradés. Il s'était engouffré sans un regard derrière lui dans le bunker avec une forte envie de pisser et de les buter, tous ces officiers psychopathes auxquels il devrait ressembler pour gagner ses galons dans le marécage où il grenouillait depuis tant d'années. « Fils de pute », avait-il grondé intérieurement en se soulageant dans les toilettes du bunker, à quelques mètres du bureau où Qaher passait des communications en hurlant et en jurant.

– On marche un peu ? Ça va nous réchauffer avec toute cette satanée humidité, avait proposé Aybak à Zoubir.

Sans attendre de réponse, Aybak avait entamé sa marche, aussitôt suivi par Zoubir.

– Plus d'appels bizarres qui empruntent nos codes, mais ce silence depuis trois jours n'augure rien de bon…

– Hum, s'était contenté de répondre Zoubir en cachant toute impression d'agacement.

– Je suis très déçu, avait commencé Aybak en regardant droit devant lui. J'ai l'impression que tu mijotes quelque chose de ton côté, sans nous tenir au courant, Qaher et moi.

Zoubir avait accusé l'attaque avec tout le calme qu'il avait encore en réserve.

– De quoi tu parles, Aybak, tu vas arrêter de m'emmerder ou quoi ?

– Oh, ne fais pas ton innocent, Zoubir, c'est normal de faire des coups fourrés dans notre métier, mais au moins évitons de nous enculer les uns les autres…

– Je t'emmerde, Aybak, on n'est pas mariés toi et moi que je sache ! Continue comme ça et je demande officiellement au yacht de retirer mes hommes et mon service de l'opération. Après, tu te démerdes.

– Pas la peine de s'énerver, collègue, avait répondu doucement Aybak. OK, tu me parles de tes hommes, mais il était où, Saïfi, cette semaine ? Disparu des plannings, talkie-walkie éteint, et il ne rend de comptes qu'à toi !

Zoubir avait mis toute son attention à ne pas moduler le rythme de sa marche, ni celui de ses paroles. Il savait qu'Aybak était sensible à ces variations.

– Tu m'as bien dit que c'est la merde dans mon secteur, alors ne me fais pas chier, Aybak, et laisse-moi travailler avec mes hommes comme je l'entends. Sinon je les retire du commandement commun et du CPO.

– Très bien, alors, camarade, rappelle-toi ce qu'on a appris en Russie : on reste des frères même quand on est des ennemis…

– Va te faire foutre, Aybak, *roh nik rebbek*, avait lâché Zoubir aussi calmement que possible. J'ai toute latitude d'agir comme je l'entends en tant que responsable et en tant que haut officier et là je t'emmerde, monsieur *kawad* des gens du yacht !

Aybak fixait du regard ses rangers foulant le gravier de la cour de ce bunker où il était cloîtré depuis des mois. « Mais quoi ? Ce bonhomme n'a pas de femme ni d'enfants ? », se demandait tout le monde à propos d'Aybak. Celui-ci cachait sa vie comme il cachait son incroyable pistolet, un .44 Automag, revu par les Russes pour allonger le chargeur et le canon : une version hybride du plus puissant pistolet au monde, édité en seulement huit exemplaires, dont l'un était la propriété d'Aybak.

– Tu peux dire ce que tu veux, Zoubir, mais moi je vous ai à l'œil, toi et tes hommes. Tu fais un pas de côté et je serai là pour te buter.

Zoubir s'était arrêté face à Aybak et, d'un mouvement brusque, avait plaqué son bras gauche sur sa poitrine et l'avait immobilisé.

– Aybak, tu ne me parles plus jamais comme ça ! Tu as perdu la tête, espèce de petit merdeux, de cafardeux de mes deux ! Tu t'adresses à un officier, espèce de sous-merde !

Aybak avait fixé un moment ce bras qui le retenait à la poitrine. Zoubir était hors de lui. Aybak avait souri.

– D'accord, j'attends tes explications, colonel Sellami.

Zoubir n'avait même pas réfléchi. Il avait déjà anticipé les soupçons du paranoïaque officiel.

– Tu me dis que ma zone pose problème, alors j'agis en conséquence. Saïfi est engagé dans une mission que je veux discrète et je n'ai absolument aucun compte à te rendre.

Aybak avait considéré d'un haussement de sourcil ironique le bras qui lui barrait le passage.

– C'est ça, colonel, mais je te préviens, la cour martiale et la prison à vie, à côté de ce que je peux te faire subir, c'est rien.

Il s'était dégagé du bras de Zoubir et s'en était allé d'un pas lent vers la porte du bunker, qu'il avait refermée doucement derrière lui.

Zoubir était resté planté là, au milieu de cette cour déserte, avec la nette conviction que ce qu'il redoutait le plus venait de se passer : ouvrir un nouveau front avec Aybak sur un terrain sensible qu'il ne contrôlait plus. Sa propre vie, ses entrailles, la chair de sa chair, ses derniers retranchements. Et trouver là, dans son inimitié, si longtemps préservée des services et de lui-même, une brèche qui permettrait à Aybak de le détruire et de le présenter en offrande aux gens du yacht, rien que pour sa gloire personnelle, et pour sortir multigalonné de cette guerre.

Dans cette nuit et ce froid, et pour la première fois de sa dure vie de soldat, il s'était senti si seul qu'un frémissement lui avait parcouru le corps, comme le souffle d'une fragilité qu'il ne soupçonnait pas jusque-là, jaillissant en toute impudeur devant son regard d'acier, et le mettant à nu face à la banalité des choses de la vie. Il se sentait humilié. La colère était montée en lui comme une balle de kalachnikov. Prête à tuer. Son fils. Son propre fils.

35

Quelques jours auparavant, les quatre amis s'étaient réunis dans le bois des Pères blancs, déposant leurs cartables au pied des pins. Ridicule geste de distanciation entre le lycéen et le combattant clandestin. Entre l'âge qu'ils avaient et celui que le destin leur imposait. Si jeunes, presque des gamins, et si adultes, à parler de vie et de mort. À négocier la prise en main d'une arme et la justification d'un crime. Inversant les existences et les statuts, les enjeux.

Sidali alluma une cigarette, nerveux, et raconta l'incident survenu après leur dernière réunion.

– Quand on s'est quittés la dernière fois, un connard de flic m'a contrôlé à la sortie du bois, à croire qu'il nous espionnait ici… Il était bien précis dans sa fouille… Jamais vu dans les parages ou au commissariat du quartier…

Amin, inquiet, alors que Nawfel et Farouk étaient concentrés sur l'objet de la réunion, demanda :

– Et il était comment, ce flic ?

Il pensa aux services et à leur manie d'être partout et nulle part, comme son propre père.

– Peut-être un mec d'un autre commissariat ou de la BMPJ qui s'est perdu ici, poursuivit Amin, parfois ils rôdent partout en empiétant sur les prérogatives de leurs…

Farouk le coupa brutalement :

– Écoute, arrête tes conneries et parlons plutôt de ce qui nous amène ici, on ne veut pas trop traîner, déjà que, apparemment, les flics nous tournent autour, y a pas de hasard !

Amin et Sidali étaient assis sur une marche incrustée dans un dénivelé de terre au milieu des antiques pins maritimes alors que les deux autres, Farouk et Nawfel, se tenaient debout face à eux, tendus, l'air mécontent. Farouk avait les mains qui tremblaient légèrement, il les dissimulait derrière son dos. Nawfel, lui, tirait sur sa cigarette nerveusement, lançant des nuages gris, comme les prémices d'un orage. Amin leur jetait déjà un regard noir, devinant à l'avance l'objet de la colère de ses amis.

– Je suis contre ton idée de passer à l'action, Amin ! C'est de la folie ! Nous, si on tombe, c'est la merde, mais toi tu as toujours ton père pour te repêcher, lança Farouk qui laissa échapper la rage qu'il contenait depuis leur sortie du lycée.

Amin prit l'attaque calmement et hocha la tête avec un sourire narquois, ce qui mit Farouk hors de lui. Ce dernier avança d'un pas vers les deux lycéens assis et s'immobilisa à quelques centimètres.

– On n'a pas à tuer qui que ce soit ! On n'est pas des assassins !

Sidali se leva pour faire barrage entre Amin et Farouk, et ce dernier recula d'un pas.

– On en discute, d'accord ? tenta Sidali en ouvrant les bras devant Farouk pour désamorcer sa colère.

– On en discute ? Tu te fous de nous, Sidali ? intervint Nawfel en jetant sa cigarette sans l'écraser.

Amin demeura silencieux, digérant l'attaque de Farouk sur son statut de privilégié. Oui, son père pourrait le sauver en cas de catastrophe, si les terros et l'État les prenaient en chasse, mais avait-il pensé, ce con de Farouk, à ce que lui ferait son père en découvrant leur organisation ? Son père ne se contenterait pas de lui faire passer un sale quart d'heure. Ça serait pire. Il ne savait pas quoi, mais il faisait confiance à son sens du châtiment.

– D'accord, Sidali, tu veux qu'on en discute ? OK, moi je suis contre, Nawfel aussi est contre. Un, je ne suis pas un assassin, vous non plus d'ailleurs, et deux, pourquoi le buter ?

– Pas envie de discuter de ça avec toi, Farouk, si tu as envie de te casser, fais-le, on n'a pas signé de contrat entre nous.

Amin lâcha sa phrase avec une froideur qu'il ne maîtrisait pas. Quelque chose remonta du fond de son être, un mélange de cruauté et d'une nouvelle lucidité faite de désir de vengeance et d'aveuglement, qui plongeait loin dans ses racines. Mais il avait aussi conscience que son désir de vengeance était motivé par la trahison de Kahina, son insultante infidélité, et qu'elle sous-tendait sa volonté meurtrière.

Farouk le considéra un moment en passant une main nerveuse dans ses cheveux.

– Tu veux qu'on bute le frère de ta copine, comme ça ? C'est quoi ce délire ?

– On a une arme et, pour la première fois, un mec dont les liens sont très clairs avec les terros. Je ne vois pas ce qui te pose problème.

– C'est le frère de ta copine, connard.

– C'est un terro, et on peut l'abattre facilement, on ne peut plus se contenter d'appeler les flics pour jouer aux délateurs cachés. On s'est dit depuis le début qu'on devrait à un moment ou à un autre passer à quelque chose de plus sérieux… Et en plus, on va se faire repérer en utilisant les codes des services dans nos appels… Tu veux plus casser du barbu, toi ?

Nawfel regarda ses amis les uns après les autres, puis baissa la tête pour réfléchir un moment, ou pour se désoler devant l'obstination d'Amin.

– Je doute de tout ce que tu dis, Amin. Arrête de te foutre de nous. Moi je quitte l'organisation et Farouk aussi, mais avant, Sidali et Amin, un conseil d'ami, ne vous enfoncez pas comme ça dans la merde. On est en guerre, on ne joue pas, là. OK, on a été d'accord pour le flingue, pour nous protéger en cas de problèmes, mais là, non. Moi, je ne tue personne !

– Et que fais-tu du serment ?

Nawfel avança vers Amin et posa sa main sur son épaule.

– Le serment ? Justement, je suis en train de le respecter, on devait surtout prendre soin les uns des autres.

C'était peut-être l'âge plus avancé de Nawfel, ou son ton condescendant avec cette main paternaliste sur son épaule, Amin ne put se retenir.

– Tu n'es pas mon père !

Nawfel retira sa main et recula brutalement, heurtant Farouk derrière lui. Et Amin réalisa ce qu'il venait de dire. La spontanéité de sa réponse reflétait l'ironie cruelle de sa position.

– Tu n'es pas un assassin, Amin ! Déconne pas, mon frère ! Sidali ?

Farouk tentait le tout pour le tout. Sidali s'approcha de Farouk, leurs visages se touchant presque, et lui mit les deux mains sur les épaules.

– Je ne te juge pas. Faites ce qui vous semble juste, toi et Nawfel. Moi je suis décidé. Il nous faut un geste fort pour sortir de ce que nous avons été condamnés à être, des brebis qui se suivent pour plonger aveuglément dans le massacre de l'abattoir. Nous tuerons ceux qui nous tuent. Rappelle-toi le serment ici… Que feras-tu quand ton père ou ton grand-père seront assassinés ? Tu déposeras plainte ? On n'en est plus là. On a démarré un truc, entre nous, faut pas s'arrêter devant le premier scrupule… C'est le frère de la copine d'Amin ? Et après ? C'est lui qui a ramassé le plus de renseignements sur un suspect en si peu de temps, confirmant un lien avec les groupes ou avec la bombe d'El-Harrach… Et après ? Si c'est pas vrai, est-ce que c'est grave, *ya erreb ?* Eux, ils ne s'encombrent pas de toutes ces précautions. Ils nous buteraient tous pour un rien, comme cela se passe, là maintenant, partout… On fera pleurer leurs mères avant qu'ils ne fassent pleurer les nôtres ! *Tebki yemmah ou ma tebkich yemma !*

Farouk baissa encore la tête. Ému peut-être. Penser à son père et à son grand-père ciblés par les barbus. Mais tuer, *din erreb*, c'était pas du tout la même chose.

– Je sais, c'est des animaux qu'il faut anéantir, massacrer jusqu'au dernier, mais là, non. On deviendra comme eux, Sidali *khouya…* Amin ! Et c'est ta copine en fin de compte ! Tu en fais quoi ?

Amin resta de marbre et regarda maintenant l'aîné du groupe, Nawfel, dont le teint sombre virait au gris anxieux.

– C'était ma copine. Je n'ai pas très envie d'en parler. Elle n'est pas venue avec moi à la fête de Samy à Bab Ezzouar. Elle n'est plus avec moi, c'est tout.

– Suis pas convaincu, pesta Nawfel alors qu'un bruit en contrebas les fit sursauter.

Sidali retira ses mains des épaules de Farouk qu'il tenait fermement. Amin se leva d'un bond. Trop tard.

À quelques dizaines de mètres jaillirent deux 4 × 4 blancs, à l'approche silencieuse, conduits par des mastodontes en tenue noire, visage découvert, en colère.

Un lieutenant, reconnaissable aux deux étoiles argentées accrochées à sa poitrine, s'avança vers eux, laissant ses hommes former un cordon de sécurité autour, kalachnikov en bandoulière et Beretta 92 vingt-trois coups en évidence à la main. Il avait à peine la trentaine et une gueule de gamin, brun avec de grands yeux noisette, le crâne rasé comme pour contrebalancer son air juvénile.

Amin, Sidali, Nawfel et Farouk, sans réfléchir, allèrent à la rencontre des hommes et s'arrêtèrent à quelques pas de l'officier qui les dévisagea, d'abord avec suspicion, puis avec surprise. Sans un mot, les quatre garçons tendirent leurs cartes de lycéens. L'officier les examina et fit signe à ses hommes de regagner les deux véhicules. Ils se dispersèrent comme un vol d'oiseaux avant d'être avalés par les puissants 4 × 4, moteurs vibrants et blindage ostentatoire.

– Qu'est-ce que vous foutez là ? demanda l'officier dans un claquement sec.

Amin s'avança, piétinant la ligne de sécurité qui le séparait de l'officier.

– On attend nos copines.

L'officier sourit devant leur calme apparent et rangea l'arme dans son holster en cuir, sur le flanc de ses côtes musclées. Il fit demi-tour sans un mot. Les véhicules démarrèrent discrètement, emportant ce jeune contingent guerrier, cette masse fiévreuse de muscles et d'armement, vers d'autres terrains de suspicion et de mort.

Amin pensa, une seconde, à son père. Portait-il une cagoule dans ses opérations ? Seraient-ils, eux, les enfants, les pères, les ennemis, les suspects et les morts ? Tout cela à la fois ? Oui, et cela était toute sa vie, maintenant. Maintenant et à jamais puisque…

– Puisque tu me dis que *khlass*, ça y est, alors c'est bon, ici nos chemins se séparent. Sans rancune, lança Amin sans regarder Farouk qui marchait à côté de lui, remontant vers l'escalier en pierre et leurs cartables négligemment posés là.

– On ne veut pas être vos complices, dit Farouk en regardant droit devant lui, on arrête tout.

Sidali devança le groupe vers les pierres et s'assit en rangeant sa carte de lycéen dans la poche de sa veste. Il resta silencieux, les yeux se promenant entre ses trois amis.

– D'accord.

Amin se contenta de cette réponse et alla récupérer son cartable. Ses mains tremblaient-elles aussi ? De peur ? De rage ?

Les deux à la fois, certainement. Il venait de perdre plus que des amis, des frères de sang. Mais sa détermination nouvelle, nourrie par son désir de vengeance contre Kahina, qui entretenait une relation intime avec une fille, une flic… Intérieurement, oui, il s'étranglait de colère. D'indignation même, maintenant contre Farouk et Nawfel qui le lâchaient au moment où il fallait tout donner, au moment où il fallait plonger réellement dans la guerre.

Sans un mot, étranglés peut-être par le même degré de ressentiment, mais pour des raisons différentes, Farouk et Nawfel attrapèrent leurs cartables et s'éloignèrent vers la sortie du bois.

– Tu me suis toujours ?

Sidali regarda Amin debout, qui fixait le dos des deux amis s'éloignant parmi les pins maritimes.

– Je sais qu'on ne tue jamais personne pour les bonnes raisons, mais là, il nous faut un exemple. Même s'il n'y aura qu'un seul mort, même si c'est le premier et le dernier qu'on abat. Mais je dois te dire une chose. Regarde-moi.

Sidali vit le visage gris de son ami, un masque de mort et de tristesse. Il y vit aussi une effroyable détermination à tuer.

– Dis-toi bien que si on commence ainsi, on ne pourra pas s'arrêter, tu sais bien qui sont les prochaines cibles…

Amin devina la pensée de son ami. Il en eut un frisson.

– On sait que nos ennemis, ce ne sont pas seulement les barbus, l'État aussi nous a mis dans cette merde. Si on tue un barbu, on devra ensuite, pour être cohérents avec nous-mêmes, et surtout pour justifier l'assassinat, tuer un gars de la *houkouma*. Il nous faudra un symbole. Et s'il n'était pas ton…

Horrifié, Amin ne put riposter. Son visage s'anima et son bras se leva pour arrêter l'argumentaire de la machine infernale qu'ils avaient enclenchée.

– Et s'il n'était pas ton père, ça serait la cible idéale.

Amin jeta son cartable à terre et s'assit dessus, ramena ses genoux vers son buste et les enserra entre ses mains jointes. Il laissa sa tête retomber et lâcha :

– On ne va pas refaire la guerre entre nos parents.

– Ce que nous a raconté Hadj Brahim n'a rien à voir avec ça, Amin. C'est juste une idée impossible, mais logique si on poursuit notre raisonnement.

Avant même qu'Amin ne digère les mots de Sidali, ce dernier revint à la charge :

– Et si ton père découvre tout ça ?

Amin ne répondit pas.

– On est morts, tous morts, répondit Sidali à sa place. Très morts !

Si morts qu'il fallait tracer tout droit. Oublier le flingue et les documents dissimulés entre les cahiers et les manuels du lycée pour ne pas attirer l'attention du flic, du gendarme, ou de ce para au regard de tueur sous son chèche qui soulignait sa provenance de Biskra, de la caserne des forces spéciales, ces bouffeurs de serpents pour qui égorger était simple comme bonjour. Tracer droit et passer inaperçu dans le champ visuel paranoïaque des porte-flingues de l'État vengeur, de l'État méchant qui voulait retrouver sa stature bafouée par ses rejetons barbus ! Tracer tout droit, comme une balle insolite qui subit la rotation vertigineuse, matrice de sa propulsion, en un courage fou qui te prend par les testicules, puis monte vers le ventre quand tu demandes un jus de citron dégueulasse au camion fast-food à la sortie du lycée avec, à quelques centimètres de tes bras qui ne tremblent même pas, des flics et des gendarmes qui commandent bruyamment leurs misérables sandwichs merguez-frite-omelette. Et oublier le soleil et les lycéennes, oublier jusqu'au goût du jus de citron qu'on avale comme s'il n'en était rien. Or la mort, la torture et la disparition arbitraire étaient juste là, tapies à quelques centimètres, entre les mains de ce flic ou de ce gendarme. On ne pouvait même pas leur en vouloir d'être les instruments de la mort et de l'horreur qui t'attendait, si jamais un regard mal placé dirigeait leurs soupçons vers toi, la fouille et l'arrestation, la brutalité et la disparition. Les flics et les gendarmes, cibles mouvantes, proies presque trop faciles pour les terros, simple chair à canon éparpillée par un commandement hors de portée des fréquences radio, savaient que leur vie ne tenait à rien. À rien. Jeunes mecs armés par l'État pour le défendre, ils avaient découvert qu'ils devaient d'abord sauver leur peau face à l'hostilité de tout un chacun : le voisin, l'ami, l'oncle, la copine, le passant anonyme. Ce bras à côté de moi, si proche, plus proche que le cordon ombilical, est ton exécuteur, l'agent qui t'humiliera, qui plongera tes parents dans d'insondables angoisses, qui te livrera à des flics bourrés dont les propres collègues et amis ont été butés par des tangos dont tu feras partie, puisque tu portes illégalement une arme durant une guerre qui n'en est pas vraiment une. Ce n'est plus une guerre, c'est un massacre, un carnage quotidien et banalisé. Un carnage. Le pire, car il régule ta vie et te donne le courage de porter l'arme qui peut te condamner à la torture, dans les casernes et souterrains que gèrent Zoubir Sellami et ses camarades. Le talkie-walkie à côté grésille. Le Beretta 81 t'oblige à te faire tout petit, à être ailleurs pour ne pas attirer l'attention du flic ou du gendarme… Discret mais bien là, présent, à l'écoute des mille bruits et messages de la guerre fusant du talkie-walkie, alors que l'agent dans sa tenue bleue ou verte, usée par le temps, remercie froidement pour le sandwich, et tu vois dans ses gestes banals, payer et jauger entre ses mains son casse-croûte emballé n'importe comment, puis partir, le salut de ton âme et de ton cul, car tu ne seras ni tué ni violé avant, au moins, la fin de la journée. Les forces de l'ordre et la milice repartent en un mouvement synchronisé, jetant des regards suspicieux complètement gratuits, et tu les vois s'éloigner sans même bouger ta tête. Car tu es connecté au moindre de leur mouvement et tu sais que tu ne pourras rien faire si jamais l'apocalypse se déclenchait.

Quelle folie poussait un lycéen à porter une arme à feu et à décider de tuer d'autres humains, alors qu'on nageait en pleine paranoïa et que les forces de l'ordre se faisaient tirer comme des lapins ? Certains diront que c'est parce qu'ils étaient déjà morts. Ou peut-être s'agissait-il d'un désespoir qui voulait aller de l'avant ? En fait, le mobile était de se sentir trop jeune pour accepter le statut pathétique du sursitaire. Tout le monde avait été contaminé sans le savoir par le sang des aïeux, des pères, des mères et des tantes qui avaient, bizarrement, nagé contre le sens despotique de l'histoire pour libérer tout un pays de l'humiliation. Ce n'était pas qu'un indigeste folklore révolutionnaire, c'était le moteur même de cette folie meurtrière, c'était ce qui avait armé ces jeunes bras de lycéens. C'était de cela qu'il s'agissait, ne pas obtempérer au diktat de l'assassinat, de tous les assassinats, de partout, des tangos ou de cette structure pathologique qu'est *eddouwla*, l'État acariâtre et cruel prêt à vous sauter à la gorge en cas de démonopolisation de la violence, son capital premier et fondateur. Mais on leur avait quand même bien appris, à ces fistons de l'indépendance, à ne pas baisser la tête devant un *chikour* ! À la maison, dans leurs rêves, à l'école, dans la rue, au cimetière et au jardin d'enfants !

36

Il fallait le prévoir un après-midi. Ce moment entre le déjeuner et les abords de la prière de la mi-journée. Surtout quand il fait très chaud ou quand il pleut. Les petites rues sont désertes pour un moment. Les flics mangent à 13 heures. Et même les jeunes couples attendent la fin de journée pour se voir à l'abri des regards des frères et des voisins. C'était dans cet angle mort du jour qu'Amin et Sidali avaient planifié l'assassinat de Mehdi, le frère aîné de Kahina, identifié par Amin comme suspect plus que convaincant, complice ou même membre du FIDA, et dont l'élimination par balle enverrait un message clair à ses complices terroristes : « Vous n'êtes pas les seuls joueurs avec les services dans cette guerre clandestine, nous sommes aussi clandestins que vous, nous vous connaissons et nous vous détruirons. » Les deux jeunes hommes montèrent leur embuscade à l'escalier d'El-Dahlia, un endroit peu fréquenté à proximité de la cité d'Amin, qui reliait le quartier à la rue, en contrebas, menant au lycée mixte. Escalier protégé par des murs de deux à trois mètres, bordé par un terrain vague envahi par des herbes hautes et des chardons d'un côté, et, de l'autre côté, par le mur d'enceinte du lycée Abane-Ramdane. Un piège parfait. Une opportunité parfaite pour un guet-apens.

Amin et Sidali avaient suivi Mehdi pendant des jours. Ils avaient appris par cœur son emploi du temps. Du matin à la fin de journée, il se trouvait à la maison de jeunes à El-Harrach où il avait repris le travail après l'attentat contre la salle de sport. Il rentrait chez lui, rue Ahmed-Aoun, pour déjeuner et, deux fois par semaine, il remontait jusqu'à Lavigerie pour aller faire sa prière aux Dunes, les deux vieilles mosquées d'El-Harrach étant jugées pas assez « dures » par les barbus du quartier. Il empruntait automatiquement cet escalier vers midi et demi pour passer devant le lycée, sans doute pour s'assurer que sa sœur ne traînait pas en dehors de l'établissement. Un détour qui ne lui coûtait pas grand-chose, il ne reprenait les séances que vers 15h30. Mais cela lui coûterait autrement plus cher aujourd'hui. Autrement plus cher, avaient décidé Amin et Sidali.

Assis tous les deux sur la portion de l'escalier où les murs étaient les plus hauts, dans ce désert urbain que créait le début de l'après-midi, Sidali et Amin attendaient leur proie avec l'angoisse d'un accouchement. Accoucher d'une mort. Aller au-delà de ce qu'ils étaient. Après une longue nuit sans sommeil et des jours sans contacts téléphoniques. Assis là, le pistolet .7.65 dissimulé par Amin sous sa veste, la crosse serrée dans sa main droite sous le tissu, le poids appuyant sur ses côtes. Ils ne se disaient plus rien. Concentrés ? Même pas. Juste cette extraordinaire frousse qui remontait du plus profond de l'âme et du ventre vers la tête et le visage, transfigurant leur gueule d'ange et leur perception du monde. Amin pensait que cela ressemblerait à un champ de tir, comme ce qu'il avait vu, gamin, avec son père dans de nombreuses casernes. Mais il ne s'agissait plus d'une cible en carton.

Ils entendirent des pas et se levèrent comme un seul homme. Ils virent Mehdi dévaler les marches dans son survêtement jaune et noir frappé de l'écusson de l'équipe de karaté d'El-Harrach. Arrivé à leur niveau, il leur lança un regard sans trop s'attarder. Deux lycéens accoudés au mur. Pas plus.

– Merrad ! cria Amin.

Amin convoqua le nom, la famille. Pas le prénom.

« À genoux, *rebbek* », lancèrent les deux jeunes hommes à Mehdi, interloqué face au pistolet que braquait sur lui Amin. Le ton dur qu'ils employèrent avait moins pour objet d'intimider leur proie que d'ancrer les deux bourreaux dans leur funeste rôle.

Les yeux hors de leurs orbites, Mehdi les regarda, hébété dans un premier temps puis horrifié. L'équilibre autour de lui, ce semblant de vie et de normalité quotidienne, venait de voler en éclats, bruyamment. Il se mit à genoux alors qu'il perdait quasiment l'usage de ses jambes. « Ils vont pas me buter ces petits cons ?! » pensa-t-il, ou tenta-t-il de penser au milieu du chaos mental dans lequel il était plongé. En face, l'arme pointée sur sa tête résumait l'univers et sa vie.

La mort était là, prête à jaillir, dans le canon de l'arme braquée sur lui. Il se dit mille choses et rien. Coupable ou pas. Ennemi réel ou simple passant fauché par cette salope de guerre qui racolait large du côté des victimes et aussi des bourreaux. Le massacre était si imminent que Mehdi oublia le rituel de la *chahada*. Tout s'était dissous, son être et son histoire, aussi solides fussent-ils, dans la lave de peur panique qui tordait ses boyaux, provoquait la pisse.

La peur avait pris possession de l'univers. Dans ce trio, elle était la maîtresse, le trou noir qui les aspirait tous les trois.

Amin avait imaginé la scène des jours plus tôt. Lui dirait-il : « crève, salaud ! » ? Ou, plus solennel : « Ceci est la punition de ceux qui collaborent avec les terroristes », phrase souvent inscrite par les paras ou les Ninjas sur les bouts de carton accrochés aux cadavres criblés de balles ou égorgés qu'on retrouvait le matin tôt dans les rues des banlieues est et sud.

Mais là, les mots lui échappaient, le quittaient. Il ne restait que ce doigt enserrant la détente.

Sans fermer les yeux, comme il se l'était promis dans l'intimité de son lit la veille, Amin tira. Il vit Mehdi propulsé vers l'arrière et porter la main à sa joue dans un cri bref et strident. Amin sentit la main de Sidali lui prendre le pistolet et entendit un deuxième tir. Enfin Mehdi s'écroula. Un continent sombra devant eux, englouti par une colère d'océan dont le fracas dévastateur hantait l'humanité depuis des siècles. Ils ne virent pas, dans ce colossal naufrage, le sang qui coulait ni le nuage de débris d'os crâniens jaillissant du front de Mehdi. Ils l'enjambèrent, fuyant, Sidali tirant Amin par le bras en sautant quatre à quatre les marches.

– Cours Amin, cours, ne t'arrête surtout pas !

En bas de l'escalier, ils se regardèrent, Amin reprit ses esprits et Sidali lui confia le pistolet. L'arme devait être cachée là où personne n'irait la chercher : au domicile du colonel Sellami. Ils se séparèrent et marchèrent chacun de son côté, vite. Le monde venait de s'écrouler autour d'eux, croyaient-ils. Mais cela faisait déjà longtemps qu'il s'était écroulé en un tumultueux cliquetis de squelettes, s'effondrant autour d'eux et parmi eux.

37

– *Hadaret…*

Saïfi essaya de ne pas attirer l'attention des officiers en tenue kaki bariolée, réunis autour des rapports, cartes et documents éparpillés sur la table, talkies-walkies posés par-dessus pour éviter qu'un coup de vent n'emporte la guerre imprimée. Mais Aybak ne rata pas l'appel discret de Saïfi qui s'avançait vers le colonel Sellami et lui murmura quelque chose à l'oreille. Aybak observa Zoubir : rien ne changea dans les traits de son visage. Il resta penché sur l'exposé de l'officier qui détaillait d'une voix monocorde les bilans de la soirée en indiquant sur les cartes d'Alger et de sa banlieue les zones d'opérations et d'attentats. Saïfi se retira rapidement en saluant son supérieur. Aybak le regardait intensément, comme s'il tentait de sonder son esprit. Sellami, s'il remarqua son insistance, fit mine de rien et resta concentré sur les cartes et les bilans opérationnels.

Aybak se redressa et ajusta sa ceinture militaire. Il toisa Zoubir.

– Du nouveau ?

« *Kh'tok* », « ta sœur », répondit Zoubir intérieurement tout en relevant la tête et en regardant aussi fixement que possible Aybak.

– De ton côté ? Les opérations rendent bien, non ?

Aybak sentait le mauvais coup venir avec ce Saïfi qu'il soupçonnait de mener des opérations pour le compte de Zoubir.

Zoubir, toujours concentré, posa à l'officier qui présentait les comptes rendus opérationnels des questions précises et techniques. Aybak renifla comme un chasseur la proie qui ouvrait elle-même une brèche opportune dans son dispositif défensif. Il avait peut-être, là tout de suite, une fenêtre de tir pour abattre Zoubir Sellami, le challenger à ses yeux et aux yeux des patrons du yacht, et atteindre le sommet de la hiérarchie secrète et puissante.

Zoubir calcula tout ce qui se passait dans la tête de ce terrible Aybak tout en faisant mine d'écouter l'exposé technique. Il savait qu'il ne fallait rien laisser transparaître de la décharge de tension qui lui traversait le corps. Et surtout, il devait planifier calmement les étapes à venir, sans laisser son émotion de père l'emporter. Dans un coin de sa tête, Zoubir dessinait déjà les plans de son action pour étouffer cette affaire gênante.

Aybak s'approcha de Zoubir et lui demanda à voix basse :

– Qu'est-ce qu'il a, Saïfi ?

Zoubir prit son talkie-walkie et répondit avec assurance et détachement :

– Des coups de feu entendus dans le secteur de Lavigerie et peut-être un mort. Tu avais raison, Aybak, cette zone devient inquiétante.

– On envoie une équipe ou on laisse les flics de Qaher s'en charger ?

Aybak posa la question mécaniquement alors qu'il était désarçonné par le calme apparent de Zoubir. Quelque chose lui échappait. De son côté, Zoubir savait qu'il fallait jouer serré, ne pas trop cacher les choses pour ne pas éveiller les soupçons d'Aybak.

– Je vais y aller moi-même, ce n'est pas loin de mon quartier, je connais les lieux et le commissaire du coin.

Zoubir se dirigea vers la sortie et dit à Aybak :

– Je te tiens au courant dès que j'arrive là-bas.

Aybak opina du chef et regarda son collègue quitter la salle d'un pas décidé mais sans précipitation. Alors qu'il réfléchissait à envoyer des hommes à lui pour surveiller son cirque, son talkie-walkie grésilla nerveusement.

– Alpha au rapport !

C'était Structure, sur le yacht, qui réclamait une synthèse immédiate de l'exposé. Aybak sortit de la salle et s'isola dans le couloir pour réciter les bilans, et peu à peu la voix impérieuse de Structure exigeant des détails et des évaluations précises couvrit les pensées d'Aybak, qui regrettait cet appel l'empêchant d'organiser la filature de Zoubir.

Zoubir récupéra Saïfi dans le parc de véhicules, choisit le gros Nissan Patrol noir et démarra en trombe, vérifiant qu'aucun autre véhicule ne sortait à sa suite.

Saïfi n'osait plus dire un mot. Devant son silence gêné, Zoubir lâcha :

– On doit faire vite.

Devant ce lapidaire plan d'actions, Saïfi s'inquiéta encore plus. Qu'avait décidé le colonel et, surtout, le père ? C'était la première fois de sa jeune carrière dans les services et la guerre que les assassins étaient identifiés. Et voilà qu'il s'agissait du rejeton de son patron ! « Dans quelle merde va m'embarquer Zoubir Sellami ? » s'inquiétait le capitaine Saïfi qui voyait bien que sa vie pouvait voler en éclats de différentes façons. Aybak le ferait passer en cour martiale, ou bien le buterait, tout simplement.

Lançant le bolide blindé à pleine vitesse, Zoubir se concentrait sur la conduite, mais sa tête bouillonnait. Il avait déjà fait des plans en prévision du pire scénario. Mais là, il était en plein dedans, le pire scénario prenait corps sur le terrain.

Il capta l'inquiétude de son subordonné et lâcha en braquant violemment le volant du puissant 4 × 4, coupant la route à plusieurs véhicules pour prendre la bretelle El-Harrach :

– C'est mon affaire, je te blanchirai avec « eux » si ça dérape.

– D'accord, *hadarat*, se contenta de répondre Saïfi en un souffle neutre.

Mais le jeune capitaine savait pertinemment que ce genre d'affaire parallèle à l'intérieur de la « maison », dans le dos des autres colonels et généraux, ne pouvait se terminer qu'avec de la casse. Et il savait que, là, dans ce bolide fonçant sur Lavigerie, il faisait partie de la casse.

L'arrivée du Nissan Patrol au bas de l'escalier de Dahlia fit l'effet d'un aigle se posant au milieu d'un vol de pigeons. Les policiers, les ambulanciers et les badauds présents sur place se dispersèrent, avec des regards de crainte et de haine envers le bolide qui déchargeait les deux hommes en tenue para, tête découverte et kalachnikov à la main, un talkie-walkie dans l'autre. Un petit homme chauve, la cinquantaine, en costume fripé, Beretta quinze coups à la main, s'approcha de Zoubir et de Saïfi et les salua rapidement.

– C'est par là… indiqua Merzaq, le commissaire du quartier.

Zoubir le connaissait depuis une dizaine d'années, bien avant le début de la guerre. C'était un ancien voyou, un dur, un bon, qui tenait bien son commissariat, encadrait avec sévérité et équité ses jeunes flics.

– On n'a touché à rien, j'attends l'équipe de l'identité judiciaire d'El-Harrach, ils sont en route.

Les trois hommes escaladèrent une portion de l'escalicr pour arriver à la scène du crime.

Le sang avait coagulé dans une auréole autour de la tête du cadavre tordu, le tronc plié sur les genoux, les yeux et la bouche grands ouverts comme pour exprimer la surprise, la joue droite déchiquetée – un coup raté, pensa Zoubir, imaginant le tremblement de la main de son fils. Un frisson le traversa. Le commissaire Merzaq tendit à Zoubir une carte d'identité froissée que Zoubir examina sans la tenir, les mains occupées par sa kalachnikov et son talkie-walkie.

– Il est fiché chez nous mais pas plus, il se tient à carreau apparemment, commenta le commissaire en baladant son regard entre Zoubir, Saïfi et le cadavre. Vous avez des choses sur lui par hasard ?

Saïfi fixait le corps. Était-ce sa faute ? Zoubir avait décidé d'alléger la surveillance de Mehdi, d'autant que les absences non justifiées de Saïfi commençaient à attiser la curiosité d'Aybak.

– Non, mentit Zoubir à Merzaq, en fixant le trou au milieu du front.

Ce petit cratère ridicule était une piste balistique aux yeux expérimentés du colonel. Un petit calibre, facile à cacher mais assez efficace à bout portant et en visant les points vitaux : la tête, le cœur ou le foie pour faire souffrir plus longtemps. On n'en était plus à la rafale de kalachnikov ou à la chevrotine du fusil à canon scié qui ravageaient les corps, perforant les os et déchiquetant les entrailles.

– *Hebba f'rrass*, une balle dans la tête, propre et net. Du rare aujourd'hui. Même si le tireur a dû s'y prendre à deux fois et lui a troué la joue.

Le commissaire lança son commentaire sans attirer l'attention de Zoubir qui regardait au-dessus de lui. Les hauts murs cachaient aux voisins la scène du crime. Le vieux commissaire devina sa pensée.

– On a cuisiné les voisins, ils étaient pour la plupart au boulot, et les mères de famille n'ont rien pu voir.

Le seul à cuisiner, pensa Zoubir, est enfermé chez moi à quelques centaines de mètres d'ici. Avant d'arriver sur les lieux, Zoubir et Saïfi s'étaient arrêtés dans un taxiphone au-dessus du lycée Abane-Ramdane et Zoubir avait créé la panique en déboulant dans le petit local, Tokarev à la hanche. Il s'était engouffré dans une cabine, avait composé un numéro de téléphone et parlé très bas, tout en faisant face à la petite salle et à la porte d'entrée afin de parer à toute éventuelle attaque.

– Oui, c'est moi... Amin est rentré ?... Tu verrouilles la porte de l'intérieur et tu ne le laisses plus ressortir... Suis à côté, je t'expliquerai... Ne t'inquiète pas, j'arrive dans moins d'une demi-heure... Les voisins parlent de tirs... Non, non, ça n'a rien à voir... OK.

– C'est combien ?

Le sang avait reflué du visage du jeune patron et des clients du taxiphone qui avaient dû interrompre leurs conversations à la vue de ce monstre en kaki, représentant de la mort et de la terreur sur terre. Zoubir s'était adressé au patron d'un ton si sec que le jeune homme en avait oublié de regarder le compteur sous ses yeux.

– Pas de problème... avait-il balbutié avec difficulté pour trouver quelque chose à dire.

Zoubir avait posé une pièce de dix dinars sur le comptoir en faisant sonner le métal sur le bois et avait quitté le petit local en claquant la porte en Plexiglas à la faire exploser, pour sauter dans le 4 × 4 et démarrer en trombe. Les occupants du taxiphone, jusque-là plongés dans la quotidienneté des courses ou de la drague par téléphone, étaient passablement traumatisés par l'intrusion de la guerre en personne, tout en kaki et en arme soviétique, comme un éléphant de l'armée d'Hannibal lançant d'effrayants barrissements, fonçant trompe levée dans un magasin de porcelaine.

Saïfi avait gardé le silence alors que Zoubir manœuvrait le lourd bolide blindé à travers les rues de Lavigerie, tournant à gauche et à droite dans ce quartier qu'il connaissait depuis ses jeunes années, enfant, clandestin *fidaï*, commissaire politique, puis rapidement flic quelques années après l'indépendance. Père et colonel, fils de la banlieue et de la périphérie absolue. Absolue car à la marge des choses d'Alger, de ce centre bâtardisé en une Babylone de tueurs et d'intrigants dont il était devenu le complice et le bras séculier. Mais sans rien regretter, tout en assumant sa fonction de colonel et de seigneur de la guerre, depuis l'explosion des violences et l'indécente ouverture des robinets de sang de ce pays, et de ces enfants si jeunes, avec, maintenant, ce flux non coagulé emportant tout, même son fils.

Le talkie-walkie de Zoubir crépita alors qu'ils attendaient tous les trois, Saïfi, le commissaire et lui, autour du cadavre, l'arrivée de l'équipe de l'identité judiciaire.

– Zulu… ici Alpha pour rapport préliminaire, dit la voix métallique d'Aybak.

Zoubir descendit quelques marches pour s'isoler des deux autres.

– Ici Zulu, souffla Zoubir dans le talkie-walkie qu'il tenait tout contre son visage, le regard fixé sur les deux hommes qui discutaient en haut des marches. Identification approfondie en cours. On va sûrement passer la main à la sûreté du quartier. Mais on doit rester un moment pour vérifier les détails… L'arme est nouvelle, petit calibre, exécution en bonne et due forme… Peut-être la piste des nouveaux groupes dont tu me parlais la dernière fois… Vaut mieux approfondir.

– D'accord, Zulu. J'informe Qaher alors.

– OK, se contenta de répondre Zoubir en calculant le temps qui lui restait avant l'arrivée des chiens renifleurs d'Aybak et de Qaher.

Il fallait agir vite. Zoubir rejoignit Saïfi et le commissaire et susurra à l'oreille du capitaine :

– Reste là, les hommes de Qaher ou d'Aybak ne vont pas tarder. Je file chez moi parce que ma femme vient de tomber malade. C'est la dernière chose que je te demande dans cette affaire. Je te laisse la Nissan.

– À vos ordres, colonel.

Saïfi se sentit rassuré par la promesse que c'était là « la dernière chose » que son supérieur exigerait de lui, mais il appréhendait la venue des hommes d'Aybak et leurs questions.

Zoubir serra la main du commissaire. Il remonta lentement l'escalier entouré de grands murs pour déboucher sur un parking bordé d'un côté par des villas aux enceintes surélevées de barbelés et, de l'autre, par la cité où il habitait. Le quartier était désert en cet après-midi. Les coups de feu et les voitures de patrouille sillonnant les environs avaient vidé les lieux. Et c'était très bien ainsi. Zoubir s'engouffra dans la cage d'escalier dont la porte restait ouverte la journée malgré ses rappels incessants aux voisins. Sa femme demeurait seule la plupart du temps et il savait que toutes les précautions devaient être prises à toute heure du jour et de la nuit.

Il escalada les marches quatre à quatre, la kalachnikov battant dans son dos la mesure de sa course. Il allait d'abord s'occuper de son fils, puis liquider vite fait cette affaire avant que les hommes d'Aybak ne s'en mêlent.

38

Amin rentra chez lui vacillant. Il attendit devant la porte de l'appartement avant de glisser la clé dans la serrure, le temps de contrôler ses spasmes nerveux, le flingue coincé au bas de son dos. Derrière cette porte, chez ses parents, était-ce un refuge ou un piège ? Il cacherait l'arme du crime dans l'antre du Dragon coléreux. Son corps tremblait, corps d'adolescent trop étroit pour contenir une guerre et dissimuler un pistolet qui venait d'ôter l'âme d'un vivant. Le tir, l'acte en lui-même, était collé à sa peau. Le sien et celui de Sidali, qui lui avait repris l'arme pour tirer une seconde fois. Il respira profondément, se décida à ouvrir la porte, à présenter un visage serein, dans un extrême effort de coercition contre les crispations musculaires qui défigurait sa face. Et presque instantanément, alors que ce n'était peut-être pas le moment, et sans savoir pourquoi (pourquoi le saurait-il ?), il pensa à Farouk et à Nawfel, amis et frères, à leur destin commun éclaté par la décision de passer à l'acte, à leur fidélité (ou non) au serment du secret. Eux aussi pouvaient passer très facilement du statut d'amis à celui d'ennemis, si jamais ils balançaient l'opération sous la contrainte ou, pire, mus par un accès de remords. Des cibles, eux aussi ? Une balle qui partirait en fermant les yeux, et en comptant toujours sur Sidali pour ajuster le tir et rectifier l'hésitation. Mais non, tu délires, Amin. Tuer tes amis ? Et aussi fougueusement, il pensa à la façon dont il allait reprendre le lycée samedi, dans deux jours : comment allait-il assister aux cours, faire face à la banalité du lycée et à la gravité des regards de Farouk et de Nawfel ? Encore eux ! Il savait qu'on pouvait survivre après tant de morts, ou du moins il attendait de voir comment cela se passerait après le bain de sang. Mais comment vivre après avoir donné la mort ? Amin ouvrit la porte.

– Amin ?

Hassniya l'appelait de la cuisine. Il se dirigea vite vers sa chambre, cacha le pistolet sous son lit, puis la rejoignit dans la cuisine baignée par la lumière du balcon attenant. Il trouva sa mère belle et rayonnante à cet instant, peut-être parce qu'il avait tant besoin de son réconfort. Il l'embrassa furtivement alors qu'elle enlevait son tablier de cuisine, découvrant sa robe d'intérieur aux motifs à fleurs, galbant son vieux corps qui se tenait encore malgré les années, dévoilant la peau blanche de ses avant-bras nerveux, levant vers lui ce visage ridé et tendre, ces yeux clairs cernés depuis la nuit de ses temps à lui, Amin.

– Tu veux manger ?

– Non, ça va. Après peut-être, je vais réviser dans ma chambre.

Amin voulait juste embrasser sa mère avant d'aller mourir de sommeil tant il était épuisé. Mais il ne s'agissait pas seulement de fatigue, même nerveuse. Il voulait se réfugier dans le sommeil pour s'effacer du monde. Partir quelques dizaines de minutes ou l'après-midi entier ailleurs, n'être rien pendant que l'univers digérait le meurtre de Mehdi, le frère de Kahina, son premier et consternant amour fondateur. Kahina ? Amin était allongé quand son nom résonna dans sa tête comme un coup de tonnerre. Kahina ? Kahina aux funérailles de son frère qu'elle pleurerait car il était le frère et le sang, le frère dont la mort avait été planifiée par lui, l'amant éconduit, puis l'image de ses lèvres, un sourire, puis l'enterrement et ses larmes. Les images dansaient et se mêlaient sur l'écran de ses paupières, qu'il se forçait à fermer pour annihiler le monde autour de lui. Mais le monde se charpentait à l'intérieur même d'Amin et se reconstruisait rapidement, de l'escalier, scène du meurtre aux bois des Pères blancs, du lycée, à la face terne de son père, des lèvres de sa mère demandant invariablement si ça allait, au visage fermé de Kahina qui assumait son infidélité. C'était son monde. Avec quelques naïves bribes de souvenirs d'enfance quand son père n'était qu'un père, quand sa mère n'était qu'une maman, pas un bloc de craintes.

« On lui a tiré dessus. »

La phrase le surprit presque, elle jaillissait des tréfonds tourmentés de son âme et de son corps. Son corps qui ne sentait pas la masse du petit pistolet enfoui sous le matelas, mais qui répercutait les deux détonations en boucle. Résonnances des coups de feu. L'assassinat n'avait été que sang et son, avec ce léger claquement de la gâchette qu'en fait on n'entend pas, et l'inaudible fracas des os crâniens à la réception du projectile, ainsi que le froissement du survêtement et le bruit de Mehdi s'affalant sur ses genoux et tombant raide mort, après le tir fatal de Sidali au front. Tous ces sons entendus ou imaginés en écho dans sa carcasse horizontale couvrirent la sonnerie du téléphone dans le salon, et le bref échange entre Zoubir et Hassniya, la bouche collée au combiné, les yeux inquiets. Sans s'en apercevoir, comme pour une banale sieste, Amin sombra dans le sommeil.

– *Win rah ess'lah ?* Où est l'arme ?

Amin sursauta et se retrouva assis au pied du lit face à la figure blême et au regard noir de rage de son père en tenue kaki, kalachnikov en bandoulière et Tokarev à la hanche, le poing droit menaçant tendu vers lui, main crispée, alors que l'autre tenait fermement le talkie-walkie. Penché vers lui, à quelques centimètres de son visage, son père ne hurlait pas.

Pire : il murmurait, lâchant ses mots distinctement, les lèvres serrées. Sa colère s'effaçait derrière un calme horrifiant. Amin entraperçu dans l'encadrement de la porte la fragile silhouette de sa mère, les deux mains sur la bouche comme pour conjurer la détresse et la surprise de l'irruption de son mari dans la maison, puis dans la chambre de leur fils.

– Où est l'arme, *rebbek* ?!

Zoubir répéta la question en prenant fermement son fils par le bras.

– *Negtoul reb'kom gaâ !* Je vous tuerai tous ! Tu m'as mis à poil, sale chien, *ârritni ya kelb !*

Un bras menaçant se tourna vers Hassniya, sans un mot, juste un geste brusque et agressif qui lui signifia de quitter la chambre.

– L'arme ! beugla Zoubir en se retournant vers Amin, le visage déformé par sa colère libérée.

Le réveil violent, les bruits de l'assassinat, les questions de Sidali, le départ de Nawfel et Farouk, Kahina qu'il avait sublimée, sa peur panique devant ce colonel des services qui se trouvait être son père, avec droit de vie et de mort autant qu'Ibrahim sur son aîné, les yeux rouges de sang de Zoubir, la peur, la panique encore, et encore et encore comme une lave qui brûlait tout dedans, les entrailles et le regard qui ne voyait que le visage défiguré du père, et qui jaillissait, cette lave qui sortait de la bouche en mots saccadés.

– Là, là !

Amin roula sur lui-même de l'autre côté du lit et tomba par terre en indiquant le matelas. Zoubir le souleva et découvrit le pistolet, dont il s'empara.

– Tu es mort !

Zoubir avait retrouvé son calme du début. Il prononça la sentence en hochant la tête, après avoir considéré l'arme un bref moment et l'avoir fait disparaître dans la poche latérale de son pantalon de treillis.

« Les empreintes ! *W'lid el qahba*, fils de pute », pensa Amin alors qu'il s'agrippait au matelas renversé, essayant de se mettre debout alors que ses jambes ne le portaient plus.

– Je vais te tuer, Amin !

Amin esquiva le premier coup de poing que lui asséna son père, mais Zoubir lâcha entre-temps le talkie-walkie et décocha son poing gauche qui atteignit la mâchoire de son fil. Amin dégringola sur le côté, se tordant de douleur, la main sur la mâchoire sans doute cassée. Hassniya cria en faisant irruption dans la chambre, s'interposant entre les deux hommes, intercalant son corps entre les deux masses, l'une avachie par terre et l'autre prête à bondir, le poing devant. Zoubir, en évitant sa femme, perdit l'équilibre et tomba sur le côté. La crosse de la kalachnikov qui s'enfonça dans son dos lui arracha un hurlement de bête sauvage. Car tout se trouvait dans ce cri de douleur et de rage : la colère contenue contre son fils, la tension accumulée face à Aybak, à sa hiérarchie et au pays entier ; toute cette colère remontait de plus loin encore, de ces nuits de guerrier impitoyable, depuis des années à servir la mort sur un plateau ; mais encore de plus loin, encore et encore, depuis l'enfance, à trimer, et cette autre guerre lorsqu'il était tout jeune. Tout cela se compressa comme le gaz propulseur de la balle dans le canon de son âme et explosa, projetant la balle en un cri venu de tous les âges de Zoubir Sellami. Et là, père, mère et fils, trinité effondrée à côté du lit retourné, restaient suspendus quelques secondes dans la sidération de ce moment cruel. Ils bougèrent tous en même temps, pantins ridicules dont le marionnettiste imaginaire semblait avoir emmêlé les fils, membres s'agrippant les uns aux autres pour sortir de l'hébétement. Zoubir se leva, ramassa son talkie-walkie et sortit de la chambre sans un regard derrière lui. Amin s'assit sur le bord du lit, maintenant sa mâchoire comme si elle allait se détacher de son visage.

– Qu'est-ce qui se passe ? demanda Hassniya.

Dans le salon, Zoubir se tenait debout, lèvres et poings serrés, face à un mur qu'il fixait intensément, comme s'il attendait qu'il lui révèle quelque mystérieux passage vers un autre monde.

– Ton fils, prononça-t-il, est impliqué dans une affaire très grave.

Il se retourna vers elle.

– Je vous enferme de l'extérieur et je coupe le téléphone.

Il s'avança vers l'appareil posé sur une console mauresque et arracha le fil d'un coup sec, avant de se diriger vers la porte, fermant à double tour derrière lui.

Hassniya revint vers la chambre d'Amin dont la porte était fermée. À clé. Elle tambourina de toutes ses forces en criant son prénom. Elle finit par glisser le long de la paroi en bois pour tomber par terre en pleurs.

Amin resta pétrifié sur le bord du lit, il s'était enfermé machinalement, sans faire attention à son geste, puis avait repris sa place. Ses jambes le portaient à peine, sa mâchoire n'était que douleur, mais cette dernière s'effaça à mesure que l'ampleur du désastre se dévoilait à lui. À peine assassin que déjà coupable et condamné par l'autorité du père colonel. C'était trop rapide, comme enchaînement des catastrophes. Il ne pensa pas encore à Sidali et aux autres, que l'onde de choc allait bientôt engloutir sous un amas visqueux d'emmerdements à haut risque. Pas encore. Il ne pensait à rien. Il ne pensait même pas qu'il était foutu. Il pensait juste que cela allait trop vite. Et rien ne se présenta devant ses yeux, ni la chambre étrangement calme après la colère déchaînée du père, ni l'effroyable désarroi de la mère. Seule persistait l'image de Zoubir – il l'appelait ainsi maintenant, le père étant symboliquement mort à l'instant même où il avait prononcé la condamnation à mort de son fils –, les yeux noirs de haine, les puissants poings en avant. Tout autour n'était plus qu'obscurité et il sentait que cela faisait un siècle qu'il avait tiré sur Mehdi.

39

Zoubir prit sa voiture, jeta la kalachnikov au pied de la place du mort, crosse en haut pour la saisir à la moindre alerte, démarra en trombe et conduisit vite à travers les rues du quartier, tenant le volant d'une main nerveuse, le talkie-walkie calé dans l'autre, tout près de sa bouche et de son oreille.

– Ici Zulu. Au rapport !

De l'autre côté de la communication crépitante, la voix de son adjoint, le capitaine Saïfi, s'éclaircit peu à peu.

– Zulu 2 au rapport, les renforts sont là. Périmètre sécurisé et isolé.

Zoubir serra les dents, les renforts n'étaient que les chiens renifleurs d'Aybak, venus aux nouvelles, le traquant. Il changea de fréquence tout en s'engageant sur la bretelle de la Moutonnière qui descendait vers El-Harrach.

– Ici Zulu au rapport.

– Ici Alpha.

La voix métallique d'Aybak, le ton presque cordial, lui glaça le sang, il en sentait la méfiance, un chasseur qui avance à pas de loup vers sa proie. Aybak n'avait pas abandonné son attitude suspicieuse de grand paranoïaque professionnel.

– Je crois que c'est toi qui avais raison, Alpha…

Zoubir lança l'hameçon et attendit quelques secondes la réplique.

– Pour… ?

Le ton changea. Le doute était maintenant du côté d'Aybak, désarçonné par le début d'aveu de son rival.

– Il n'y a pas de nœud, c'est un serpent qui se mord la queue. Les gars de la montagne ont mal supporté que des éléments urbains leur échappent, ils butent les marginaux qui ont pris leur autonomie. Le tir de tout à l'heure, c'était un règlement de comptes. Un des leurs s'est fait descendre. Un Blanc, un inconnu de nos services, une page blanche… pas si blanche que ça, un élément des groupes urbains que le maquis ne contrôlait apparemment pas…

– Règlement de comptes ? Entre eux ?

– Oui, c'est pour cela que j'avais détaché Zulu 2, pour enquêter sur place ces derniers temps.

Zoubir avait conscience, et il y réfléchissait depuis les révélations de son adjoint concernant les activités clandestines de son fils, qu'il était en train d'intoxiquer son propre camp, lui faire perdre du temps dans sa guerre et l'aiguiller vers de fausses pistes. Mais il n'avait plus le choix. C'était ça ou envoyer son fils dans les salles de torture d'Aybak, puis au peloton d'exécution.

– On en parle ici, ordonna Aybak, excédé par le ton assuré de Zoubir.

Même dans l'état de nervosité extrême qui l'habitait, une pointe de satisfaction faillit venir se nicher dans la voix de Zoubir, qui entrevoyait son piège se refermer sur Aybak.

– J'arrive.

– Et comment va madame ?

La question manqua de peu de percer les défenses de Zoubir qui comprit qu'Aybak avait contacté le capitaine Saïfi.

– C'est pas tes oignons !

La réponse sèche de Zoubir finit par canaliser l'attention d'Aybak. L'emmener où il voulait en se montrant comme il avait toujours été face à lui, ne rien laisser transparaître de l'état de nervosité extrême qui l'étranglait, et affirmer que les lignes n'avaient pas bougé d'un iota. Zoubir restait droit dans ses bottes de rival insolent et d'officier jaloux de ses prérogatives et de sa vie privée. Si Aybak avait eu des doutes, ils devaient être levés par l'attitude de Zoubir, égal à lui-même.

– À tout à l'heure.

Aybak coupa la communication et Zoubir jeta l'appareil sur le siège voisin alors qu'il était déjà aux abords d'El-Harrach, du côté de Belfort, son quartier d'enfance qu'il ne regarda même pas défiler devant lui : il devait réaliser la deuxième étape de son plan d'urgence et n'avait plus beaucoup de temps. Aybak l'attendait de pied ferme.

La Renault 25 traversa les hauteurs d'El-Harrach et slaloma jusqu'au centre-ville à travers la rue Ahmed-Aoun, débouchant sur la placette de la mairie, avec ses palmiers et son monument aux morts dont certains noms inscrits dans le marbre pour la postérité comptaient parmi les compagnons de Zoubir. Eux, tranquilles à jamais dans une gloire qu'ils n'avaient même pas cherchée, prisonniers de marque dans la stèle blanche et grise rehaussée par un verset du Coran et le drapeau, et lui prisonnier de sa camisole de force faite de guerre et de compromis, de batailles secrètes et sales, à ramasser la merde des autres à mains nues. Batailles sans gloire, sans gagnant ni perdant ; seul celui qui frappait le plus fort, et qui poussait l'horreur plus loin que le camp adverse, se voyait coiffer, juste un instant, d'une couronne de laurier, vite remplacée par une couronne d'épines. Zoubir contourna la placette sans un regard au monument aux morts et fonça vers les HLM, la barre marron qui coupait toute vue derrière la mairie et le marché. Il se gara le plus près de la cage d'escalier où habitait Farès, son ancien compagnon d'armes qu'il avait failli exécuter un jour lointain, qui semblait si proche aujourd'hui. On aurait dit que 1962, c'était hier, ou il y avait quelques heures. « On les tue tous ? » L'abri. L'attentat raté dans ce café. Hadj Brahim. Les ombres qui dansaient dans cet abri. Hadj Brahim ! Que penserait-il de tout cela ? Zoubir se passa la main sur le visage et respira profondément comme pour se cramponner au présent et effacer ce passé si pesant. Il enveloppa soigneusement le petit calibre dans un chiffon sale, le remit dans sa poche tout en scrutant d'un œil suspicieux la zone, et sortit du véhicule.

La vue d'un militaire, kalachnikov en bandoulière, traversant la dizaine de mètres entre la voiture et la cage d'escalier puante, surprit puis effraya les quelques jeunes qui traînaient devant l'immense barre. Zoubir n'eut pas un regard pour eux et fonça droit devant. Il n'avait plus de temps. Il monta quatre à quatre les marches jusqu'au sixième étage et frappa violemment à la porte. Il savait que Farès ne travaillait pas le jeudi après-midi.

À peine s'entrouvrit la porte que Zoubir la poussa violemment, bousculant l'homme qui tomba à la renverse, terrorisé.

– *Wechbi rebbek ?!* cria Farès qui tenta par réflexe de se relever, appuyé sur un coude.

Mais le pied de Zoubir était sur sa poitrine et, d'un mouvement de l'épaule, ce dernier fit glisser la kalachnikov entre ses mains, la pointant vers Farès.

– Ton fils est là ?

Zoubir leva son pied et le fit pivoter vers l'arrière pour claquer la porte et laisser Farès se relever lentement, tout en maintenant le canon du fusil d'assaut pointé sur lui.

– Qu'est-ce que tu nous veux, Zoubir ?!

Le râle de Farès sonna comme une supplication. Sidali apparut dans l'encadrement du couloir, fixant la scène d'un regard paniqué. Farès ôta ses grosses lunettes de vue et se retourna vers son fils, tétanisé à quelques mètres. Zoubir, l'impitoyable chasseur, le terrible colonel des services qui ne savaient jamais rendre un prisonnier vivant à ses proches, *s'hab essnadeq*, « les gens des cercueils », en voulait à son fils trente-deux ans après qu'il avait voulu abattre Farès comme un chien dans l'humidité obscure de cet abri antiaérien. Farès ouvrit la bouche, tentant de chercher les mots, les questions, les protestations, pour au moins protéger son fils ou, mieux, affronter l'ouragan de feu et de fureur qui s'abattait sur eux. Confusément, Farès se perdait à chercher une raison à l'irruption de Zoubir, et cela l'effrayait. Zoubir ne l'attaquerait pas ainsi, ne se permettrait pas de le bousculer et de le menacer avec sa kalachnikov, même armé de toute cette impunité et cet arbitraire ambiant, sans une très bonne raison, une raison terrible. Comme une condamnation sans appel de son fils par les gardiens sanguinaires de l'État.

Zoubir et Farès regardèrent Sidali, debout à l'entrée du couloir qui desservait le petit quatre-pièces. Le jeune homme réalisa que tout était fini, il venait de toucher du doigt l'ampleur de la catastrophe. Ses yeux de lapin aveuglés par de puissants phares, paralysant son cerveau où une seule idée se débattait contre les parois de son raisonnement figé, se promenaient, affolés, entre le canon brandi par Zoubir et la face défaite de son père, déchiré entre l'humiliation et le désarroi. L'évidence lui sauta au visage comme un monstre hideux, le crime avait été si vite élucidé, ils n'avaient aucune marge de manœuvre face aux deux parties, les tueurs officieux et les assassins officiels. Même pas le temps de plonger dans le traumatisme de l'acte criminel et de maudire le monde entier, et même au-delà, pour avoir eu le réflexe de prendre l'arme des mains hésitantes d'Amin et tirer encore une fois, les yeux ouverts et le souffle coupé, pour viser la tête de celui qu'il ne connaissait pas mais qui devait mourir.

« On l'a fait juste parce que vous autres, nos pères, nos légions de pères, nous faites payer le prix ingrat de votre lâche échec, de votre si belle vie à l'ombre des nuages noirs que vous avez refusé de voir, décennie après décennie. C'est vous, les assassins, vous, les coupables ! C'est vous qui méritez la condamnation et l'infamie du criminel que nous assumons à votre place. »

Sidali sentit son corps se rasséréner. Mû par la colère qui gagnait du terrain sur la terreur qui l'engourdissait, il avança de quelques pas vers les deux adultes. Farès était appuyé sur le mur de l'entrée, les mains ballantes et l'œil hagard, alors qu'en face l'ange de la mort ivre de colère avançait vers Sidali rapidement. Il fit pivoter la kalachnikov crosse vers l'avant et l'abattit sur son visage, lui éclatant le nez et les lèvres. Farès se jeta sur le dos de Zoubir, avant de se voir catapulté en arrière d'un puissant coup d'épaule et d'un coude qui l'atteignit en plein visage. Il glissa par terre, se tapant la tête contre la porte d'entrée. Zoubir se tenait debout, comme le mât d'un navire en plein naufrage, terrassé par la puissance des vagues hurlantes, au milieu du père et du fils, tournant la tête pour apprécier la scène, ravalant une colérique écume de salive.

Farès tenta de se relever.

– Qu'est-ce qui… Salaud !

Il réussit juste à prononcer ces mots à travers le filet de sang qui s'écoulaient de ses lèvres.

Zoubir rangea son arme dans son dos, regarda Sidali qui se relevait laborieusement en s'aidant du mur, et tira de sa poche latérale le chiffon qu'il mit à plat dans sa main, découvrant pan par pan le pistolet qu'il montra à Farès.

– C'est à toi, ça ?

Farès, debout, prudemment appuyé contre la porte, écarquilla les yeux, incrédule, puis fixa Sidali d'un air plein de reproche, de colère et d'incompréhension.

– Qu'est-ce que tu as fait ?

Sidali resta silencieux. L'attention de Farès se concentra sur son fils, oubliant jusqu'à la masse de Zoubir qui s'interposait entre eux deux.

– Ton fils a entraîné le mien, Amin, dans un assassinat. Ils viennent de tuer un jeune avec ta propre arme.

Le ton du colonel était à présent calme. Comme si l'évidence qu'il avait libérée par ces quelques mots devait conjurer les tourments qu'ils venaient de partager.

– Je te conseille de l'enfermer ici, on avisera ensemble ensuite.

Zoubir bouscula Farès, paralysé contre la porte, pour sortir.

Père et fils restèrent un moment face à face. La mère de Sidali n'allait plus tarder à rentrer de ses courses.

Farès avança vers son fils et le gifla pour la toute première fois de sa vie, avec toute l'humiliation et toute la violence que lui avait injectées Zoubir.

40

– Ce n'est pas trop tôt, releva Aybak, le yacht réclame des explications. Tu t'es trompé de chemin ? Saïfi est déjà là.

Zoubir posa ton talkie-walkie et sa kalachnikov sur son bureau, au-dessus d'un tas de dossiers et de cartes, puis se tourna vers Aybak, assis sur le canapé de la salle commune, une tasse de café froid à la main, la tenue bariolée impeccable, le regard aussi sarcastique que méchant. Il sortit d'un tiroir deux rapports pliés en deux et, prenant place face à Aybak, les déploya sur la table basse qui les séparait.

– Celui-là, c'est le rapport complet sur l'incident de tout à l'heure. Le second rapport, c'est mes conclusions sur ce fameux réseau.

Aybak regarda d'un œil intéressé le doigt de Zoubir qui resta appuyé sur le second dossier.

– Raconte-moi donc, Zoubir, je lirais ensuite attentivement tout ça. Les chefs attendent à bord du yacht, comme je te l'ai dit, fit-il avec un petit sourire en avalant les dernières gouttes de son café.

Zoubir se redressa sur sa chaise et toisa Aybak d'un regard qu'il voulait aussi neutre que possible, le visage détendu, offrant un masque d'efficacité et de détachement.

– En somme, j'ai réexaminé les incidents des dernières semaines, les liquidations dans la zone El-Harrach/Lavigerie/

Oued Smar, en recoupant la bio des mecs butés, les calibres utilisés et aussi les derniers communiqués des groupes au maquis dont tu trouveras une copie dans le dossier. Les types voulaient se lancer dans des opérations urbaines, Alger-Est et pourquoi pas Alger même. Or le maquis n'avait aucun contrôle sur ces anciens sympathisants du FIS, dont certains au passé de malfrat, jugés trop proches des commissariats de quartier, avaient été exclus de l'organisation terroriste. C'est pour ça qu'on les a identifiés assez vite. On a même la copie d'un communiqué qui condamne à mort certains d'entre eux…

– Donc, si je comprends bien, ce seraient des actes isolés… ? Comment expliquer alors qu'ils ont essayé de te buter devant chez toi ?

– Justement, on a mis plus de temps à identifier les mecs qui m'ont tiré dessus, parce qu'ils venaient directement du maquis, eux.

Aybak se pencha pour prendre la liasse de papiers, la posa sur ses genoux et fixa Zoubir.

– C'est-à-dire qu'on est passés, chez les tangos, de la coordination à l'autonomie… Un peu comme toi, tu fais tes trucs de ton côté au lieu de te coordonner avec Qaher et moi.

– Je voulais avancer vite, sans qu'à chaque étape de l'enquête je sois obligé de torcher un rapport de cent pages pour rendre des comptes aux paranos du yacht, qui, eux, savent tout mieux que ceux qui sont sur le terrain, les mains dans la merde, et qui ne font que me parasiter. Je ne t'ai rien caché, Aybak… Tout est là… Le résultat est là.

– Oui, mais je t'avertis, c'est la dernière fois que tu fais cavalier seul.

– Je t'emmerde, général, lis ça, puis appelle le yacht, s'ils ne sont pas convaincus, tu peux toujours leur proposer de bombarder tout Alger-Est.

Aybak commença à lire le rapport sans plus prêter attention à son collègue, resté assis un moment avant que la sonnerie du téléphone de la ligne intérieure ne le fasse se lever. Il posa le combiné et interpella Aybak, plongé dans le décryptage des documents.

– Je te laisse, ma femme n'est pas bien.

– Tu veux prendre un médecin de chez nous ? Y a toute une équipe au deuxième bloc. Prends pas de civil. Tu connais la consigne. Ces salauds sont infiltrés par les tangos…

– Ça ira, c'est juste sa migraine qui s'aggrave…

Il n'était pas question que les yeux d'Aybak pénètrent jusqu'à chez lui. Surtout en ce moment. Il devait d'abord retourner chez Farès, tout en prenant mille précautions au cas où Aybak le faisait suivre, pour lui intimer l'ordre de faire disparaître son fils par n'importe quel moyen, l'envoyer en France, en enfer ou au fin fond du désert, mais vite et aussi discrètement que possible. L'autre urgence était d'appliquer le plan de sauvetage pour son fils. Ils devaient déménager, le faire changer de lycée puis l'envoyer dans le seul endroit où aucun tango ne le chercherait, où Aybak perdrait sa trace car il serait trop proche des hommes de la Sécurité de l'armée, comme un légendaire guerrier caché sous les ailes du dragon pour mieux prévenir son souffle enflammé : l'académie militaire de Cherchell.

Zoubir enfila une tenue de civil, pour se déplacer sans attirer l'attention, et s'engouffra dans sa voiture en gardant la kalachnikov à côté de lui, le Tokarev dans la boîte à gants et le petit .7.65 emmitouflé dans son chiffon dans la poche revolver de son jean.

À peine arrivé à la bretelle d'El-Harrach, il entendit son talkie-walkie grésiller. Il s'arrêta au milieu d'un barrage militaire en brandissant sa carte et sortit de la voiture pour prendre l'appel.

– Ici Zulu.

– Ici Yankee…

Le yacht à l'autre bout de la communication. C'était le moment de vérité.

– Selon le rapport d'Alpha, nous sommes satisfaits du travail. Mais tu es trop proche de la zone. Tu dois déménager…

Il reconnut la voix métallique de Structure, calme. Déménager ! Il les connaissait trop bien. Ils étaient tellement prévisibles malgré leurs ruses de grands malades paranoïaques. Zoubir avait prévu cette mesure, tant qu'il serait à la tête de toutes les opérations dans cette zone, et puisque la nouvelle donne venait bouleverser leur stratégie, il était impératif de mettre sa famille, et lui-même, à l'abri, loin d'Alger-Est.

– … à la cité militaire 12, il y a une villa disponible, avec toutes les commodités… Avec un garde aussi…

– Je ferai le nécessaire très vite…

La cité militaire de Saïd-Hamdine, le must des résidences des officiers supérieurs des services. D'accord. Très très vite même, maintenant que le yacht avait entériné son rapport et qu'Aybak, pour un moment, un court moment, n'était plus sur son chemin. Zoubir avait remporté une bataille contre son rival, en attendant le dénouement de la guerre.

– Mes respects…

Le colonel remonta dans la voiture en saluant de la main les soldats du barrage. Il fonça sur El-Harrach, sa première étape. Faire vite. Avant qu'Aybak ne s'intéresse à nouveau à lui et à sa famille.

41

Zoubir se rendit chez Farès et frappa à la porte le plus doucement possible. Une manière de faire amende honorable auprès de l'homme qu'il avait malmené quelques heures plus tôt. Son ancien compagnon de guerre resta un moment face à lui, ne sachant pas à quoi s'attendre. « On avisera ensemble », lui avait dit le colonel plus tôt. On avisera de quoi ? se demandait Farès qui perdait pied dans ce naufrage, tenant la porte d'une main, et pressant de l'autre un mouchoir maculé de sang sur son nez fracassé.

Zoubir leva les avant-bras, le regard morne, comme pour signifier à Farès qu'il n'avait rien à craindre (ou presque) de cette seconde visite.

– Wassyla est là, dit Farès en lui cédant le passage pour entrer.

Sa femme, catastrophée, avait découvert en rentrant ses deux hommes assis face à face dans le salon, se regardant en chiens de faïence. Wassyla, qui avait jeté au sol le cafetan délicatement emballé dans un tissu blanc immaculé, avait retenu ses cris à mesure que Farès, toujours assis face à Sidali, lui décrivait l'apocalypse qui venait de faire irruption dans leur logis. Sidali avait entendu le bruit feutré du corps de sa mère s'affaissant sur le tapis.

– On doit parler, siffla Zoubir en dépassant Farès et en se dirigeant vers le salon.

Zoubir passa une main lasse sur son visage en s'asseyant sur le canapé en cuir noir bon marché.

– Où est-il ? demanda le colonel aussi calmement que possible, n'osant pas regarder Farès en face.

– Il s'est enfermé dans les toilettes. Sa mère est allongée.

Allongée ? Effondrée, en larmes, paralysée par l'ampleur du crime que sa propre chair portait en elle désormais et à jamais.

– Qu'est-ce qui leur a pris ? lâcha Zoubir dans un râle.

Farès ôta le mouchoir ensanglanté, surpris par la question de Zoubir, les yeux fixés sur la fenêtre du salon qui donnait sur un ciel sans nuages.

– Il faut… Il faut que ton fils parte loin, le plus vite possible, continua le colonel.

– Tu ne les arrêtes pas ?

Farès posa la question comme une provocation, avec un sentiment de terreur aussi. Il puisa dans la colère qu'il nourrissait, contre son fils, contre Zoubir, contre le monde entier, l'énergie de provoquer le colonel.

Zoubir planta ses yeux comme des lances dans ceux de son ancien compagnon d'armes et répéta en se levant :

– Il faut qu'il parte vite et loin, débrouille-toi. Je ferai de même avec Amin. Ne m'appelle pas au téléphone à la maison. S'il y a urgence, fais-moi porter un mot disant que tu as trouvé de bons cours de soutien. Fais vite, je ne pourrai pas les retenir longtemps…

Les idées de Farès s'animaient. Il devait évacuer son fils loin des tueurs officiels et de la justice expéditive. Il recouvra ses réflexes d'ancien combattant, d'adolescent clandestin risquant sa vie sous la menace des paras, aux côtés de ce Zoubir sans cœur. Il redevenait, à son grand désespoir, ce qu'il avait mis près de trente ans à oublier, poignée de terre après poignée de terre : un agent docile de la violence nécessaire.

– C'est quoi ce merdier ? *Wech s'ra ?*

Zoubir fronça les sourcils, essayant de résumer l'affaire le plus efficacement possible.

– Nos fils ont monté une sorte d'organisation clandestine pour traquer les terros et, cet après-midi à Lavigerie, ils ont exécuté un gars.

Farès reçut la réponse comme un boulet. Et, bizarrement, l'effarement fit rapidement place à une image : le regard que Sidali lui avait décoché quand son neveu Halim avait été assassiné. Il n'oublierait jamais ce regard.

Après ces moments d'hébétement puis d'évidence qui remontèrent à la surface des eaux déchaînées de son esprit, il balança :

– Ils nous haïssent !

Zoubir s'apprêtait à se lever, puis se laissa tomber sur le canapé, interloqué par les mots qui sortaient de cette bouche aux lèvres serrées par un ancien ressentiment.

– Ils nous haïssent ?!

– Ils nous haïssent, Zoubir, qu'est-ce qu'on a fait pour eux depuis ? Depuis qu'on est là pour eux, rien que pour eux, qu'a-t-on fait pour eux ?

– On les a fait grandir, on les a éduqués, on les a nourris et protégés… On les a torchés et voilà qu'ils nous mettent le nez dans la plus grosse merde possible…

– On les a protégés contre quoi, Zoubir ? On leur a appris tout, sauf ça…

Farès ouvrit large ses bras pour tenter de contenir le monde qui les entourait et qui se noyait dans un nauséabond marécage de sang et de larmes.

– Nos fils sont devenus des assassins, Zoubir, comme nous l'avons été à leur âge…

Zoubir frémit de colère.

– On n'était pas des assassins, *ye r'reb !*

– Mais si, Zoubir, on l'était. La cause ne compte pas. Tu as même voulu me tuer dans cet abri après l'opération au café…

Zoubir souffla comme un taureau face à la muleta pourpre qu'agitait Farès et fonça.

– Faut les mater, leur apprendre la vie et le prix de la mort. Je ne suis pas un assassin, je sers mon pays, lâcha Zoubir avec de grands gestes face à un Farès stoïque, figé dans la douleur et la détresse qui ouvraient en lui d'étonnantes perspectives de lucidité et de courage.

– Sers ton pays, pendant qu'on ramasse les morceaux. Fous-moi le camp, sale chien !

Zoubir s'appuya sur les accoudoirs du canapé et se leva, sans un regard pour Farès qui trouvait dans son désespoir, et la montée d'un sang qui venait de très loin, la force de se mesurer à Zoubir, à tous les Zoubir du pays, convoquant dans ce « on » tous les anonymes broyés par la violence. Farès resta assis, déçu de l'absence de riposte. Le colonel, envahi par la rage, sentit poindre le doute, ce sentiment qu'il n'avait plus connu depuis les grottes de Lakhdaria où il avait hésité deux secondes avant d'exécuter des traîtres à la révolution. Il voulut que Sidali et son père, les guerres, toutes, et Aybak et Amin et le grésillement de son talkie-walkie, emblème de sa servitude, disparaissent une fois pour toutes de sa vie. Que tout disparaisse. Tout.

– *Enn'fih*, exile-le, lança-t-il encore en refermant doucement la porte derrière lui.

42

Sidali ne répondit pas aux légers coups donnés sur la porte des toilettes, moins violents qu'il y avait quelques minutes, quand son père frappait comme un forcené.

– Ouvre, mon fils.

Las, Farès retourna dans le salon et s'affala sur le canapé, tâtant d'un doigt hésitant les hématomes sur son visage.

– Ouvre, mon fils, répéta de son côté la mère d'Amin, postée devant la porte fermée à clé, dernier refuge de son fils face au monde qui se déchaînait dehors, autour de la dépouille de Mehdi, à coups de cris, dont celui de Kahina, effondrée, le visage défiguré par la douleur. À coups de bistouri qui autopsieraient le corps du jeune homme dans la froideur banale des morgues pleines à craquer de macchabées à la peau trouée par les balles et aux lacérations profondes. Le monde dehors rugissait de 4 × 4 en patrouille.

Ce monde-là assiégeait Sidali, prostré, le cul sur le carrelage gris et froid des toilettes, coincé dans l'étroit espace entre la cuvette et la porte verrouillée, ressentant les légers coups sur son coude appuyé à la porte, pour mieux la bloquer, pour gagner du temps. Car l'assassinat avait métamorphosé le monde et l'humanité, il s'était répandu comme un gaz neurotoxique invisible dans les rues, s'insinuant dans les métabolismes et apposant un masque gris sur les visages. L'assassinat rythmait la vie et les rues, voilant d'un linceul étouffant les bourgades de banlieue livrées aux rafles arbitraires et violentes, et aux peurs des femmes vociférant contre leurs enfants et leurs maris qui traînaient dehors alors que la main vengeresse de l'État frappait à tout-va.

Que leur ont légué leurs pères ? Des coupeurs de têtes et un pays décapité. Qu'avaient-ils fait de leurs années de gloire, les pères, qu'ils chantaient à leurs enfants matin et soir, leurs années 1960 et 1970 ? Les années du Veau d'or optimiste ? Rien ! Ils avaient profité de l'État-papa. Ils avaient tout donné à la patrie contre les Français, aussi se sentaient-ils le droit de jouir sans limites des fruits gratuits de l'indépendance, sans pudeur, sans penser à demain, sans penser à eux, leurs enfants, qui grandiraient dans le sein de l'apocalypse. Enfants gâtés du paradis artificiel, drogués au « soutien critique » de leurs idoles. Ils avaient mis leur progéniture dans la merde ! Cette progéniture avait dû prendre les armes à la place des pères, mourir avant eux, sacrifier leur jeunesse sur l'autel de leur anachronique confort. Pourtant, toute leur jeunesse, ces vaillants pères s'étaient entendu dire : « La lutte ne se termine jamais », pourtant ils étaient des hommes sous les bombes et la torture, pourtant ils étaient destinés à léguer autre chose que du sang, du sang, du sang, partout, jusqu'au naufrage dans un océan de fange ! Leurs gamins ne jouiraient de rien. Ne voyaient rien. Même pas le lendemain. Et maintenant qu'ils étaient dedans, jusqu'au cou, ils ne pouvaient plus compter que sur eux-mêmes. Ils n'étaient pas préparés aux massacres, aux bébés égorgés, aux femmes enceintes éventrées et à cette jeunesse qu'ils ne pouvaient pas vivre. Qu'ils ne vivraient jamais. Déjà adultes à dix-sept ans, tueurs tués avant vingt ans, leur tête était un complot et leur corps, une arme. Cadavre chutant sans jamais s'écraser. À trente ans, ils seraient nostalgiques de la mort et à quarante, ils s'en souviendraient comme d'une corvée, une pente de peine, un martyre inutile et silencieux. Envie de crever, tellement mort. Tellement de morts. Ils n'en voulaient pas à leurs parents de les avoir mis au monde, mais de les avoir abandonnés avant même leur conception.

2004

« Visiter mes morts une dernière fois. »

43

Quelques minutes après le départ de Sidali, Houda leva les yeux du dictaphone et ouvrit le tiroir fermé à clé où s'amoncelaient les enregistrements de ses entretiens avec ses patients. Elle couvrit de sa main le paquet de minicassettes, une dizaine, intitulées « Amin Sellami », comme pour protéger les deux hommes, Amin et Sidali. Sarcophages d'une partie de l'âme d'Amin, contenant de longues heures de discussions avec celui qu'elle ne considérait plus seulement comme un patient. Plutôt un risque, un danger, la cible de gens puissants, qui pouvaient s'en prendre à elle et tourmenter pour longtemps Amin. Elle pensa que ces garçons étaient vraiment paumés, mais elle réalisa qu'elle était aussi perdue qu'eux, égarée dans leurs propres méandres. Elle mettait aussi sa famille en danger, avec les *s'rabess* qui s'étaient introduits chez elle de nuit. Tout cela la rendait malade : ces histoires de barbouzes juvéniles, de traumas partagés par tout un pays, de généraux cryptiques et de flics à bout de nerfs ou étalés par terre, criblés de balles, de cimetières et de commissariats lugubres et crasseux, de courses dans des escaliers, de scènes de crime… Difficile pour elle de garder la distance thérapeutique face aux récits compilés d'Amin et de Sidali. Et, en même temps, son devoir de médecin était d'être aux côtés d'Amin, de l'empêcher de plonger plus profondément dans une dépression qui menaçait de s'aggraver avec les fantômes de ce passé qui revenaient dans les couloirs mêmes de l'hôpital, en chair et en os, certains tentant de capturer l'âme de son patient, otage de leur puissance. Ou de remonter le fil du temps en pensant réparer les choses et sauver l'âme de son patient, comme le croyait naïvement Sidali.

Elle passa le bout de ses doigts sous le contour du voile qui encadrait son beau visage et sentit la pression nerveuse qui crispait ses muscles du bassin jusqu'au cou. Elle se leva afin de libérer ses vertèbres comprimées. Une lumière grise jaillissait, presque liquide, de l'unique fenêtre de son bureau. Elle s'en approcha et promena son regard dans le paysage habituellement monotone du parking et de l'entrée de l'hôpital.

Houda eut un brusque mouvement de recul en apercevant, au milieu des véhicules garés en épi, Sidali poussé par deux gaillards à l'arrière d'un gros tout-terrain noir. Elle devina que le grand gars aux allures slaves était là, dans ce bolide, en train de kidnapper Sidali.

Maintenant, elle devait décider de la marche à suivre, avec deux priorités en tête : sa propre sécurité et celle de ses proches, et le salut d'Amin. Pour la première, elle pouvait considérer que les risques venaient de s'évanouir, maintenant que l'officine secrète obtiendrait tout ce qu'elle voulait de Sidali. Un Sidali qu'elle ne reverrait pas de sitôt, quel que soit le sort que lui réservait le gaillard blond. Au fond d'elle, une gêne, une honte sourdaient : cet humiliant sentiment d'impuissance face au rapt qui s'était déroulé sous ses yeux. Mais elle les balaya dans un sursaut de réalisme. Elle n'allait certainement pas dénoncer un acte de kidnapping quasi officiel ! On ne dénonçait pas les services secrets.

Pour la seconde priorité, elle avait conscience qu'elle devait recouvrer la distance perdue entre le patient et le danger, la cible, le mystère Amin. Il fallait maintenir Amin aussi loin que possible de ses fantômes et le rendre à sa mère, à la vie. Cela serait ardu, elle le savait. Mais c'était l'ultime voie pour se sauver elle-même.

44

Le lourd véhicule tout-terrain était déjà à l'arrêt depuis longtemps quand Sidali termina son récit avec la mort et les exils comme épilogue. Aybak, de l'autre côté de la banquette arrière, fumait une cigarette après l'autre et jetait les mégots consumés jusqu'au filtre par la fenêtre qui donnait sur un mur blanc désespérément repeint chaque été et, au-delà, sur une étendue plane où des tombes blanches et grises et des amas de terre en guise de sépultures anonymes émergeaient des herbes sauvages et des épineux chardons. Le soleil à la verticale inondait de lumière blanche le cimetière d'El-Alia, et d'en bas remontait le chant strident des cigales.

« Pour visiter mes morts une dernière fois », avait dit Sidali à Aybak. Une dernière fois, avant de déguerpir de ce pays, de ce cimetière de la taille d'un pays, de ce sous-continent de marbre et de terre séchée qu'il voulait revoir pour mieux tuer encore une fois les fantômes trop insistants. Ses fantômes à lui, les vivants et les morts, le frère de Kahina, ou Amin qui pourrirait toute sa vie dans l'asile et les médicaments. Une dernière fois, pour officialiser l'échec, celui de vivre sans mourir chaque fois, celui d'abandonner Amin à son sort, incapable qu'il était, Sidali, de le sauver face aux cerbères des services spéciaux.

Aybak regardait droit devant lui. Ses doigts tapotaient ses genoux. Il émergeait lui aussi. Il l'avait enfin, ce puzzle, où s'emboîtaient toutes les pièces, des pièces faites d'hommes, d'amour et de mort, de flingues et de vie. Le tableau était complet.

Aybak était tombé par hasard sur un câble laconique du consulat de Montpellier concernant l'étrange assassinat d'un repenti, puis il avait fouillé son passé : le maquis, le lycée, le quartier, les noms. Et cela se recoupait avec d'autres fiches de ses correspondants à Marseille qui parlaient d'Algériens travaillant pour la pègre locale. En poussant plus loin, il avait déterré une petite fiche dans les dossiers du défunt colonel Zoubir Sellami concernant l'assassinat non élucidé d'un présumé jeune terroriste au printemps 1994 dans ce même quartier. Une affaire étrangement dissimulée à l'époque par le colonel au reste du triumvirat du POC. Il s'était souvenu que c'était Zoubir qui avait pris en charge l'affaire. Il se rappelait très bien que ce dernier lui avait remis un rapport d'enquête détaillé sur ce nouveau réseau, pour appuyer sa théorie du « nœud », et pour prouver qu'il y avait des règlements de comptes entre les gars du maquis et ceux de la ville, en dehors de toute coordination. Aybak l'avait cru, à l'époque, satisfait d'avoir converti Zoubir à sa théorie, n'osant pas imaginer que ce dernier pouvait avoir bidonné un rapport. Mais pourquoi aurait-il risqué sa carrière et sa tête ? Il ne l'avait compris que plus tard : il avait franchi toutes les lignes rouges pour sauver son fils Amin. Mais un doute subsistait chez Aybak. Depuis le décès de Zoubir, il avait compulsé tous ses dossiers et passé des nuits à recouper faits, dates, noms, lieux, etc., pour tenter de forcer le coffre-fort des secrets de Zoubir, jusqu'à cet échange avec un Amin délirant… et bavard. Ensuite, Aybak avait cherché l'ancien adjoint de Zoubir, le capitaine Saïfi. Ce dernier avait quitté les services sans renouveler son contrat, bossant comme cadre dans une société de sécurité privée. Aybak avait menacé de s'en prendre à sa famille s'il ne déballait pas toute l'histoire. Saïfi avait tout raconté. Le réseau sur lequel ce dernier enquêtait n'avait jamais existé. Cette opération avait été un leurre. Quelle humiliation pour l'ambitieux Aybak ! Le gradé avait alors compris que quelque chose de gros lui avait échappé. Quelque chose qui aurait pu faire tomber Zoubir à l'époque. Même si le puzzle restait encore incomplet, c'était assez pour qu'Aybak finalise sur son métier à tisser un ouvrage bien ordonné. Mais Saïfi avait omis de parler de l'exécution du jeune Mehdi. C'était une chose d'avouer avoir travaillé en parallèle pour surveiller le fils du colonel Sellami, mais c'en était une autre que de reconnaître sa complicité dans le maquillage d'un crime et la production d'un faux rapport des services secrets. Saïfi avait quand même fourni à Aybak assez de renseignements détaillés pour que ce dernier le laisse tranquille. Et les derniers éléments qui lui manquaient, Sidali venait de les lui révéler.

Aybak avait décidé de ne pas rendre compte à Structure et à Sanctuaire le Moribond de sa rencontre avec Sidali, ni de ses autres découvertes. Il laisserait « le puits avec son couvercle ».

45

L'herbe verte et les épines faisaient la guerre au marbre blanc des pierres tombales. Sous terre, c'était la guerre. Dans les tombes explosaient de silencieuses bombes. Le soleil insolent de l'Afrique du Nord exagérait la blancheur des plaques de marbre qui résumaient des vies.

Sidali avança dans les allées calmes et ombragées du cimetière d'El-Alia. Il contourna le carré officiel des présidents et des héros de la résistance, qui s'étaient tous, à un moment, entre-tués. Morts illustres embusqués, les uns surveillant les autres en une posture de pères de la nation ombrageux et paranoïaques. Sidali rejoignit, sous des eucalyptus, les carrés des morts anonymes, des morts nouveau-nés avec leurs minuscules tombes grises et la centaine d'enterrés sous X : disparus officiellement ou non reconnus, rejetons des centres de détention secrets ou terros abattus, impossibles à identifier. Le vomi de la guerre. Sidali se perdit un moment dans les allées du grand cimetière national ; sa tête lui tourna quand il arriva dans le carré « 1994 » et sa prolifération extraordinaire de tombes. La mort en quantité industrielle. Puis il se trouva devant la tombe de Halim : « C. 208 T.410 », saut à la ligne « Halim Tarfaya », saut à la ligne : « né le 30 mars 1964 », saut à la ligne : « décédé 26 février 1994 ». Sidali lut le *chahed* aux pieds du défunt : « À Dieu nous appartenons et à Lui nous revenons. » « Décédé » ? Non, il n'était pas décédé, il avait été assassiné. Il restait assassiné. Debout, devant cette tombe qui n'enterrait rien. Sidali était debout. Il avait demandé à Aybak de le déposer ici, au cimetière d'El-Alia, « pour visiter ses morts une dernière fois », car Aybak l'avait prévenu : « Tu me fous le camp de ce pays à jamais. » Après avoir vomi à ce type blond et sec toute l'histoire, il se tenait debout et rien n'était enterré. Son regard s'était déplacé à quelques mètres : la tombe de Mehdi.

Il dirigea ses pas lourds vers la sépulture, en un succinct pèlerinage, où on ne traversait que les chardons aux fleurs-épines violettes et le temps tout aussi épineux, et il se mit à genoux devant la tombe du jeune homme qu'il avait abattu. Sidali psalmodia la *Fatiha*, les mains jointes comme un livre dont on récite les formules secrètes et fatidiques, puis il caressa le marbre en frissonnant. Sa main effleura le carré de terre au centre de la sépulture et il y enfonça ses doigts. Un objet dormait là : il le retira doucement, en observant prudemment les alentours. Le sachet contenait le flingue qu'Amin avait récupéré chez son père après sa mort. « La vérité est enterrée », criait Amin face à son médecin Houda, là-bas dans cet hôpital de fous. Sidali remit le sac en plastique là où il l'avait trouvé, se redressa en faisant craquer ses genoux, regarda l'étendue solitaire du royaume des morts et regretta presque la compagnie du grand général blond.

Au bout du carré « 94-08 », il vit un cheval, seul, maigre. Rachitique mais si beau dans sa robe d'un brun doré. Sidali oublia les chardons qui agrippaient son jean et s'approcha de l'étalon décharné. Il observa autour de lui, tentant de trouver une raison à la présence de la bête. Personne à l'horizon. Seul, le cheval cherchait sa pitance au milieu des tombes. Sinistre pâturage pour une bête à la belle allure révolue. Sidali se rappela cette légende kabyle racontée par sa grand-mère, terreur des enfants des villages dans les montagnes du Djurdjura, celle du gigantesque cheval noir qui galopait la nuit dans les allées désertes des hameaux perchés sur le flanc des vertiges, faisant tinter une cloche annonciatrice de mort autour de son cou, kidnappant quiconque traînerait aux heures tardives et l'emmenant, prisonnier de sa selle maléfique, vers le cimetière pour le projeter d'un coup de reins sur une tombe : le mort enterré là ressuscitait alors que le kidnappé le remplaçait dans la sépulture excavée. « Ne traînez pas la nuit sinon le cheval de la mort vous prendra », répétaient dans les maisons en pierre les mamans kabyles aux enfants.

Le cœur de Sidali se mit à cogner dans sa poitrine. Les destins se rappelèrent à lui et il imagina comment le visage de Farouk avait dû changer, quels traits pliaient maintenant son sourire ; il vit Nawfel qui, peut-être, était devenu plus grand qu'il ne l'était déjà. Et lui, Sidali, qui avait disparu de leur vie, son père l'ayant vite envoyé, avant même le bac, à Marseille chez un parent éloigné.

Sidali regarda en arrière dans un réflexe que lui ordonnait une question explosant dans sa tête : « Où êtes-vous tous ? Les morts, les spectres des vivants tant aimés jadis ? Nos petites et banales vies de lycéens, avec comme seul univers nos cahiers de cours, nos profs, nos dragues sans lendemain, nos posters de chanteurs, nos chaussures de sport, nos vélos, nos sacs à dos qu'on ne voulait porter que négligemment sur une épaule, nos bulletins de notes, nos cassettes de chansons françaises ou de chaâbi, nos concours de blagues lors des récréations ? Notre petit monde inoffensif qui nous a explosé à la gueule d'un coup ? »

Ils étaient là. Tous. Les morts et les vivants qu'affichait la comptabilité de la grande bourse de l'existence, dans ce cimetière gardé par ce cheval qui en un mouvement de tête chassa une mouche et arracha Sidali à ses pensées. Le jeune homme resta à quelques tombes de la licorne déchue, la contempla à distance, s'affala à genoux, et se mit à pleurer.

Glossaire

Aamou : tonton.
Akhina : frérot, barbu.
Allahou Akbar : Dieu est le plus grand.
Allah'ibarek : que Dieu bénisse, exprime souvent l'admiration.
Amn el djich : sécurité de l'armée.
Ârritni ya kelb : tu m'as dénudé, chien.
Âskri : militaire.
Assalam alaykoum : que la paix soit sur vous, salutation parlée.
Aya : allez !
Baba : père.
Bouffa : fête entre jeunes.
Boumba : bombe.
Chahada : profession de foi musulmane, censée être les derniers mots prononcés avant la mort.
Chahed : stèle où l'on grave l'état civil du défunt et une prière.
Chikour : gros bras, caïd, capitaine de bateau ou maquereau.
Chorba : soupe de légumes, de blé concassé et de viande, très répandue dans le Maghreb.
Chwaker taâ zebbi : les gros bras de ma bite, littéralement.
Dam essbaâ : le sang du lion.
Dam'hom h'lal : il est permis de tuer des apostats, leur sang est licite.
Didi : mari de la tante.

Din erreb : nom de Dieu !
Djamhara : dortoirs des élèves officiers de l'armée algérienne.
Douira : petite maison à étages avec patio de la Casbah.
Eddouwla : l'État, désigne par extension la police.
Elhadj : pèlerin qui a accompli son *hadj*, le grand pèlerinage de La Mecque. Désigne aussi une personne âgée et respectable.
Enâam hadarat : oui chef, dans le jargon militaire.
Enn'fih : exile-le.
Erreb : Seigneur, Dieu.
Etrrêba : sois sage.
Fatiha : chapitre d'ouverture du Coran que l'on récite pour la paix des âmes des défunts.
Fedayin : pluriel de *fidaï*.
F'hemt : tu as compris ?
Fidaï : membre civil d'une organisation armée clandestine en milieu urbain.
Garrou : cigarette.
Gosto : bonne humeur, ambiance agréable.
Hadarat : messieurs en arabe oriental, s'utilise en s'adressant à un supérieur dans l'armée.
Hakda : c'est comme ça.
Harb : guerre.
Harbna : notre guerre.
Hayek : longue étoffe enroulée recouvrant traditionnellement les femmes algéroises.
Hebba f'rrass : une balle dans la tête.
Hogra : sentiment d'injustice.
Houkouma : gouvernement, désigne l'État et le pouvoir politique, mais surtout la police.
Îbad : du singulier *âbd*, adorateur, désigne l'homme.
Ih : oui.
Inchallah : si Dieu le veut.
Kabouss : flingue.

Kafer : apostat.
Kawad : va te faire foutre.
Khawa f'dem : frères de sang.
Kh'lass : c'est bon, ça suffit.
Khouya : mon frère.
Kho : diminutif de *khouya*.
Kh'tok : ta sœur.
Koffar : pluriel de *kafer*.
La dar la douar : ni maison ni village, situation de perdition et de précarité extrême.
Lagrandeli : flagrant délit.
Lazem : il le faut.
Mah'choucha : fusil de chasse à canon scié.
Makach : y a pas.
Marsem : lieu du rendez-vous amoureux dans la poésie populaire.
Mat'menyek'ch : sois sérieux, ne déconne pas.
Medersa : établissement islamique d'enseignement religieux.
Memmou âyniha : la prunelle de mes yeux.
Meskina : la pauvre.
Naâdin : que la religion de ton père, ta mère, ton Dieu, soit maudite.
Negtoul reb'kom gaâ : je vais tous vous tuer.
Niklou rebbou : baise-lui son Dieu.
Ouled leqheb : fils de pute, au pluriel.
Oulid : fils de.
Qahba : pute, prostituée.
Qalât el oussoud : citadelle des lions.
Qawwad : va te faire foutre.
Qechabiya : long manteau en poil de chameau avec une capuche.
Q'heb : salopes.
Rabbak : nom de Dieu.
Rebbek : ton Dieu.

R'khess : hommes sans honneur.
Roh nik rebbek : va niquer ton Dieu.
Sahit : je te remercie.
S'hab essnadeq : les gens des cercueils, surnom des services secrets.
S'rabess : services secrets.
Srabssi : agent des services secrets.
Tarbaga : terroriste.
Tebki yemmah ou ma tebkich yemma : sa mère pleure plutôt que la mienne.
T'layen : Italiens.
Wech : quoi ?
Wechbih : qu'est-ce que tu as ?
Wech bi rebbou : qu'est-ce qu'il a son Dieu ?
Wech s'ra : que s'est-il passé ?
W'lid el Houma : enfant du quartier.
W'lid el qahba : fils de pute.
Win kountou ya kherfan ki kouna djezzara : où étiez-vous, agneaux, quand on était des bouchers ?
Win rah ess'lah : où est l'arme ?
Ya din rebbi el kelb : religion de mon Dieu le chien, blasphème.
Ya erreb : mon Dieu.
Yemma : maman.
Y'nnehi alih ch'wiya : le soulager un peu de sa peine.
Zaâma : soi-disant.
Zebbi : bite, sexe masculin.
Zetla : cannabis.

pcacmb
édition pré-presse
livres numériques

44400 Rezé

Achevé d'imprimer en mai 2018
sur les presses de Normandie Roto Impression s.a.s
à Lonrai (Orne)
pour le compte des Éditions Payot & Rivages
18, rue Séguier - 75006 Paris
N° d'imprimeur : 1801767
Dépôt légal : juin 2018

Imprimé en France